ILS ONT LAISSÉ PAPA REVENIR

Titre original :

WHEN DADDY COMES HOME

TONI MAGUIRE

Ils ont laissé papa revenir

TRADUIT DE L'ANGLAIS PAR SOPHIE GUYON

CITY

L'âme d'une enfance s'en va doucement,
sans tambour ni trompette.
La petite fille ne comprenait
ni où elle était partie, ni pourquoi.
Mais elle lui manquait, parce
que sans elle, elle se sentait seule.

1

— Je suis une adulte à présent, le passé est le passé.

Voici ce que je me disais, debout devant le bureau que ma mère utilisait pour tenir les comptes du ménage.

La voix de mon inconscient se moqua alors de moi.

— On n'en a jamais fini avec le passé, Toni. C'est notre passé qui fait de nous ce que nous sommes.

À peine ces mots importuns me traversèrent-ils l'esprit que ma mémoire traîtresse me ramena à l'époque de l'adolescente Antoinette.

Antoinette. Ce nom seul suffisait à me remplir de tristesse. Je repoussai ces pensées au fond de mon esprit et ouvris le bureau, l'unique meuble qui restait de la maison commune que mes parents avaient partagée. Je trouvai les actes de la maison et les mis de côté pour le notaire. Puis un vieux portefeuille en cuir qui, quand je le dépliai, contenait deux cents livres en billets de différentes coupures.

Dessous, je vis des lettres jaunies par l'âge et trois photographies qui devaient être déjà là avant le décès de ma mère. La première était de ma mère et moi, âgée d'un peu moins d'un an, la deuxième des parents de ma mère et la troisième était un portrait de ma grand-mère, qui devait avoir une trentaine d'années.

Les lettres éveillèrent ma curiosité. Elles étaient adressées à ma mère d'une écriture stylée à l'ancienne. L'une d'elles attira mon attention. C'était une lettre d'amour écrite par un jeune homme séparé de sa famille par la guerre. Il était transporté par la naissance de leur fille. Il ne l'avait vue qu'une fois alors qu'elle n'avait que quelques semaines. Il était rentré en Irlande grâce à une permission accordée pour la naissance et, à présent, sa femme et son bébé lui manquaient.

Les années avaient quelque peu effacé l'encre, mais je parvins néanmoins à déchiffrer les mots.

Ma chérie, avait-il écrit, *comme tu me manques…* Au fur et à mesure de ma lecture, mes yeux s'emplirent de larmes. Ces pages débordaient d'amour et, l'espace de quelques secondes, j'y crus. Il lui racontait qu'il était à présent en Belgique et que, mécanicien de son état, il avait été affecté à l'arrière de l'armée en marche.

Sûrement entouré de belles Flamandes sensibles à son sourire contagieux et à son rire facile, pensai-je, amère.

Il terminait sa lettre par ces mots : *Antoinette a certainement beaucoup grandi. J'ai l'impression que cela fait une éternité que je ne l'ai pas vue. Je compte les jours avant de pouvoir vous serrer à nouveau dans mes bras. Dis-lui que son papa l'aime et est impatient de la revoir. Embrasse-la très fort pour moi.*

Je regardai les mots écrits et le chagrin menaça de me submerger – un chagrin pour ce qui aurait pu, et *dû*, être. Une douleur intense inonda mon corps.

Je titubai jusqu'à la chaise la plus proche et m'y laissai choir. Mes mains se levèrent et appuyèrent sur mes tempes comme si, ce faisant, je pouvais repousser les images qui voulaient y pénétrer de force.

On aurait dit qu'un projecteur s'était allumé dans ma tête. Un flot d'images indésirables provenant du passé envahirent mon esprit : je vis Antoinette, le bébé dodu, qui souriait à sa mère avec toute l'innocence de la petite enfance. Je la vis à peine quelques années plus tard comme l'enfant apeurée qu'elle était devenue après que son père lui avait enlevé l'essence même de son enfance ; il avait volé l'innocence, la joie et l'émerveillement, remplacés par des cauchemars. Les jours ensoleillés avaient été refusés à la fillette. Au lieu de quoi, elle avait vécu dans la peur et marché dans de mornes ombres.

Pourquoi ? me demandai-je trente ans plus tard.

Une voix résonna dans ma tête et me parla d'un ton sévère : « Arrête de rechercher des actes d'homme normal, parce qu'il n'en était pas un. Si tu ne peux pas accepter aujourd'hui ce qu'il était alors, tu ne l'accepteras jamais. »

Je savais que cette voix disait la vérité. Mais les souvenirs que j'avais refoulés remontaient à la surface, dissipaient le brouillard protecteur de mon esprit et me renvoyaient dans le temps, à l'époque où les cauchemars se succédaient.

Je la vis comme si c'était hier : une fille, à peine assez grande pour passer pour une adolescente. Je ressentis à nouveau son effarement, son désespoir et ses sentiments de trahison. Je la vis effrayée et seule, ne comprenant pas pourquoi elle devait souffrir autant. Je vis Antoinette, la victime.

Antoinette, celle qui fut moi.

2

C'était le jour du procès de son père.

Assise sur le banc dur et inconfortable à l'extérieur de la salle d'audience, Antoinette attendait patiemment d'être appelée comme unique témoin du procès. Flanquée de part et d'autre du brigadier de police et de son épouse, elle restait là sans rien dire, entre les deux seules personnes qui lui offraient un soutien.

Elle avait redouté ce jour. Aujourd'hui, son père serait condamné pour son crime – le crime qui l'enverrait en prison. La police le lui avait fait clairement comprendre quand on lui avait dit qu'il avait plaidé coupable.

Ainsi, elle ne subirait pas de contre-interrogatoire, mais le tribunal voudrait savoir si elle avait été un tiers consentant dans ce qui s'était passé, ou la victime de viols répétés. Les assistants sociaux lui avaient tout expliqué. Elle aurait quinze ans dans une semaine – assez grande pour comprendre ce qu'ils lui disaient.

Elle attendait assise, en silence, essayant d'échapper à ses pensées. Elle se concentra pour se rappeler les plus beaux jours de son enfance. C'était presque dix ans auparavant, le jour d'un autre anniversaire dans une autre vie, avant que toute l'horreur commence, quand sa mère lui avait offert un bébé fox-terrier noir et crème appelé Judy. Elle avait aussitôt adoré Judy, et la petite chienne lui avait rendu son affection.

Judy était à la maison en ce moment, à l'attendre. Antoinette voulut se représenter le visage de son animal et trouver du réconfort auprès de la seule créature vivante qui l'avait toujours aimée, indéfectiblement et sans relâche. Mais elle eut beau essayer, l'image de la petite chienne s'effaça, remplacée par le souvenir du lendemain de ses six ans, quand son père avait abusé d'elle pour la première fois.

Puis, il abusa d'elle trois fois par semaine, avec précaution quand elle n'était qu'une enfant, puis plus brutalement à mesure qu'elle grandissait, même s'il l'aidait à le supporter avec du whisky pour anesthésier ses sens.

La situation perdura au fil des ans et elle se tut, intimidée par sa violence et par ses menaces : on l'emmènerait loin de chez elle, on la vilipenderait, on ne la croirait pas – on la blâmerait.

À quatorze ans, elle tomba enceinte. Elle n'oublierait jamais le climat de peur qui pesait dans la maison alors qu'elle vomissait tous les matins et que son ventre s'arrondissait.

Finalement, sa mère, froide et insensible, lui avait dit de se rendre chez le médecin. Ce dernier lui annonça qu'elle attendait un bébé. Quand il avait dit : « Tu as dû avoir des rapports sexuels avec quelqu'un », elle avait répondu : « Juste avec mon père. »

Un silence terrible avait précédé la question suivante : « Tu as été violée ? »

Elle ne savait même pas ce qu'était le viol. Le docteur rendit visite à sa mère et ils organisèrent ensemble un avortement discret. Il fallait garder un silence absolu, pour le bien de la famille – mais Antoinette avait partagé ce secret avec quelqu'un d'autre. Dans sa grande souffrance, elle s'était rendue chez une de ses enseignantes et lui avait avoué la vérité. Cette dernière avait alors contacté les services sociaux. Puis Antoinette et son père avaient été arrêtés.

Elle avait tout raconté aux policiers, depuis ce jour de ses six ans où tout avait commencé. Elle leur avait aussi dit que sa mère ne savait rien de ce qui s'était passé. Elle y croyait parce qu'elle avait besoin d'y croire.

Pour tout observateur, Antoinette, qui attendait d'être appelée pour donner son témoignage devant la cour, semblait plutôt calme et posée. Elle était assise, silencieuse, seule à l'exception des policiers. Sa mère n'était pas venue ce jour-là.

Elle était habillée avec soin d'une jupe grise et de son vieux blazer d'écolière qui flottait sur son corps menu. Ses cheveux châtain foncé, coupés au carré, lui tombaient sur les épaules.

C'était une jolie adolescente au corps de femme et au visage vulnérable d'une enfant. Sa pâleur et les cernes sombres marqués sous ses yeux témoignaient des nuits d'insomnie qu'elle avait endurées et un léger tremblement de l'œil droit révélait la tension qui l'habitait – cela mit à part, elle n'exprimait rien.

L'avortement récent de l'enfant de son père et la maladie qui s'ensuivit l'avaient affaiblie et épuisée. Le choc et la dépression lui avaient conféré un calme artificiel qui semblait aux autres la maîtrise de soi d'une enfant plus mûre que son âge.

Ses émotions, elles aussi, étaient anesthésiées après son dernier calvaire et là, elle ne ressentait pas grand-chose.

Elle savait qu'après le procès elle rentrerait chez elle auprès d'une mère qui ne l'aimait plus et dans une ville qui la rendait responsable de tout ce qu'elle avait subi. Toutefois, les années lui avaient appris à se détacher de ses émotions et elle affichait un calme extérieur.

Son attente prit fin quand la porte de la salle d'audience s'ouvrit pour laisser entrer le greffier d'un pas vif. Elle savait qu'il était venu la chercher.

— Antoinette Maguire, le juge a quelques questions à vous poser.

Il lui indiqua de le suivre, fit demi-tour et repartit dans la salle.

Le brigadier et sa femme l'encouragèrent d'un sourire, qu'Antoinette ne remarqua pas. Elle s'appliqua à suivre le greffier vêtu de noir. Une fois à l'intérieur, la pression muette du tribunal l'arrêta dans ses pas et elle n'eut pas besoin de le regarder pour sentir les yeux de son père la transpercer depuis le banc des accusés.

Tout ce qui l'entourait lui semblait austère et menaçant : les robes noires et sombres des avocats, celle du juge, plus cérémonieuse, d'un rouge écarlate, leurs perruques et leurs expressions graves.

Elle se tenait dans la salle, immobile, petite silhouette écrasée par son environnement, ignorante de
ce qu'on lui voulait. Dans l'attente d'instructions, elle
était indécise et ébranlée par la solennité du tribunal.

Puis elle sentit qu'on lui touchait le bras pour lui
montrer sa place. En état de transe, elle entra dans le
box des témoins d'où le haut de sa tête émergeait à
peine. Le juge s'adressa à elle, lui disant, ainsi que le
lui avait annoncé le greffier, qu'il n'avait que quelques
questions à poser. Le greffier lui donna la Bible et,
d'une voix tremblante, elle répéta le serment.

— Je jure de dire la vérité, toute la vérité et rien
que la vérité, que Dieu me vienne en aide.

— Antoinette, dit le juge, j'aimerais simplement
que tu répondes à quelques questions, ensuite tu seras
libre de partir. Réponds-y du mieux que tu peux. Et
souviens-toi que ce n'est pas toi que l'on juge ici. Tu
crois que tu peux le faire ?

Elle finit par lever les yeux vers le juge, parce qu'au
ton qu'il avait utilisé pour lui parler, elle sentait qu'il
était, d'une certaine façon, de son côté. Elle ne le
lâcha pas du regard. Ainsi, elle ne pouvait pas voir
son père.

— Oui.

Le juge se pencha, posa les bras sur le bord de son
siège et la regarda aussi gentiment que possible.

— As-tu parlé à ta mère, à un moment ou à un
autre, de ce que qui t'arrivait ?

— Non.

Elle y croyait comme si c'était vrai, ayant refoulé le
souvenir du jour où elle lui avait raconté. Elle serra
les poings, enfonçant ses ongles dans ses paumes. Elle

avait cru que toutes ses larmes étaient taries et qu'il ne lui en restait plus à verser, mais à présent elles menaçaient de revenir. Ses yeux piquaient mais elle usa de toute sa force pour les retenir. Rien ne l'amènerait à pleurer en public et à permettre à ces étrangers de voir sa honte.

— Est-ce que tu connais les choses de la vie ? Sais-tu comment une femme tombe enceinte ?

L'atmosphère était tendue tandis que tous attendaient la réponse d'Antoinette. Les yeux fixés sur le juge, elle essaya de faire disparaître les autres personnes de la salle et murmura :

— Oui.

Elle sentit le regard de son père et la tension croissante dans la salle quand le juge lui posa sa dernière question. Elle entendit à ce moment-là une grande inspiration.

— Alors, tu as sûrement dû avoir eu peur de tomber enceinte ?

C'était une question qu'on lui avait posée tant de fois, tant les travailleurs sociaux que la police, et elle répéta exactement ce qu'elle leur avait dit :

— Il utilisait quelque chose. Ça ressemblait à un ballon et il disait que ça m'empêcherait d'avoir un bébé.

Il y eut un soupir collectif alors que tout un chacun dans le tribunal respirait à nouveau. Elle avait confirmé ce que tous suspectaient, que Joe Maguire avait abusé de sa fille, de manière calculée et systématique, depuis qu'elle avait six ans et qu'à partir du moment où elle était devenue assez mature pour avoir ses premières règles, il avait utilisé des préservatifs.

Avec la réponse d'Antoinette, la défense de son père se désintégrait. Il avait essayé de prétendre que ses actions étaient celles d'un homme malade, à la merci de ses pulsions. La description innocente d'un préservatif par sa fille, un objet dont elle ne connaissait même pas le nom, le démentait.

Ses actes n'étaient pas impulsifs, mais prémédités. Joe Maguire était pleinement responsable de ses actes.

Le juge la remercia pour ses réponses et lui dit qu'elle pouvait quitter le tribunal. Les yeux toujours détournés pour éviter le regard de son père, elle franchit seule la porte à deux battants vers la salle d'attente.

Elle n'était pas présente quand le juge annonça la sentence. L'avocat de son père, payé par sa mère, en informa Antoinette une demi-heure plus tard.

Joe Maguire avait reçu une condamnation à une peine de prison de quatre ans pour un crime qu'il avait perpétré durant sept ans. Il serait libre dans trente mois ; un tiers du temps qu'avait duré la souffrance d'Antoinette.

Elle ne ressentit rien. Pendant longtemps, la seule manière de ne pas perdre l'esprit avait été de ne laisser aucune place à ses émotions.

— Ton père veut te voir, l'informa l'avocat. Il est en cellule de détention.

Dressée pour obéir, elle s'y rendit. L'entretien fut bref. Il la fixa avec arrogance, toujours sûr de sa capacité à la contrôler, et lui dit de prendre soin de sa mère. Petite fille obéissante, comme à son habitude indéfectible, elle répondit qu'elle le ferait. Il ne s'inquiéta aucunement de savoir qui prendrait soin de sa fille.

Tandis qu'elle quittait les cellules, on l'informa que le juge souhaitait la recevoir dans son cabinet. Là, débarrassé de sa perruque et de sa toge rouge, il semblait moins impressionnant et plus doux. Assise dans la petite pièce, elle tira du réconfort de ses paroles.

— Antoinette, tu découvriras que la vie est injuste, comme tu as déjà pu t'en rendre compte. Les gens vont t'accuser, ils l'ont d'ailleurs déjà fait. Mais écoute-moi bien. J'ai lu les rapports de police. J'ai vu ton dossier médical. Je sais exactement ce que tu as subi, et je t'assure que rien de tout cela n'est de ta faute. Tu n'as pas à avoir honte.

Il sourit puis l'accompagna jusqu'à la porte.

Elle quitta le tribunal en conservant ses paroles à l'abri dans son esprit ; des paroles dont elle se souviendrait au fil des ans pour se réconforter, des paroles qui l'aidèrent face à une famille et à une ville qui ne partageaient pas l'avis du juge.

3

1961. Antoinette venait d'avoir seize ans.

Deux années s'étaient écoulées depuis que son père avait été condamné à la prison pour ce que les journaux avaient appelé « un grave délit contre une mineure ».

Le procès s'était tenu à huis clos afin de protéger son identité, mais cela n'avait aucune importance – les détails étaient un secret de polichinelle et tous les habitants de Coleraine savaient ce qui s'était passé. Ils savaient, et ils en rendaient Antoinette responsable.

Elle avait été consentante, murmuraient-ils, sinon pourquoi s'était-elle tue aussi longtemps ?

Elle n'avait crié au viol que quand elle était tombée enceinte, et avait jeté ce terrible déshonneur sur la famille de son père.

Antoinette fut exclue de l'école. La famille de son père l'interdit de revenir les voir. La ville lui ferma ses portes et on l'évitait où qu'elle aille.

Ruth, la mère d'Antoinette, avait décidé de fuir la honte du crime et de la peine de prison de son mari, et voulut échapper le plus tôt possible aux commérages et aux chuchotements en ville. Rien n'aurait pu la persuader de rester. La maison de famille fut vendue en hâte, tout comme la Jaguar noire de Joe, mais même après ces deux ventes, il ne lui restait que très peu d'argent.

Sans se laisser décourager, elle quitta Coleraine avec Antoinette pour le quartier pauvre de Shankill Road à Belfast et une petite maison en location. Antoinette était soulagée, mais ses rêves d'études partis en lambeaux, elle occupa quelques postes de jeune fille au pair afin de pouvoir apporter une contribution financière et Ruth prit la gérance d'un café en ville.

Toutefois, la peur ne la quittait pas. Son terrible sentiment d'être rejetée par tous ceux qu'elle aimait refusait de relâcher son étreinte. Elle se sentait seule, mal-aimée et sans valeur. La seule solution, pensait-elle, était de quitter le monde qui ne semblait plus vouloir d'elle. Elle prit alors des comprimés, avalés avec du whisky, et s'entailla quinze fois les poignets avec un rasoir. Elle survécut, tout juste, et passa trois mois dans un hôpital psychiatrique dans la banlieue de Belfast. Comme elle n'avait que quinze ans, on lui épargna le traitement par électrochocs et les sédatifs. Au lieu de quoi, une thérapie intensive l'aida à dissiper sa dépression et, finalement, elle alla assez bien pour sortir et reprendre sa vie.

Ruth avait réussi à leur acheter une maison pendant la maladie d'Antoinette, et ce fut vers ce nouveau lieu qu'elle se rendit, pensant que, peut-être, sa vie pourrait s'améliorer pour la première fois depuis de nombreuses années.

* * *

Le pavillon de gardien était un joli bâtiment victorien en bordure de la ville. Les pièces en étaient petites et exiguës, encombrées de meubles miteux et bon marché ; sur les murs, le plâtre était vieux et bosselé et des lézardes créées par les ans couraient le long des encadrements de fenêtres et marquaient les planches de socle. Des rideaux aux gros imprimés fleuris prévus pour des fenêtres plus grandes avaient été raccourcis et pendaient en plis disgracieux à mi-hauteur des murs alors que les tapis floraux mal assortis étaient défraîchis et usés jusqu'à la trame.

— Nous y voilà, Antoinette, dit Ruth. Voici notre nouvelle maison. Une chambre pour toi et une chambre pour moi. Qu'en penses-tu ?

Dès l'instant où elle pénétra dans la vieille maison, Antoinette commença à se sentir en sécurité. Elle ne savait pas pourquoi cette maison devrait être celle où elle commencerait à laisser le passé derrière elle, mais c'était ainsi. Là, la peur avec laquelle elle avait vécu pendant huit ans, qui avait régné sur ses jours et envahi ses rêves diminua peu à peu. Antoinette sentit que le pavillon était son nid, un endroit qui la protégerait du monde.

Elles commencèrent à transformer l'endroit. Liées par leur désir de créer un lieu simple et accueillant, elles recouvrirent le vieux plâtre bosselé de deux couches de peinture fraîche, appliqué avec un enthousiasme d'amateur. Elles convertirent le salon vieillot et fatigué en une jolie petite pièce personnelle garnie de livres et de décorations. La collection de bulls du Staffordshire de Ruth fut placée dans un angle pendant que des assiettes aux motifs chinois bleus furent exposées sur un buffet en chêne éraflé, accompagnées des petits bibelots et objets qu'Antoinette et sa mère achetèrent au marché de Smithfield, au centre de Belfast. Ce fut là, parmi les étals vendant tout un bric-à-brac et des meubles d'occasion, qu'elles firent leurs meilleures affaires.

Un jour, Antoinette trouva un fauteuil à oreilles vert dont on demandait deux livres. Tout excitée, elle appela sa mère et elles conclurent promptement l'achat. À la maison, ce devint le fauteuil préféré d'Antoinette.

Elle adorait le velours doux qui le recouvrait et les oreilles du dossier qui la protégeaient des courants d'air.

À mesure que les semaines passaient et qu'elles trouvaient leurs marques dans la nouvelle maison, la proximité avec sa mère, dont Antoinette rêvait depuis ses six ans, revint et la confiance qu'elle avait eue germa à nouveau. Elle lui importait tant qu'elle ne cherchait jamais les raisons de tout ce qui était advenu avant ; elle enferma à double tour les souvenirs de l'attitude qu'avait eue sa mère et refusa de se poser les questions qui l'avaient hantée.

Elle préféra regarder vers l'avenir. Enfin elle était dans un lieu où elle se sentait en sécurité, et enfin sa relation avec sa mère commençait à s'épanouir.

Elle découvrit que la satisfaction d'être libre d'aimer l'emportait largement sur la joie de recevoir l'amour. Comme une fleur au soleil, elle commença à s'ouvrir.

Ruth trouva un travail à Antoinette comme serveuse dans le café où elle était gérante. Le travail n'était pas difficile et Antoinette l'appréciait. Le soir, elles cherchaient avidement dans le journal un programme qu'elles voulaient toutes deux voir à la télé.

Leur dîner sur un plateau, elles regardaient, captivées, de vieux films en noir et blanc, réchauffées par le feu de charbon qui se consumait dans l'âtre. La télévision faisait la fierté d'Antoinette – c'était le seul objet d'ameublement qu'elles avaient acheté neuf.

À la fin de la soirée, Antoinette remplissait les bouillottes et les montait par l'étroit escalier qui menait du salon à un minuscule palier carré. Séparées de quelques pas, se trouvaient leurs chambres non chauffées avec leurs plafonds mansardés et leurs fenêtres mal ajustées. Elle entourait chaque bouillotte en caoutchouc rose d'un pyjama et les enfonçait sous les draps froids pour créer un coin de chaleur bienvenu pour plus tard.

Puis, elle redescendait, buvait en silence une dernière tasse de chocolat chaud avant que Ruth monte se coucher, laissant à Antoinette le soin de ranger. Sa dernière tâche consistait à couvrir le feu de cendres et de feuilles de thé pour que, le matin, une fois piquées par le tisonnier en fonte posé près de sa pelle et sa brosse assorties, elles soient accueillies par un beau rougeoiement.

Antoinette se levait la première le matin et descendait faire une rapide toilette au gant à l'évier de la cuisine. La vapeur de la bouilloire se mélangeait à la buée de sa respiration tandis qu'elle faisait chauffer l'eau du thé matinal. Une fois par semaine, un poêle à pétrole était allumé. Il dégageait des fumées nauséabondes et une faible chaleur ; pendant qu'il chauffait, Antoinette sortait une vieille baignoire en fer et la remplissait avec des casseroles d'eau bouillante. Elle se baignait à la hâte et se lavait les cheveux, tandis que la cuisine se réchauffait ; puis, enveloppée d'une robe de chambre en flanelle, elle nettoyait la baignoire et la remplissait à nouveau pour sa mère. Les vêtements, lavés à la main, étaient étendus sur un fil suspendu entre deux poteaux métalliques dans le petit jardin de derrière. Encore humides, ils étaient mis à sécher devant le feu, dégageant de la vapeur pendant que l'odeur du linge propre emplissait la pièce.

Le dimanche, quand le café était fermé, Antoinette préparait le petit déjeuner qu'elle partageait avec sa mère pendant que Judy, à présent vieille et ralentie par les rhumatismes, s'asseyait à côté d'Antoinette, les yeux suivant chaque geste, dans l'espoir que la mère et la fille resteraient à la maison et ne l'abandonneraient pas.

Quand Ruth et sa fille partaient au travail, elle les suivait jusqu'à la porte, un regard de détresse sur le visage, perfectionné avec les années.

C'était une vie tranquille, mais qui apportait réconfort et guérison, alors que la brèche immense qui avait séparé Antoinette et sa mère se refermait progressivement. L'unique sujet qu'elles n'abordaient jamais était ce qui se passerait le jour lointain où son père serait libéré.

En fait, Ruth n'évoquait absolument jamais son mari et il n'y eut pas une seule lettre de lui à la maison – loin de Ruth la honte d'une lettre au tampon carcéral – et, à la connaissance d'Antoinette, jamais aucune lettre ne lui fut écrite. La future libération de son père était une ombre noire à l'horizon, mais ce jour était encore lointain. Il était inutile d'y penser maintenant. Antoinette vivait dans l'ignorance bénie des projets futurs de Ruth. Pour l'instant, elles seules comptaient.

Dix-huit mois après avoir emménagé dans le pavillon de gardien, Antoinette se décida à faire quelque chose pour les ambitions qu'elle avait secrètement nourries. Bien qu'elle aimât son travail au café, elle désirait plus qu'une vie de serveuse, et elle voulait que sa mère soit fière d'elle. Mais les employeurs potentiels n'apprécieraient pas qu'elle ait quitté l'école à seize ans sans qualification. Sans diplôme, il lui serait impossible d'améliorer sa condition. Antoinette avait cependant trouvé un moyen de contourner ce fait.

Si elle suivait des cours de secrétariat, non seulement elle ferait des études mais elle aurait également un certificat stipulant qu'elle avait quitté l'école à dix-huit ans, lui donnant ces précieuses deux années supplémentaires. Il ne lui manquait que l'argent pour payer les frais et elle avait déjà des projets pour l'obtenir.

Elle avait appris que beaucoup de jeunes Irlandaises allaient en Angleterre ou au pays de Galles pendant l'été travailler dans des centres de vacances familiales. Le salaire était bon et les pourboires rentables, lui avait-on dit. Ce serait une manière rapide et assez simple de gagner l'argent dont elle aurait besoin pour payer ses études.

Le café accepterait qu'elle parte quelque temps pour travailler ailleurs, et il la reprendrait à son retour. Belfast grouillait toujours d'étudiantes en quête d'emplois temporaires, donc il ne serait pas difficile de trouver une remplaçante pour un temps.

Qu'il était bon d'avoir un but vers lequel tendre. Quand Antoinette expliqua son projet au propriétaire du café, il lui sembla que la chance était de son côté. Un parent à lui dirigeait un hôtel sur l'île de Man et avait toujours besoin de personnel. Pourquoi ne s'y rendrait-elle pas à Pâques pour se faire pas mal d'argent à la fois comme serveuse et comme femme de chambre ? L'occasion était trop belle pour la laisser passer et, quinze jours plus tard, Antoinette partait sur l'île de Man en ferry.

Ce ne fut pas vraiment une expérience aussi agréable que prévue. Les filles étaient traitées à peine mieux que de vulgaires bonnes à tout faire, qui devaient courir de l'aube jusque tard dans la nuit.

Antoinette trouva la tâche épuisante et moins bien rémunérée que ce qu'on lui avait donné à penser. Mais vu qu'il y avait peu d'occasions de sortir et encore moins de temps pour dépenser son argent, ses économies grossirent et elle décida de rentrer chez elle en avance et de se détendre un peu au pavillon avant de reprendre le travail.

Elle se dépêcha de faire le trajet des quais à Lisburn, souhaitant que le taxi roule deux fois plus vite. Mais quand elle entra dans le pavillon et fila dans le salon, les bras chargés de cadeaux pour sa mère, elle pila net, frappée de stupeur face à la dernière personne au monde qu'elle voulait voir.

— Bonjour. Comment va ma petite fille ?

Son père était assis dans *son* fauteuil vert, un sourire suffisant aux lèvres, pendant que sa mère était à ses pieds, le visage rayonnant de bonheur.

4

Antoinette était couchée, peu disposée à se lever, tentant de se persuader que le soir précédent n'avait été qu'un mauvais rêve.

Mais elle savait que c'était vrai, aussi dur que ce soit à accepter. Comment sa mère avait-elle pu faire une chose pareille ? C'était aussi incroyable que cruel.

Dans l'impossibilité de retarder l'échéance plus longtemps, elle repoussa les draps, se leva et entreprit de s'habiller. Son corps s'affaissait sous ces vêtements qui n'avaient pas changé de style depuis qu'elle avait perçu son premier salaire.

Toute sa garde-robe était composée de jupes plissées et de pulls à col roulé dans des tons sourds ; des habits ternes que sa mère aimait. C'était l'uniforme de la fille de classe moyenne dont le seul désir était de se conformer et de ne pas se démarquer dans la foule.

Antoinette attendit dans sa chambre d'entendre sa mère partir au travail ; elle n'avait aucune envie de l'affronter ce matin et puis la peine et la colère étaient telles qu'elle n'était pas sûre de pouvoir parler. Puis Ruth cria, comme elle le faisait chaque matin :

— Je pars travailler, chérie. À ce soir !

Sa voix était plus gaie que d'habitude, sans nul doute du fait de la visite de son mari ce week-end.

Quand elle eut entendu la porte claquer derrière sa mère, Antoinette descendit. Judy attendait au pied des escaliers et, comme Antoinette l'avait fait tant de fois par le passé, elle s'assit sur le sol et entoura de ses bras le cou de la vieille chienne, le visage contre la fourrure chaude en quête de réconfort. Judy, percevant sa détresse, lui lécha le visage comme pour lui apporter une consolation tandis qu'Antoinette sentait les larmes lui venir aux yeux puis couler en silence le long de ses joues.

Elle passa dans le salon. Ses narines s'emplirent de l'odeur d'un ennemi – un ennemi qu'elle avait pensé ne jamais devoir affronter à nouveau. À l'instar d'un petit animal flairant le danger, elle se raidit.

Elle percevait son odeur même dans une pièce vide.

Elle savait qu'elle n'avait pas rêvé les événements de la veille. Quand elle avait vu son père assis là, elle avait été incapable de parler. Au lieu de quoi elle avait fui la pièce, lâchant ses paquets, et s'était réfugiée dans sa chambre. Elle y était restée jusqu'à ce qu'il parte, cherchant à comprendre ce qui s'était passé et pouvant à peine en croire ses yeux. Elle avait cru à sa nouvelle vie, mais à présent, il semblait que Ruth avait juste compté les heures avant de pouvoir reprendre celle d'avant. Antoinette n'avait été que la compagne de son attente.

Son père était reparti plusieurs heures plus tôt pour la prison, une fois sa permission du week-end achevée, et pourtant cette odeur de cigarettes et d'huile capillaire mâtinée de sueur infecte, celle de ses souvenirs, viciait la pièce. Ses yeux se posèrent sur le cendrier débordant des bouts écrasés des cigarettes roulées de son père ; c'était là la preuve tangible de sa venue. Elle ouvrit les fenêtres, prit le cendrier empli de mégots et le vida, mais son odeur persista, libérant des souvenirs indésirables.

Il lui fallait à présent admettre que les deux jours de permission de son père, accordés après qu'il avait fait deux de ses quatre ans de prison, l'avaient ramené directement à sa femme, clairement ravie de le retrouver. Antoinette savait que Ruth n'avait pas juste toléré cette visite – elle l'avait chaudement accueillie.

Son père avait été dans sa maison, l'avait salie. Elle eut la sensation de s'enliser dans des sables mouvants, et elle avait beau lutter, elle s'enfonçait rapidement, vers le passé, vers ce lieu sombre dans lequel elle était demeurée si longtemps.

Elle tentait de se rattacher aux fils fragiles de la sécurité qu'elle avait connue dans le pavillon, de repousser le souvenir de la veille et de tirer du réconfort de son environnement familier.

Mais, à travers la torpeur née du choc et de l'incrédulité, une autre émotion fit surface. Face à la prise de conscience de la complète trahison de sa mère, sa colère enfla et finit par la consumer.

Comment ma mère pouvait-elle encore s'intéresser à un homme qui avait commis un crime aussi odieux ? Elle sait ce qu'il m'a fait, à moi, sa propre fille.

Comment peut-elle l'aimer encore? ruminait-elle en parcourant la pièce de long en large. Et si elle a pu lui pardonner, alors que peut-elle réellement éprouver pour moi? Tout n'a-t-il été que mensonge?

Notre cœur a beau nous appartenir, il est difficile de le contrôler, et celui d'Antoinette n'échappait pas à la règle; à un moment elle voulait haïr sa mère, et l'instant d'après, elle mourait d'envie que celle-ci la rassure et lui retourne son amour.

Mais elle ne pouvait accepter les réponses aux questions qu'elle se posait. Elle se sentait mal à la pensée qu'à quelques mètres de sa chambre, ses parents avaient à nouveau partagé leur lit.

Avaient-ils fait l'amour? se demanda-t-elle. L'idée que Ruth ait pu faire de son plein gré ce qu'il l'avait forcée à faire lui donnait des frissons.

Et le pire, c'était qu'elle savait que si sa mère voulait bien que son père revienne à la maison ne serait-ce qu'un instant, cela signifiait que dans quelques mois, quand il serait libéré, elle l'accueillerait pour de bon dans le lieu qu'elle partageait avec Antoinette.

Le sentiment de sécurité qu'elle croyait avoir trouvé s'envola; le sol de son monde s'effondrait et elle se sentait tomber dans un abîme de désespoir.

Ce matin-là, les sentiments de trahison s'ancrèrent solidement dans son esprit et nulle volonté n'aurait pu les en chasser.

5

Au cours des semaines qui suivirent le retour de son père en prison, la méfiance remplaça la chaleur de l'amitié qui liait Ruth et sa fille. Il y avait un mur invisible entre elles, érigé cette fois-ci par Antoinette.

La trahison ressentie en voyant son père assis dans leur salon était trop vive pour être oubliée et elle voulait fuir aussi loin que possible, mais elle savait que ce n'était pas à l'ordre du jour.

Maintenant qu'elle avait amassé quelques économies pour son projet d'école de secrétariat, Antoinette était toujours décidée à travailler pendant l'été malgré l'expérience de l'île de Man. Maintes jeunes Irlandaises partaient de chez elles l'été pour des camps de vacances, des hôtels et des gîtes de Grande-Bretagne.

Elle avait déjà trouvé un travail pour l'été dans un centre de vacances de l'entreprise Butlins, et son père devait être définitivement libéré, avec dix-huit mois d'avance sur la peine prononcée, avant son départ. Supporterait-elle de rester à la maison avec lui ?

Jusqu'à présent, elle n'avait pas voulu quitter sa mère, mais face à sa perfidie et à la perspective de devoir partager une maison avec son père, elle désirait partir.

Mais si elle s'en allait avant d'avoir gagné suffisamment d'argent, elle épuiserait ses économies et pourrait dire adieu au financement de son école. Sans ces qualifications capitales de secrétaire, elle savait qu'elle se dirigeait vers un avenir de serveuse ou de vendeuse.

Quel choix ai-je ? se demanda-t-elle. Elle n'aurait pas de foyer. Personne ne louerait une chambre à une fille mineure, même si elle pouvait gagner assez pour vivre.

Le salaire qu'elle obtiendrait au centre, toutefois, s'ajouterait à celui qu'elle avait déjà mis de côté, financerait ses cours de secrétaire qu'elle était si désireuse de suivre. Munie d'un diplôme, elle pourrait partir de chez elle, avoir son propre appartement à Belfast et être indépendante.

J'ai peur pour mon avenir. J'ai vu trop de femmes de la cinquantaine parvenir à peine à survivre malgré de longues journées dans des restaurants de seconde zone, alors que les jeunes filles se voyaient offrir plein des postes dans des endroits plus chics avec de bons pourboires. Ses pensées confuses tourbillonnèrent dans sa tête jusqu'à ce qu'elle comprenne qu'elle n'avait pas d'autre choix que de rester.

* * *

Tous les samedis matins, Antoinette voyait onduler les rouleaux blancs de la grande tente de danse qu'on dressait dans le champ d'un fermier entreprenant. Le samedi soir, elle percevait les mesures d'un orchestre tandis que la musique flottait dans l'air nocturne.

Elle se penchait le plus possible par la fenêtre de sa chambre, tendait l'oreille pour mieux entendre, dévorait l'immense tente avec envie.

Éclairée de l'intérieur par de nombreuses lampes, son éclat se détachait sur le noir du ciel, donnant à tous l'image d'un marshmallow géant illuminé.

Elle savait que là-bas, les jeunes pénétraient dans leur monde à eux, avec leur musique, leur mode vestimentaire, un monde où ils s'amusaient. Tandis qu'elle tendait le cou, elle se rappelait ce que sa mère disait à ce sujet.

« Les filles bien ne vont pas dans ces endroits, chérie. Si un garçon veut te proposer une sortie, alors il doit passer te prendre à la maison comme il convient. Tu ne peux quand même pas le retrouver là-bas. » Ruth finissait toujours par accompagner sa déclaration de son étrange rire sec et de son sourire jovial mais vide.

À chaque fois que sa mère le lui répétait, Antoinette répondait toujours d'un docile : « Non, Maman. » Et elle se contentait de rester avec sa mère, passant la soirée à faire plaisir à Ruth en lui tenant compagnie.

Mais les choses avaient changé à présent. Maintenant, elle voulait faire partie du monde qu'elle apercevait par la fenêtre de sa chambre. Elle voulait se rendre dans la grande tente. Elle allait faire la fête le week-end ; elle allait fréquenter d'autres adolescents et vivre comme eux. Elle était sûre que la vie des autres filles ne tournait pas autour de leur mère, mais autour de la mode, du maquillage et des bals du samedi, et elle voulait faire pareil.

Antoinette se regarda dans la glace, étudiant son reflet d'un œil froid et évaluateur. Elle savait qu'elle était différente. Même sans son accent anglais, ses vêtements étaient démodés et ses cheveux châtain foncé, qui lui tombaient en un carré presque aux épaules, convenaient mieux à une fille de quatorze ans qu'à une adolescente de dix-sept ans. C'était le résultat de l'influence de Ruth.

Plus maintenant, pensa Antoinette avec du vague à l'âme. Je veux ressembler aux autres filles. Je serai à la mode.

Elle pensa aux groupes de jeunes gens heureux et assurés qu'elle servait souvent au café quand elle était du service du soir. Les garçons aux cheveux bien coupés, vêtus de vestes et de pantalons bien repassés, pourraient passer pour des versions plus jeunes de leur père, mais les filles avaient créé leur propre style, qui n'avait pas grand-chose à voir avec celui de leur mère.

Leurs cheveux arboraient le dernier chignon choucroute à la mode, et leur visage était recouvert d'un fond de teint pâle qui contrastait violemment avec leurs yeux surlignés de noir qui regardaient le monde à travers des cils enduits d'une épaisse couche de mascara.

La peau d'Antoinette ne recevait qu'un peu de poudre, ses lèvres un rouge à lèvres rose naturel et ses yeux n'étaient rehaussés que d'une couche de mascara. Cela la démarquait de ses contemporaines autant que ses vêtements.

Je m'y mets immédiatement, décida-t-elle.

* * *

Les années soixante, faites de glamour et de swing, avaient débuté, apportant avec elles une nouvelle opulence. Les ouvriers intégrèrent la petite bourgeoisie et des lotissements surgirent un peu partout, offrant aux jeunes couples la possibilité d'acquérir leur propre maison cube, identique à toutes les voisines.

Des voitures étaient garées devant chaque habitation, des antennes télé ornaient tous les toits et les mots « achat à crédit » remplaçaient « créances ». C'était une période d'expansion, accompagnée d'une nouvelle culture jeune dont Antoinette voulait à tout prix faire partie.

Les adolescents avaient trouvé une assurance que leurs parents n'avaient jamais connue, et pendant leurs loisirs, ils dansaient le nouveau rock'n'roll, allaient dans les cafés, buvaient des cappuccinos et bavardaient avec aisance. Ils refusaient d'être des versions plus jeunes de leurs parents et préféraient inventer leurs propres modes et attitudes.

Tels étaient les gens qu'Antoinette voulait fréquenter et, pour ce faire, elle savait qu'il lui fallait changer. Elle ne pouvait pas grand-chose pour son accent anglais, mais elle pouvait modifier son apparence.

Une Antoinette très différente commença à émerger. Elle acheta des robes près du corps qu'elle cacha au fond de son placard, avec des chaussures à talons aiguilles et de nouveaux sous-vêtements.

Un coiffeur recommandé par l'une de ses jeunes clientes fit des merveilles et supprima les cheveux châtains soigneusement coupés. Il les remplaça par un chignon choucroute crêpé. Des sourcils épilés accentuaient à présent des yeux qui s'étaient endurcis, et une perte d'appétit transforma ses contours autrefois dodus en une silhouette mince plus en vogue.

Ruth assista à la transformation, intriguée et mécontente. Elle était habituée à l'obéissance inconditionnelle d'une enfant qui avait toujours recherché l'approbation, et elle fut prise par surprise par cette soudaine rébellion.

Si elle ne fit rien pour y mettre fin, elle contre-attaqua subtilement, usant de son talent d'éloquence pour manipuler sa fille et provoquer la réaction souhaitée. Elle utilisa des mots chargés de peine et de colère perplexe pour son chantage émotionnel.

— Je ne comprends pas pourquoi tu veux me rendre malheureuse. Tu ne crois pas que j'ai assez souffert ? disait-elle d'une voix plaintive.

Mais Antoinette ne voulait rien entendre.

Alors que la nouvelle Antoinette prenait forme, elle s'aperçut que les filles qui fréquentaient le café discutaient maintenant avec elle. Les principaux centres d'intérêt de ses nouvelles amies étaient comment se maquiller, s'habiller et avoir un petit ami, et ces questions occupaient quasiment toute leur énergie intellectuelle.

Ce qu'Antoinette appréciait, car elle ne s'épanchait guère sur son histoire, de sorte qu'elle n'avait pas à recourir à la fausse vie qu'elle s'était créée : un foyer heureux, une mère aimante et un père qui travaillait au loin.

Ce fut bientôt le week-end au cours duquel Antoinette avait décidé d'achever sa transformation. Le processus prit des heures.

Elle commença par se laver les cheveux avec une teinture d'un roux flamboyant, puis elle entreprit de les sécher et de les crêper jusqu'à obtenir la forme à la mode qu'aimaient tant les adolescentes et qui désespérait leurs parents : hauts sur la tête, maintenus en place par une telle quantité de laque qu'un peigne avait du mal à y pénétrer.

Ce fut ensuite au tour du visage. Elle recouvrit sa peau d'un fond de teint qui lui donna un air étrangement pâle. Elle entoura ses yeux d'un trait d'eyeliner noir si épais qu'ils semblaient avoir rapetissé. Puis elle prit l'objet qui venait d'enrichir sa collection de maquillage toujours plus fournie : une petite boîte en plastique dotée d'un miroir contenant un pain de mascara noir.

De généreuses gouttes de salive transformèrent le pain noir en une pâte gluante dont elle s'enduit soigneusement les cils. Elle étala couche après couche jusqu'à ce que ses paupières se ferment presque sous le poids des cils épaissis. Enfin, la teinte naturelle de ses lèvres disparut sous le plus pâle des roses à lèvres brillants qu'elle appliqua méticuleusement sur une bouche en cul-de-poule tout en s'exerçant à faire la moue devant la glace.

Elle regarda son reflet, satisfaite de ce qu'elle voyait. Elle pinça les lèvres et sourit. À son grand plaisir, le miroir ne montrait aucun signe de la timide adolescente appliquée que sa mère connaissait, ni de la fille démodée qui travaillait au café.

Non, c'était là une fille moderne, qui partageait l'assurance des gens qu'elle admirait.

Elle eut l'impression de sortir d'un cocon et de s'être débarrassée de la peau sécurisée de la « fille obéissante ». Au fond d'elle, il lui manquait encore la confiance en soi nécessaire pour croire pleinement en l'issue de sa métamorphose, mais elle s'efforça de chasser cette pensée de son esprit.

Elle préféra se réjouir de sa nouvelle image. Elle grimaça à la fille du miroir.

— Adieu, Antoinette, dit-elle. Bonjour, Toni.

Son nouvel être était né et c'était une fille prête à faire la fête le samedi soir.

6

Maintenant qu'Antoinette présentait bien, les filles qu'elle avait rencontrées au café l'invitaient à passer les samedis soirs avec elles. Elles envahissaient en bande les endroits du coin où l'on dansait, passant la soirée à se trémousser, à glousser et à flirter avec les garçons.

Enfin, Antoinette se sentait acceptée. Plus que tout, elle voulait des amies et la compagnie d'autres jeunes. Elle avait désespérément besoin de faire partie d'un groupe, de glousser d'un rire complice avec elles et de faire ce qui lui avait manqué toute sa vie : s'amuser.

Un samedi matin, elle observait avec excitation le début de la conversion du champ voisin d'un site boueux en un lieu magique. Enfin, elle allait entrer dans ce monde secret, celui dans lequel les jeunes s'habillaient à la dernière mode, dansaient toute la nuit, fumaient des cigarettes pour se donner un air raffiné et buvaient de l'alcool passé en douce. Elle n'en pouvait plus d'attendre.

Elle regarda les rouleaux de câbles électriques qu'on acheminait depuis d'énormes générateurs diesels bruyants pour alimenter les lumières étincelantes qui éclairaient les danseurs. Elle remarqua une immense boule à facettes, un objet qu'elle n'avait vu qu'à la télévision, qu'on transportait dans la tente.

Des lattes de bois furent emportées à l'intérieur et posées en un plancher sur la terre humide, puis vinrent les meubles. Une foultitude d'aides transporta des tables pliantes et quantité de chaises furent positionnées autour de la piste de danse en bois hâtivement assemblée. On lui avait dit qu'il y aurait un bar, mais qu'il ne proposait que des boissons sans alcool. Toute boisson plus forte devait être passée en douce mais ce n'était pas difficile. Les clients dont les poches saillaient étaient superficiellement fouillés par de complaisants préposés à la sécurité recherchant l'alcool interdit qu'ils trouvaient rarement. Les parois de la tente se levaient facilement et de petites bouteilles remplies d'alcool glissaient sous ses plis jusque dans les mains avides de complices.

Antoinette aimait boire. Depuis que son père l'avait initiée à l'ivresse de l'alcool, elle aimait la sensation d'engourdissement et de relaxation apportée par la boisson. Alors que la plupart des jeunes découvraient l'alcool, Antoinette était une habituée. Même maintenant, elle aimait garder une bouteille dans sa chambre, qu'elle sortait quand elle avait besoin d'un remontant. Dès qu'elle avait fait plus que son âge, elle avait été en mesure de s'acheter de l'alcool dans les magasins de vins et de spiritueux en prétextant que c'était pour sa mère.

Ces derniers temps, elle cachait dans sa chambre une petite bouteille de vodka, sa boisson préférée, pensant que son odeur ne se sentirait pas sur son haleine. Comme elle ne savait pas s'il était vraiment facile de trouver de l'alcool dans ces soirées, elle décida d'en boire avant de partir, et s'en versa une généreuse lampée.

Chauffée par une confiance induite par une double vodka, elle enfila ses bas américains couleur chair, les fixant à son porte-jarretelles rose. Puis elle se glissa dans une robe si serrée que ses genoux se touchaient presque, et chaussa avec difficulté ses escarpins blancs à talons aiguilles. Elle crêpa ses cheveux le plus haut possible, puis les vaporisa d'une laque colorée, les transformant en un halo d'un roux flamboyant. À mesure qu'elle appliquait son maquillage, son visage perdait sa rougeur pour prendre une pâleur spectrale. Deux yeux bordés de noir, qui ressemblaient plus à un panda qu'à une biche, fixèrent le miroir une dernière fois et elle fut enchantée par ce qu'elle vit. Elle était maintenant prête à clopiner sur la courte distance qui séparait le pavillon de la tente.

En descendant les escaliers et en pénétrant dans le salon, Antoinette ne pensa guère à ce que serait la réaction de sa mère face à la transformation de sa fille. Mais elle entendit le hoquet choqué à son entrée, et détourna le regard du visage horrifié de Ruth tandis qu'elle se dirigeait vers la portée d'entrée. Elle se moquait de ce que sa mère pensait. Elle allait enfin balancer ses hanches étroitement moulées sur la piste de danse et cette soirée était la seule chose qui lui importait.

Pour une fois, Ruth resta sans voix et avant qu'elle ne l'ait retrouvée, Antoinette se dépêcha de sortir.

— Je pars ! cria-t-elle inutilement en refermant bien la porte derrière elle.

Une bande de filles, toutes vêtues d'une tenue similaire à celle d'Antoinette, l'attendait dans la queue qui s'était déjà formée devant la tente. Une fois à l'intérieur, elles se rendirent aux toilettes pour dames où, gloussant et babillant, elles se pomponnèrent devant les glaces. Les sacs s'ouvrirent dans un claquement pour le rituel adolescent de la retouche du maquillage. Elles ne se disaient même pas que dix minutes de marche entre leur domicile et la tente risquaient peu de déranger des heures de travail. Une fois encore, la coiffure fut tirée et crêpée puis généreusement laquée, emplissant l'air d'un nuage de parfum bon marché. La pointe d'un peigne fut insérée dans la structure, la tirant plus haut encore, et alors seulement elles estimèrent qu'il n'y avait rien de plus à apporter.

Les filles inspectèrent soigneusement leur visage pour s'assurer qu'une quantité suffisante de maquillage avait été appliquée pour cacher leurs peaux jeunes, puis elles enduisirent leurs lèvres d'une nouvelle couche de rouge. Une fois satisfaites de leur reflet dans le miroir, elles s'aidèrent mutuellement à insérer des épingles à nourrice à des positions stratégiques tout le long de la fermeture à glissière de leur robe.

— Viens, dit à Antoinette une coquette blonde aux yeux bleus. Je vais t'arranger. Où sont tes épingles ?

— Je n'en ai pas. À quoi servent-elles ?

Sa naïveté déclencha des éclats de rires enfantins.

— Si tu ne veux pas terminer la soirée la robe à la taille, tu dois la fixer par des épingles. Les garçons auront bu au pub et tu connais le résultat, dit la fille en échangeant des sourires entendus avec ses amies plus expérimentées.

Jusqu'alors, jamais Antoinette n'aurait pu imaginer que les fermetures à glissières constituaient une tentation aussi irrésistible pour les jeunes danseurs. Elle n'avait pensé qu'à la danse et ne s'était posé aucune question sur les attentes des garçons.

Elle déglutit alors qu'une image se formait dans son esprit d'une horde de jeunes gens ivres aux mains moites et « n'ayant qu'une chose en tête ».

Sally, la blonde la plus âgée du groupe, vit la peur qui avait traversé le visage de sa nouvelle amie.

— N'aie pas l'air si effrayé, dit-elle en cherchant à la rassurer. La plupart des garçons ne sont là que pour tenter leur chance. Oh, ils ne diront pas non si une occasion se présente, mais tout ira bien. De toute façon, ces épingles sont là pour les dissuader et empêcher leurs mains moites de monter. Je vais t'en passer quelques-unes.

Antoinette se tourna docilement et Sally inséra précautionneusement les épingles à nourrice à l'intérieur de sa robe, les plaçant le long de la fermeture de bas en haut. Une fois les robes redescendues, les filles se rendirent dans la partie principale de la tente où l'orchestre jouait déjà un morceau rapide.

Antoinette remarqua que ses pieds battaient la mesure et sentit sa nervosité s'évaporer en voyant tout autour des groupes de jeunes assis, bavardant ou se déhanchant sur la piste de danse.

Les filles achetèrent des boissons non alcoolisées puis parlèrent sans discontinuer entre elles tout en étudiant tous les hommes présents. Enfin elles s'assirent. Des garçons vêtus de vestes de sport et de pantalons aux plis parfaitement marqués passaient devant elles avant de les approcher pour les inviter à danser.

Quand ils le faisaient, elles les regardaient, acceptaient d'un sourire puis, prenant la main de leur cavalier, les laissaient les mener sur la piste.

Soudain, Antoinette entendit une voix demander :

— Tu veux danser ?

Elle leva les yeux et vit un garçon souriant au visage rond, guère plus vieux qu'elle. Elle saisit sa main tendue comme elle avait vu ses amies le faire, le suivant sur la piste. Elle essaya de se rappeler les pas qu'elle s'était entraînée à répéter chez elle ; puis le rythme de l'orchestre prit le dessus et elle se sentit emportée dans un swing.

Après la première danse, son cavalier en demanda une deuxième, puis une troisième. L'orchestre fit alors une pose et, portée par la confiance après ses danses, elle remercia son cavalier et rejoignit ses amies. Leur groupe était populaire car c'étaient des filles enjouées sorties s'amuser et leur épais maquillage ne parvenait pas à cacher leur beauté naturelle. Invitation après invitation, boissons corsées à la vodka passée en douce, Antoinette se sentit plus sûre d'elle tandis que, les joues rouges, elle se déhanchait en cadence au rythme de l'orchestre.

Son premier cavalier la garda pour l'ultime danse. Alors que les lumières baissèrent d'intensité, elle n'entendit plus que la lente musique de la dernière valse. L'alcool détendait son corps et elle s'abandonna au plaisir d'être tenue, posant sa tête contre l'épaule de son cavalier pendant qu'ils virevoltaient autour de la piste. Elle leva la tête alors que la musique jouait encore et sentit une joue humide au duvet léger s'appuyer contre la sienne. Des mains grimpèrent gauchement au-dessus de sa taille jusqu'à ce qu'elles reposent juste sous sa poitrine. Antoinette s'arqua instinctivement pour éviter le contact physique. Elle retira une main des épaules de son cavalier, en recouvrit la sienne avec douceur, sourit en secouant légèrement la tête. Ainsi, elle lui indiquait qu'elle l'aimait bien mais qu'elle n'était pas une fille facile.

Elle savait que si elle voulait être acceptée par son groupe de nouvelles amies, elle devait apprendre les jeux entre les sexes et les codes implicites par lesquels ils communiquaient.

Son cavalier n'était pas prêt à s'avouer vaincu. Alors même que la main d'Antoinette immobilisait la sienne, il abaissa son visage jusqu'au sien et elle sentit ses lèvres chercher sa bouche pendant que l'autre main essayait en vain d'amener son corps à épouser le sien.

Antoinette rejeta la tête en arrière, le fixa dans les yeux et eut un petit rire tandis que son corps se raidissait face à ses manœuvres. Il comprit qu'en dépit

48

de ce que son aspect laissait croire, elle était une fille convenable, relâcha sa prise et sourit d'un air penaud. À cet âge, comme elle l'apprit, les garçons rêvaient de trouver des filles faciles mais ils y parvenaient rarement.

Puis l'orchestre joua les dernières notes et les lumières se rallumèrent. Heureuse et fatiguée, Antoinette salua ses amies et rentra chez elle, les cheveux empestant la cigarette et l'haleine chargée d'alcool.

L'odeur perdura jusqu'au lendemain quand elle descendit et trouva sa mère assise dans son fauteuil, à l'attendre. Elle lut sa désapprobation quand elle reconnut l'odeur fétide de l'alcool et du tabac froid.

— Tu t'es bien amusée hier soir ? demanda Ruth d'un ton qui montrait qu'elle espérait l'inverse.

Sa fille, baignant encore dans la sensation de bonheur de son premier bal, refusa de mordre à l'hameçon.

— Oui, merci, Maman, répondit-elle calmement.

— Tu étais un spectacle à toi toute seule, tu sais. Bien sûr, je ne peux pas t'empêcher de dépenser ton argent comme tu veux. Mais je t'interdis de sortir avec moi comme ça. Je ne veux pas être embarrassée.

Ruth se leva pour quitter la pièce, mais avant, elle décocha sa dernière flèche.

— Je ne sais pas ce que ton père dira de tout ça quand il rentrera.

Trop abasourdie par ce qu'elle venait d'entendre pour proférer le moindre son, Antoinette resta à fixer sa mère. Le plaisir de la nuit précédente disparut, remplacé par un sentiment de panique.

Elle n'avait jamais cru entendre un jour sa mère lui dire une chose pareille et elle en fut terrifiée.

Au cours des quelques semaines suivantes, la graine prit racine, grandit jusqu'à envahir ses rêves, rendant ses nuits agitées avec la panique croissante qui menaçait de la suffoquer.

7

Bientôt, Antoinette alla danser toutes les semaines. À son retour, une nouvelle odeur persista vite dans son haleine : celle du vomi. Elle était devenue incapable de dire non à une boisson de plus, même son estomac était retourné par la nausée.

Cela devint une routine. Dès qu'elle avait quitté en hâte le dancing ou la tente, l'air froid de la nuit la frappait de plein fouet mais elle avait absorbé trop d'alcool pour être dessoûlée. Alors la nausée montait par vagues dans sa gorge, lui donnait envie de vomir. Un mouchoir devant la bouche, elle titubait et trouvait refuge à l'ombre de voitures garées, espérant être à l'abri des regards.

Puis, une main posée sur le coffre du véhicule le plus proche, elle tentait de se maintenir en équilibre pendant qu'elle se pliait presque en deux, les yeux larmoyants, le corps secoué de haut-le-cœur, et qu'elle expulsait l'alcool. De la bile chaude jaillissait de sa bouche, lui brûlant la gorge jusqu'à ce qu'elle n'ait plus rien à rendre.

Puis la tristesse, cortège naturel d'une euphorie nourrie par l'alcool, la submergeait tandis qu'elle s'essuyait la bouche avec un coin de mouchoir, se relevait et reprenait sa marche hésitante jusque chez elle.

Son expérience de l'alcool quand elle était plus jeune lui avait montré qu'il pouvait aider à endormir les tourments de l'esprit ainsi que la douleur physique. Mais elle ne se rendait pas compte qu'elle avait franchi l'étroite frontière entre une fille buvant dans une soirée et une adolescente alcoolo-dépendante. Quand bien même aurait-elle compris qu'elle avait un problème, elle s'en serait moquée. Tout ce qu'elle savait, c'était qu'à chaque gorgée avalée, elle se sentait mieux : sa peur refluait, sa détresse disparaissait et sa confiance en elle augmentait.

Elle était capable de faire rire les autres avec ses histoires, elle se sentait acceptée comme membre d'un groupe et, une fois couchée, elle fuyait ses pensées dans un abrutissement induit par l'alcool.

Mais il y avait un prix à payer. Le dimanche matin, elle se levait de mauvaise grâce, peu désireuse d'affronter les conséquences de ses excès de la veille. Le sang lui martelait le crâne. Depuis l'arrière de ses yeux et dans toute la tête, des ondes de douleur lui traversaient le crâne.

Elle avait l'impression que sa langue était gonflée, sa gorge sèche, et elle ne désirait rien tant que de passer le reste de la journée sous les draps.

Mais elle refusait de donner cette satisfaction à sa mère en s'abandonnant au supplice qu'elle s'infligeait elle-même ; elle savait que Ruth pensait avoir déjà suffisamment de raisons de se plaindre du comportement de sa fille sans que celle-ci ne lui en donne d'autres.

Elle préférait alors se remémorer la soirée précédente. Elle visualisait le dancing où des groupes de filles assises discutaient et rigolaient en évitant délibérément les regards des bandes de garçons qui marchaient autour d'elles. Antoinette commençait à comprendre comment cela fonctionnait maintenant. C'était une compétition entre Antoinette et ses amies, c'était à celle qui paraîtrait la plus nonchalante, et la récompense était de se faire inviter par le garçon qu'elles avaient déjà choisi. Alors qu'il approchait, une expression neutre remplaçait l'excitation montrée aux autres et fraîchement, presque à reculons, elle acceptait son invitation à danser d'un hochement sec de sa tête choucroutée.

Les deux sexes savaient ce qu'ils voulaient : la fille voulait être poursuivie et courtisée puis gagner un petit ami attitré. Le garçon voulait montrer à ses amis qu'il pouvait avoir la fille de son choix.

Mais en dépit de leurs fanfaronnades, les garçons connaissaient les règles. Ils pouvaient essayer d'aller plus loin, mais ils n'étaient pas surpris quand cela ne marchait pas. Ils savaient qu'un baiser passionné à l'arrière d'une voiture et quelques câlins rapides ne mèneraient qu'à une fin de non-recevoir d'une main douce mais ferme.

Au début des années soixante, avant la pilule, qui déclenchera une révolution sexuelle, une grossesse conduisait au mariage ou à la honte ; les deux sexes le savaient et, pour des raisons différentes, préféraient l'éviter.

Antoinette, en revanche, jouait à un jeu différent. Elle voulait de la vodka. Elle mourait d'envie que son monde devienne flou ; elle accueillait la sensation d'étourdissement, puis se passait les poignets sous l'eau froide et aspergeait d'eau l'endroit où battait son pouls pour se calmer avant de se resservir.

Elle adressait un joli sourire au premier garçon en possession d'une bouteille cachée. Se méprenant sur ses motifs, il lui remplissait en hâte son verre et quand elle savait qu'elle n'en aurait pas d'autre à moins qu'elle ne lui donne plus qu'un sourire, elle vidait son verre d'un trait et s'en allait promptement.

Antoinette n'avait que faire des pelotages à la va-vite à l'arrière d'une voiture ou de protéger sa vertu tandis qu'un jeune, cherchant une récompense pour les nombreux verres offerts, essayait de lui remonter sa jupe.

Elle ne s'intéressait pas du tout à ce système d'échange particulier et s'échappait toujours avant qu'il puisse avoir lieu. Ses amies étaient trop jeunes pour comprendre que la boisson, et non les garçons, était devenue son obsession. Mais Ruth ne le savait que trop bien.

Ce fut la boisson qui empêcha Antoinette d'accepter que les relations avec sa mère avaient changé. La confiance et l'amitié qui lui importaient tant s'étaient maintenant volatilisées. Ruth lui avait finalement dévoilé ses plans et Antoinette comprit que son unique chance de survie consistait à exorciser cet amour qu'elle ressentait encore.

Antoinette savait que sa mère avait commencé à la considérer comme un problème, tout comme elle l'avait fait pendant toutes ces années atroces en refusant d'admettre ce qui se passait. Aujourd'hui, alors qu'Antoinette échappait à son contrôle, Ruth estimait de toute évidence que sa fille était un fardeau de plus à porter dans une vie parsemée de vaines attentes. Et Antoinette le sentait.

Maintenant qu'elle avait clairement dit qu'elle accueillerait son mari chez elles comme si rien ne s'était passé, elle entreprit de rabaisser Antoinette autant que possible, la persécutant par une manipulation subtile et habile jusqu'à ce que sa fille accepte la situation.

Ruth voulait contrôler, et elle connaissait parfaitement les mots qui feraient obéir sa fille au doigt et à l'œil.

Elle commençait par lui dire :

— Tu me donnes toujours tant de soucis, chérie. Je n'arrive pas à dormir avant que tu sois rentrée. Voilà pourquoi je suis si fatiguée le matin. Tu as tellement envie que je m'inquiète ?

Quand elle était lasse de jouer sur la culpabilité d'Antoinette, elle passait aux attaques – Tu me déçois tellement – et aux accusations – Je ne sais pas avec qui tu es ou ce que vous faites là-bas, toi et tes amies, en revanche, ton odeur à ton retour ne m'est pas du tout inconnue.

Antoinette essayait de l'ignorer en se concentrant d'un air de défi sur l'émission *Juke Box Jury*[1] et, un miroir appuyé contre la télévision, sur le maquillage

---

1. Émission de télévision diffusée entre 1959 et 1967 à la BBC dans laquelle quatre célébrités étaient invitées à juger les derniers disques sortis. (Toutes les notes sont de la traductrice.)

qu'elle appliquait pour une nouvelle grande soirée de fête. Puis Ruth sortait son atout.

— Tu sais que je t'aime.

Plus que tout, Antoinette voulait que ce soit vrai ; malgré la colère qu'elle ressentait face à la trahison de sa mère, elle l'aimait toujours et elle ne désirait rien tant que d'être aimée en retour. Au cours des semaines qui séparèrent la visite de son père de sa libération, elle chercha à bloquer la voix de Ruth qui essayait d'obtenir qu'elle adhère à sa réécriture de l'histoire. Sa mère tira encore plus brutalement les ficelles pendant cette période jusqu'à ce que l'obéissance, cette habitude constitutive de l'enfance de sa fille, commence à prendre le dessus. Elle exigea qu'Antoinette joue le jeu de la famille heureuse, qu'elle fasse semblant d'attendre impatiemment le retour de son père et de croire que rien ne s'était jamais passé qui pourrait lui rendre cette idée si intolérable.

— Papa va bientôt rentrer à la maison, ma chérie, annonçait Ruth à sa fille d'une voix gaie et tranquille, comme si elle ne pouvait qu'espérer une réponse ravie.

Antoinette sentait son ventre se nouer, ses poings se serrer et la peur monter, mais elle se taisait.

Ruth disait dans des tons secs interdisant toute discussion :

— Tu dois essayer de ne pas le fâcher, chérie.

Et elle ajoutait de la voix patiente du martyr qu'elle semblait s'imaginer être :

— J'ai assez souffert ! Personne ne sait combien j'ai souffert. Je n'en peux plus.

Antoinette croyait à la souffrance de sa mère – elle avait entendu ce refrain « J'ai assez souffert ! » si souvent qu'elle ne pouvait faire autrement – mais elle ne la lisait pas dans les yeux de sa mère.

Tout ce qu'elle voyait en Ruth était la colère face à la contrariété, la froideur et un besoin implacable de s'accrocher à sa propre version de la réalité.

Le jour fatidique du retour de son père approchait. Pendant des années, elle avait cherché à repousser la date de sa libération de son esprit mais elle ne le pouvait plus à présent. L'image de son visage et le ton moqueur de sa voix hantaient ses heures de sobriété – de plus en plus rares.

La semaine précédant son retour, Ruth sortit triomphalement un paquet contenant une teinture châtain.

— Cette choucroute rousse doit disparaître. Si tu veux te coiffer comme cela avec tes amies, je ne peux pas t'en empêcher, mais tant que tu vis ici, tu sortiras de la maison avec une tête décente, annonça-t-elle d'un ton ferme à sa fille.

Antoinette savait que toute protestation était inutile. Que sa mère soit furieuse contre elle quelques jours avant que son père revienne à la maison n'était pas une bonne idée, elle le savait.

Elle prit la lotion en soupirant, se coiffa jusqu'à ce que ses cheveux soient raides et appliqua la teinture. Une heure plus tard, après avoir rincé ses cheveux une dernière fois, puis les avoir vigoureusement séchés avec une serviette devant le feu, elle se regarda dans la glace et se retrouva face au reflet de l'insignifiante Antoinette. De Toni qui, malgré toutes ses erreurs, avait du courage, il ne restait plus rien. La remplaçait l'adolescente apeurée qui ressemblait à la victime qu'elle avait été. Sa mère avait gagné – elle avait détruit la confiance qu'Antoinette avait réussi à bâtir depuis que son père avait disparu de leur vie. Et maintenant, avec son retour prochain, elle se sentait plus que jamais renvoyée à la case départ.

Sa mère observa la nouvelle couleur.

— Très joli, chérie, fut son seul commentaire, dépourvu de chaleur.

Ce n'était pas censé être un compliment.

La soirée qui précéda le retour de son père, un silence gêné flotta entre Antoinette et sa mère. Antoinette n'avait qu'une envie, se réfugier dans sa chambre et chasser de son esprit toutes les pensées de son père et de sa venue, mais Ruth était décidée à jouer à fond la mascarade de la famille heureuse.

Quand sa mère ne disait rien, Antoinette savait que ce n'était que le prélude au pire à venir et, plus la soirée avançait, plus sa nervosité croissait.

— Je vais me coucher maintenant, finit-elle par dire. Je me sens très fatiguée ce soir.

Ce fut alors, sachant qu'elle avait gagné la partie et que la courte rébellion de sa fille était parfaitement sous contrôle, que Ruth donna son *coup de grâce*[1].

Elle leva les yeux vers sa fille et dit :

— Demain, ma chérie, tu iras chercher Papa et tu reviendras à la maison avec lui. Je dois travailler le matin et je sais que tu es du soir, donc tu es libre dans la journée.

Ouvrant son sac, elle sortit un billet de dix shillings[2] et le fourra dans la main de sa fille, arborant un sou-

1. En français dans le texte.
2. Billet retiré de la circulation en 1969.

rire non pas sincère, mais signe d'une détermination d'acier. Puis, comme si elle avait prévu une gâterie spéciale, elle ajouta :

— Voici de quoi lui offrir un thé dans ce bar que tu aimes tant.

— Très bien, Maman, répondit-elle, sonnée et obéissante.

Par ces mots, Antoinette sentit renaître le pouvoir de sa mère sur elle et elle vit la lueur de satisfaction dans les yeux de Ruth qui flairait la victoire. Comme elle l'avait fait tous les soirs avant sa rébellion, Antoinette embrassa rapidement sa mère sur la joue et alla se coucher.

Elle savait dans son cœur qu'elle avait été finalement aspirée à travers le miroir dans le monde irréel de sa mère. D'une certaine façon, elle comprenait que sa mère avait besoin de croire qu'elle, Ruth, était une bonne épouse et une bonne mère et que Joe était le beau mari irlandais qui l'adorait. Tous deux, ils avaient une fille qui ne causait que des soucis et Ruth en souffrait.

Elle était la victime de la honte de son mari, mais tant qu'Antoinette se tenait correctement et n'embêtait pas son père à son retour, tout irait bien.

Dans l'univers de Ruth, Antoinette était la fille difficile responsable de tous les problèmes. Quand bien même elle luttait contre cette idée, Antoinette ne tarderait pas à se mettre à penser que, peut-être, sa mère avait raison.

8

Le café dans lequel Ruth avait organisé la rencontre entre Antoinette et son père était l'un des nombreux qui surgissaient comme des champignons dans le centre de Belfast. Ces précurseurs des bars à vin vendaient des cappuccinos aux jeunes de Belfast et celui-ci était le préféré d'Antoinette. C'était là qu'elle et ses amies se retrouvaient avant d'aller au dancing, qu'elles sirotaient leurs boissons mousseuses en faisant des projets pour la soirée à venir. Cet après-midi-là, le jour de la libération de son père, elle ne ressentait aucun plaisir dans cet environnement familier ; l'intérieur sombre lui paraissait lugubre tandis que la grande machine à café argent et noir, animée généralement de sifflements et de gargouillis avenants, restait muette sur le comptoir.

Il était trop tôt dans la journée pour les hordes des consommateurs du soir, et la foule de midi, un mélange d'hommes d'affaires bien habillés et de femmes raffinées, était repartie travailler.

Le retour imminent de son père avait plongé Antoinette dans une dépression. Elle était tombée dans une sorte de trou noir, où elle ne pouvait même pas penser au lendemain. La plus petite tâche lui paraissait impossible et la moindre chose pouvait déclencher la panique. Elle n'avait plus aucune réaction et elle redevint le robot qu'elle était autrefois, seulement à l'abri quand elle obéissait aux ordres.

Sans compter ses autres préoccupations. Que dirait-elle si elle rencontrait l'une de ses amies ? Comment pourrait-elle justifier la présence de son père ? Pourquoi sa mère avait-elle organisé cette rencontre sur ce qu'Antoinette considérait comme son territoire ? C'était comme si toute indépendance qu'elle avait gagnée, toute vie qu'elle s'était créée, lui avaient été enlevées.

Toutes ces pensées tournaient dans sa tête tandis qu'elle se dirigeait vers l'une des tables en bois et prit un siège. Le bus de son père devait arriver à 15 heures. C'était heureux, car elle savait que les risques de tomber nez à nez avec quelqu'un à cette heure-là étaient minces.

Quel père allait la saluer, se demandait-elle. Serait-ce le père « gentil », qui onze ans auparavant avait retrouvé sa femme et sa fille sur les quais de Belfast ; le père qui avait fait rayonner Ruth de bonheur en la serrant dans ses bras et glousser sa fille de plaisir quand il avait jeté son corps de cinq ans dans les airs, avant de lui plaquer un bisou sonore sur les deux joues ? Ce père-là, l'homme jovial qui l'avait tapotée sous le menton tandis qu'il offrait à sa femme des boîtes de chocolat après l'une de leurs nombreuses disputes, n'était qu'un pâle souvenir. Ou serait-ce l'autre père, aux yeux injectés de sang et à la bouche tremblante de fureur à sa vue ? La peur de cet homme qu'elle avait éprouvée dans son enfance et dont elle se souvenait très clairement, celle qu'elle avait essayé de bannir de son esprit, lui revint.

Antoinette était arrivée tôt. Elle était habillée comme avant : ses cheveux lavés de frais pendaient à présent jusqu'au col de sa veste marine et une jupe grise et un twin-set bleu pâle avaient remplacé le jean et le chemisier qui étaient l'uniforme de la jeunesse. Sa mère était entrée tôt dans sa chambre ce matin-là. Elle s'était apprêtée pour revoir son mari et était vêtue d'une veste grise à col en fourrure qui encadrait son visage, l'adoucissait. Ses cheveux avaient été récemment permanentés avec une coloration cuivrée pour cacher le gris apparu ces dernières années et tombaient à nouveau en vagues souples autour de son visage. Ses lèvres étaient peintes en rouge vif, une couleur qu'elle avait toujours aimée, et des bagues étincelaient sur des mains aux ongles vernis d'écarlate. Elle avait ouvert l'armoire et choisi les vêtements qu'Antoinette devait porter.

— Ça te va bien, ma chérie. Mets ça aujourd'hui.

— Ça ne me plaît pas, avait murmuré Antoinette. C'est démodé.

— Mais non, ma chérie, tu es très jolie avec ça. C'est le bleu qui te va. Mets-le pour me faire plaisir, tu veux bien ?

Et elle avait obtempéré. Antoinette voulait arriver avant son père pour choisir une table avec vue sur la porte. Elle voulait le voir avant qu'il ne la remarque.

Des suspensions projetaient de douces flaques de lumière chaude sur les tables en bois. Une tasse de café lui avait été apportée et il lui fallut ses deux mains rendues moites et glissantes par la peur pour la porter à ses lèvres. Son estomac était secoué de spasmes nerveux et elle avait des étourdissements après une nuit d'insomnie.

Elle sentit sa présence un quart de seconde avant de le voir. Levant les yeux vers la porte, elle ne discerna qu'une silhouette d'homme. Dos au soleil, c'était une ombre sans visage mais elle savait que c'était lui. Elle sentit les poils de sa nuque se hérisser et elle posa ses mains sur ses genoux pour cacher leur tremblement.

Ses traits ne devinrent nets que quand il fut à ses côtés.

— Bonjour, Antoinette.

Quand elle le regarda, elle vit quelqu'un qu'elle ne connaissait pas encore : le père repentant. Il avait passé plus de deux ans en prison et à part cette permission du week-end, où elle l'avait entraperçu, elle ne lui avait pas parlé.

— Bonjour, Papa.

Ne voulant pas l'entendre parler davantage, elle débita d'un trait :

— Maman m'a donné un peu d'argent pour un thé.

Antoinette était tellement conditionnée qu'elle se comportait normalement. À toute personne extérieure, ils présentaient un spectacle tout à fait ordinaire – un homme invitant sa fille à prendre un thé. Dès les premiers mots adressés à son père, Antoinette avait fait un pas de plus dans le monde de sa mère. Un monde dans lequel son sentiment de bien-être n'existait plus, où elle faisait les quatre volontés de sa mère.

Elle n'avait pas le choix, elle devait obtempérer. Elle jouait son rôle dans cette mascarade où tout était normal entre eux.

Mais la situation était loin d'être normale. Là, se tenait un homme qui avait été envoyé en prison, et c'était son témoignage à elle qui l'y avait mis au lieu du quartier psychiatrique qu'espérait sa mère, de deux maux, le moindre. Elle s'était demandé depuis ce que serait sa réaction quand ils seraient à nouveau l'un en face de l'autre et voilà qu'elle allait le découvrir.

Elle s'obligea à masquer sa peur et à le regarder. Elle s'attendait à voir des changements, même infinitésimaux, chez un homme incarcéré pour crime sexuel. Bien que les journaux n'aient pas indiqué que la mineure qu'il aurait abusée était sa propre fille, l'âge de sa victime aurait dû avoir un effet. Les autres prisonniers avaient bien dû montrer leur réprobation. Sa popularité auprès des autres hommes avait bien dû disparaître. Même son habileté avec une queue de billard n'avait sûrement pas pu le sauver. Mais à la grande perplexité d'Antoinette, il ne semblait pas différent du jour de son procès. Son costume en tweed, qu'il avait porté alors, lui allait encore parfaitement ; sa cravate était nouée fermement sous le col de sa chemise bleu pâle en coton impeccablement repassée.

Ses épais cheveux ondulés, éclairés de reflets auburn, semblaient avoir été récemment coupés et ses yeux ne montraient pas la moindre inquiétude quand il lui rendit son regard avec un sourire chaleureux.

Il s'assit en face d'elle, se pencha et plaça sa main délicatement sur la sienne. Elle sentit ses doigts se raidir, se recroqueviller à son contact, puis trembler.

Elle n'avait qu'une idée en tête, se lever de son siège et courir. Elle n'avait même pas la force d'éviter son regard hypnotique.

— Je suis désolé, dit-il, comme si ces mots véhiculaient une formule magique qui ferait disparaître ses actes en une seconde.

Mais elle voulait désespérément le croire. Elle voulait retrouver sa foi dans le monde adulte, et entrer dans une machine à remonter le temps où elle pourrait réécrire ces affreuses années. Mais surtout, elle voulait être une adolescente normale avec deux parents aimants et une enfance heureuse, chargée de souvenirs qu'elle pourrait emporter avec elle dans l'âge adulte.

Elle voulait être capable de sourire en repensant au passé, de partager ces souvenirs avec ses amis. Elle savait que le vécu personnel, familial et amical forme la structure de la vie mais son histoire était trop terrible pour l'évoquer, et encore moins la raconter à d'autres.

Elle regardait le père repentant et voulait le croire – mais ce n'était pas le cas.

Joe pensait avoir gagné. Il sourit et commanda du thé et des scones. Antoinette le regarda engloutir sa nourriture avec force tasses de thé, mais elle ne pouvait rien avaler. Elle le fixait d'un regard vide et sentait poindre la peur familière. Quand elle était petite, celle-ci donnait à ses yeux terrorisés un éclat terne pendant que la nausée lui vrillait l'estomac.

Il finit par poser sa tasse et par lui sourire.

— Eh bien, ma petite, si tu as terminé, on pourrait bouger.

Il ne fit aucun commentaire sur son manque d'appétit, lui dit juste de demander la note et de la régler. Puis il prit son bras dans une imitation du père attentionné et le tint fermement en l'emmenant hors du café.

Antoinette et son père s'assirent côte à côte dans le bus qui leur fit faire le court trajet entre le centre de Belfast et Lisburn où se trouvait le pavillon de gardien. Ils étaient montés à l'étage pour qu'il puisse fumer.

Elle le regarda rouler une cigarette, vit la pointe de sa langue lécher lentement le papier avant de l'allumer, puis le sentit se détendre alors qu'il soufflait avec bonheur des spirales de fumée dans l'air.

Elle inhala les fumées, les laissant masquer l'odeur familière de son corps qui l'avait toujours repoussée. Elle essaya de se faire aussi petite que possible. Le bras de son père était appuyé contre le sien et la chaleur de son corps brûlait son flanc au point de contact. Elle se tourna et regarda par la vitre. Le reflet de son père observait fixement le sien et ses lèvres arboraient un sourire de chaleur feinte, celui qu'elle avait connu dans son enfance.

Quand ils parvinrent à destination, Joe et sa fille descendirent presque en même temps. Il tenait sa petite valise d'une main et le coude de sa fille de l'autre.

Elle essaya de ne pas tressaillir alors que la pression de ses doigts sur son bras ne lui laissait d'autre choix que de marcher vite à ses côtés. Avec chaque pas, elle ressentait un désir irrésistible de retirer sa main mais les années de contrôle de ses pensées lui avaient ôté toute volonté et elle ne pouvait rien faire.

Une fois dans la petite entrée, il laissa tomber sa valise sur le sol. Judy vint accueillir Antoinette et, à sa vue, Joe se baissa et passa ses doigts rudement sur la tête de la petite chienne en guise de salutation. Comme Judy ne réagit pas avec l'accueil enthousiaste auquel il estimait avoir droit, Joe lui tira les oreilles et tourna de force sa gueule vers lui. Peu habituée à un traitement aussi brutal, Judy se tortilla pour s'échapper puis se glissa à côté de sa maîtresse. Elle se cacha derrière les jambes d'Antoinette et jeta un regard méfiant à l'intrus.

La contrariété se lut brièvement sur le visage de son père. Même les chiens devaient aimer Joe Maguire.

— Tu ne te souviens pas de moi Judy? lui demanda-t-il d'un ton jovial qui masquait à peine son mécontentement.

— Elle est vieille maintenant, Papa, répondit vite Antoinette, espérant protéger son animal de son irritation.

Il sembla accepter l'excuse. Il entra dans le petit salon, s'assit dans le fauteuil le plus confortable et étudia sa fille et son environnement avec un sourire satisfait.

— Eh bien, Antoinette, ça ne te fait pas plaisir d'avoir ton vieux père à la maison?

Sa voix était empreinte de moquerie. Prenant son silence pour un oui, il continua :

— Sois une gentille fille et fais-moi une tasse de thé, alors. Mais monte d'abord ça dans la chambre de papa et maman, dit-il comme si l'idée lui était venue après coup.

Alors qu'elle se penchait pour la soulever, elle vit à travers ses paupières baissées un sourire suffisant se dessiner sur ses lèvres. Il savait à présent que deux ans d'absence n'avaient pas détruit les années d'entraînement qui l'avaient empêchée d'avoir une croissance émotionnelle normale. Antoinette n'était pas une adolescente rebelle – il y avait veillé. Elle vit le sourire et en comprit la signification. Elle prit la valise sans un mot. Son autorité restait intacte et elle en était consciente, mais elle savait qu'elle devait cacher le ressentiment qui grandissait en elle. En montant la valise, elle sentit ses yeux épier ses moindres mouvements. Elle lâcha la valise dans la chambre de ses parents, derrière la porte, essayant de ne pas regarder le lit qu'il partagerait maintenant avec sa mère. Puis elle redescendit dans la cuisine où, tel un robot, elle remplit la bouilloire et la mit sur la plaque. Des souvenirs d'autrefois, quand il avait utilisé ce rituel du thé comme une tactique dilatoire, envahirent son esprit. Ce fut à sa mère qu'elle pensa. En son for intérieur, Antoinette pestait contre elle et posait les questions dont elle mourait d'envie d'avoir les réponses. « Maman, comment peux-tu me mettre en danger comme ça ? Tu ne m'aimes donc pas du tout ? Toutes ces années, juste toutes les deux ne signifient vraiment rien pour toi ? »

Mais elle connaissait la réponse à ces questions maintenant. Le sifflement de la bouilloire interrompit ses pensées et elle versa l'eau bouillante sur les feuilles de thé. Se rappelant la mauvaise humeur de son père si on le faisait attendre, elle prépara promptement un plateau avec deux tasses, versa du lait dans un pot et posa le sucrier à côté, avant de le transporter avec soin jusqu'à lui.

Elle le plaça sur la table basse, se souvenant de mettre d'abord le lait, puis deux cuillerées à café de sucre, exactement comme il l'aimait.

— Tu fais toujours du bon thé, Antoinette. Dis-moi, ton vieux père t'a-t-il manqué?

Elle tressaillit en se remémorant les nombreuses fois où il l'avait tourmentée avec des questions similaires, des questions auxquelles elle ne pouvait jamais répondre correctement et qui entamaient sa confiance en elle et l'embrouillaient.

Avant de pouvoir répondre, un coup sonore à la porte d'entrée fit aboyer Judy et tira Antoinette de son supplice. Son père ne fit aucun effort pour quitter le confort de son fauteuil, attendant manifestement qu'elle aille ouvrir.

Heureuse de ne pas avoir eu à répondre, elle se dirigea vers la porte, l'ouvrit et se trouva face à un homme menu d'une cinquantaine d'années. Ses rares cheveux blond roux étaient séparés par une raie sur le côté droit et ses yeux gris clair, encadrés par des lunettes à monture dorée, ne dégageaient aucune chaleur.

Son costume sombre était partiellement dissimulé par une gabardine Mackintosh trois-quarts couleur crème mais elle apercevait sa cravate à rayures nouée avec précision sous le col de sa chemise d'un blanc éclatant.

Elle ne l'avait jamais vu auparavant et, peu habituée à ce que des étrangers frappent à leur porte, elle lui fit un sourire incertain et attendit qu'il explique le motif de sa visite. Il la fixa d'un regard froid qui la détailla de haut en bas et, en réponse à son air interrogateur, sa main ouvrit un petit portefeuille d'un coup sec. Il le tint devant les yeux d'Antoinette pour lui montrer la carte d'identité qui s'y trouvait, puis déclara d'un ton glacial :

— Bonjour. Je travaille pour les services sociaux. Tu es Antoinette ?

Encore une fois, ce prénom qu'elle haïssait. Ce nom, et les souvenirs qui lui étaient associés, était celui d'une personne qu'elle ne voulait plus être. Alors qu'il n'avait été que rarement utilisé depuis l'incarcération de son père, il était aujourd'hui constamment répété le jour de sa sortie. À chaque fois qu'elle l'entendait, elle sentait l'identité de Toni disparaître un peu plus. Entendre son père prononcer son nom l'amenait à régresser et à réintégrer cette fille de quatorze ans apeurée qu'elle était à son départ. Et maintenant, cet étranger l'utilisait. Alors qu'elle le regardait sans comprendre, un mauvais pressentiment l'envahit. Pourquoi les services sociaux viendraient-ils maintenant, se demandait-elle. Ils ne lui avaient pas été d'une grande aide auparavant.

— Puis-je entrer ?

Si ses paroles avaient été formulées comme une question, son attitude en faisait un ordre.

— Je dois vous parler, à ton père et à toi.

Elle opina et s'écarta pour le laisser entrer et passer dans le salon. Le travailleur social observa avec un dégoût visible ce décor douillet. Antoinette perçut sa réaction et lui proposa néanmoins du thé, qu'il refusa dédaigneusement.

Cet homme n'était pas venu l'aider, elle le savait, il s'était déjà fait une idée et l'avait jugée coupable, de quoi, elle n'en savait rien. Elle s'assit sur une chaise à dos dur, les mains serrées l'une contre l'autre sur ses genoux pour contrôler le léger tremblement qui trahissait toujours sa nervosité, et le visiteur s'installa sur la seule chaise confortable. Il tira avec soin son pantalon aux genoux pour éviter qu'il ne plisse, laissant apparaître ses chevilles pâles au-dessus de ses chaussettes. Antoinette remarqua que, malgré sa manœuvre tatillonne, ses genoux cagneux formaient de petites pointes dans le tissu. Ses pieds, soigneusement placés côte à côte, étaient enfermés dans des chaussures noires si brillantes qu'elle se demanda s'il y voyait son reflet quand il se penchait pour les lacer.

Son visage terreux, aux traits quelconques, se tourna vers son père pour bavarder aimablement avec Joe tout en ignorant Antoinette. En surface, il paraissait inoffensif mais quelque chose en lui – la froideur de ses yeux, son apparence méticuleuse, sa préciosité en ouvrant son attaché-case et en plaçant une feuille sur ses genoux – faisait naître en elle des spasmes d'appréhension. Elle savait qu'il l'avait évaluée et jugée simple d'esprit. Antoinette comprit vite la raison de sa venue. Il voulait connaître les projets de Joe pour l'avenir. Il venait d'être libéré de prison et, après tout, les prisons étaient censées offrir une réhabilitation. Il était de la responsabilité d'un travailleur social consciencieux de veiller à ce qu'une aide suffisante soit apportée à l'extérieur pour que ce principe soit appliqué jusqu'au bout.

— Donc, Joe, avez-vous des projets en perspective ? demanda-t-il.

Joe répondit que oui, ses entretiens auprès des bureaux de l'armée locale étaient déjà prévus – ils embauchaient de bons mécaniciens du secteur civil. Avec ses anciennes références et le fait qu'il s'était porté volontaire pour le service actif pendant la guerre, Joe était sûr qu'on lui proposerait du travail. Pendant tout ce temps-là, Antoinette savait, aux regards furtifs qui lui étaient lancés, qu'elle constituait une des autres raisons de la visite des services sociaux. Apparemment satisfait de la réponse de Joe, le travailleur social la regarda d'un air sévère, bien que sa question suivante leur fut destinée à tous les deux.

— Vous devez bien vous tenir, compris ?

Antoinette entraperçut dans les yeux du travailleur le même type de tempérament que celui de son père, avant qu'il se ressaisisse.

— Oui, murmura Joe.

Il comprit qu'on en attendait plus de lui et décocha au travailleur social son sourire charmeur et dit d'un ton chargé de regrets :

— J'ai compris la leçon et tout ce qui m'importe à présent, c'est de me réconcilier avec ma femme. Ça n'a pas été facile pour elle pendant que je n'étais pas là et je veux faire amende honorable.

— Alors Joe, ne vous approchez plus de la bouteille.

À la grande surprise d'Antoinette, son père se leva de son fauteuil, franchit les quelques pas qui le séparaient de son visiteur, tendit la main et serra celle de l'homme.

— Oh, vous pouvez compter sur moi, déclara-t-il, son sourire à nouveau sur les lèvres.

Estimant avoir fait son devoir, le visiteur se leva, saisit son attaché-case et se prépara à partir. Puis il se tourna vers Antoinette, la fixa d'un air dédaigneux et dit :

— Et toi, Antoinette, sois une gentille fille, compris ?

Voyant qu'il attendait une réponse, elle bredouilla un oui.

Content de l'avoir humiliée, il se dirigea vers la porte. Elle l'accompagna dans l'entrée et, alors que la porte se refermait sur lui, elle sentit s'effriter les derniers lambeaux de la nouvelle confiance en elle si durement gagnée.

Les deux années depuis l'incarcération de son père s'envolèrent et elle redevint l'adolescente de quatorze ans qui avait été blâmée et mise à l'écart pour le crime de son père.

En entendant les pas du travailleur social s'éloigner, elle s'appuya contre le mur et essaya de retrouver son calme avant d'affronter son père. Elle s'obligea à se remémorer les paroles du juge ce jour-là dans son cabinet : « Les gens vont t'accuser… et je t'assure que rien de tout cela n'est de ta faute. » Mais les viles opinions des autres l'avaient toujours éclaboussée et, aujourd'hui, les paroles du juge avaient perdu leur pouvoir de réconfort.

Elle sentit que, une fois encore, elle était à la merci du monde adulte et que celui-ci l'avait à nouveau trahie, comme au moment de la révélation du crime de son père.

Elle revint dans le salon, s'interrogeant sur l'humeur de son père après la visite du travailleur social. Il ne montra aucune réaction face au visiteur inopportun, mais tendit sa tasse pour qu'elle la lui remplisse. Puis il dit :

— Ne parle pas de cet homme à ta mère. Elle a déjà eu assez de soucis.

Pour enfoncer le clou, il lui jeta un regard intimidant, puis se remit à boire bruyamment son thé. Cette visite ne fut plus jamais mentionnée.

9

Le passé reflua et je me retrouvai à nouveau chez mon père, dans son salon.

Je fermai les yeux sur ces souvenirs d'une autre époque, mais éprouvai toutefois le vide laissé par le fantôme d'Antoinette.

Elle s'était sentie si peu aimée et cela seul lui donnait l'impression qu'elle ne valait rien; les personnes vulnérables, manquant de confiance en elles, se voient à travers le regard des autres.

Une pensée lui titillait l'esprit : si mes parents m'aiment si peu, c'est qu'une partie de moi en est responsable.

Quelle que soit l'image que lui renvoyait le miroir, elle ne la voyait pas; une adolescente jolie? non, laide. Une victime? non, une coupable. Une fille digne d'être aimée? non, quelqu'un qui méritait d'être rejeté.

Pourquoi n'avait-elle pas protesté alors? Pourquoi n'avait-elle pas simplement fait ses valises? En tant qu'adulte, je connaissais la réponse.

Un chagrin intense débilite l'esprit à un point tel qu'il est temporairement paralysé. Privé de toute libre pensée, l'esprit est alors incapable de prendre la moindre décision, et encore moins de planifier une évasion. Antoinette était tout simplement pétrifiée par le désespoir. Si seulement elle avait été capable de s'en aller et de ne jamais les revoir, mais elle n'avait pas encore dix-sept ans à une époque où les adolescents ne quittaient pas leur domicile pour habiter dans des colocations.

Elle ne s'était sentie en sécurité que pendant de courts instants de sa vie et s'était faite la plus petite possible avec ses parents, plombée par la crainte à la pensée de leur déplaire. Mais si malheureuse que soit sa vie chez elle, l'inconnu lui faisait encore plus peur.

Elle pensait avoir besoin des bribes de normalité qu'apportait la vie de famille. Aucune des filles de sa connaissance n'habitait seule et à ce stade, non seulement elle voulait fréquenter ses semblables, mais elle avait toujours des projets pour l'avenir. Elle espérait que si son père travaillait et contribuait au ménage, alors Ruth ne dépendrait pas autant de son salaire.

Antoinette se disait que si cette responsabilité ne lui incombait plus, elle pourrait suivre ses cours de secrétariat. Les trois mois de travail d'été au pays de Galles chez Butlins viendraient s'ajouter à ce qu'elle possédait déjà à la poste.

Cela couvrirait ses besoins pour son année de formation et, une fois diplômée, elle pourrait quitter la maison pour toujours.

Mes mains d'adulte tremblaient du désir de frapper aux carreaux du pavillon de gardien. Je voulais remonter dans le temps et changer la direction dans laquelle les réflexions confuses d'Antoinette la portaient. Par l'esprit, je franchis la porte et me trouvai dans la pièce à ses côtés ; les décennies s'effacèrent alors que l'adulte et l'adolescente que j'avais été partagèrent le passé.

Je la regardai dans ses yeux maintenant hagards, alors qu'elle se sentait piégée dans le foyer qu'elle aimait et que ses choix s'amenuisaient. Et, à travers le gouffre des ans qui nous séparait, j'essayai de me faire entendre d'elle.

— Ne reste pas ! plaidai-je en silence. Écoute-moi ! Pars maintenant ! Pendant que ta mère est au travail, fais ta valise et pars ! Tu ne sais pas ce qui va se passer si tu restes, mais moi si. Remets tes projets de formation à plus tard ; reprends-les quand tu seras plus vieille. Si tu restes, ils vont te détruire, Antoinette. Ta mère ne te protégera jamais. Crois-moi, le pire est à venir.

Antoinette se pencha pour caresser les oreilles de sa chienne. Elle n'avait pas entendu la voix de son futur. J'entendis le tic-tac de l'horloge de cheminée qui marquait inexorablement le temps.

Il est rare que les horloges marchent à rebours et, le sachant, je pleurai pour Antoinette.

Une fois encore, je m'imaginai Antoinette que sa mère avait envoyée à la rencontre de son père. Je sentis sa lutte pour survivre, ses efforts désespérés pour s'accrocher à sa personnalité. Elle refusait d'être totalement contrôlée par ses parents et je pouvais encore entendre le ton grossier de son père qui dénigrait chacune de ses tentatives.

Je sentis un sourire nostalgique affleurer sur mon visage au souvenir de ces danses qui avaient l'innocence d'une autre époque. Je me rappelai que ma génération était celle d'une nouvelle culture des jeunes, puis je fus envahie de tristesse pour l'adolescente que j'avais été, ne désirant rien tant que mener une vie normale.

Et une fois encore, je ressentis sa solitude.

Elle s'était créée un nouveau personnage derrière lequel se dissimuler : la fille des soirées qui avait leurré ses amies, mais pas elle. Elle cachait en permanence la peur qu'on lui pose des questions sur sa vie de famille et son passé. Si cela devait arriver, elle était sûre d'être démasquée et traitée d'imposteur. C'étaient là des peurs qu'aucun adolescent normal ne devrait avoir. Elle s'était tournée vers la boisson, l'accueillant comme une amie qui apaiserait ses inquiétudes, puis, quand celle-ci s'était transformée en ennemie, elle avait lutté pour se défaire de son emprise sur elle.

Mon accès de dépression fut remplacé par une poussée de colère envers les deux êtres qui avaient détruit mon enfance. Je tirai une grande bouffée de cigarette, tapotant rageusement la cendre sur l'amas croissant de mégots qui remplissaient maintenant le cendrier, puis une autre pensée me traversa l'esprit.

Mon père était mort. Il ne reviendrait pas chez lui. Dans le bureau, j'avais trouvé ce portefeuille avec tous ces billets. Un sourire se dessina sur mes lèvres alors que l'idée pénétrait mon esprit. À quoi pouvais-je l'utiliser ? À quoi détestait-il dépenser son argent ?

Les dîners dehors, certainement. Je me souvins de la joie de ma mère quand ils étaient allés dîner dans un restaurant chic et du grognement de mépris qui avait accompagné ce qu'il estimait être une pure perte de son argent durement gagné.

— Eh bien aujourd'hui, il m'en paiera un ! m'exclamai-je.

Je pris le téléphone pour appeler une amie. Elle m'avait accompagnée en Irlande pour me soutenir face au décès de mon père et aux dispositions à prendre pour son enterrement, et elle attendait dans un hôtel non loin de là. Tout en l'appelant, je fouillais ma mémoire à la recherche d'autres sacrilèges qui auraient mis mon père hors de lui. Qu'une femme conduise sa voiture d'un rouge étincelant garée dehors l'aurait certainement indigné. Donc nous la prendrons, jubilai-je.

Quand mon amie répondit, je lui dis :

— Ça te dirait d'aller déjeuner ? Dans un endroit chic et cher. C'est pour moi. Je passe te prendre dans vingt minutes.

Puis j'appelai mon courtier en assurances à Londres pour qu'il assure la voiture et je passai le dernier appel au restaurant pour réserver pour deux.

Puis, saisissant les clés de la voiture de mon père posées, comme par hasard, sur le bureau, je sortis de la maison, insérai triomphalement les clés dans le contact, mis la radio à plein volume et démarrai.

Après être passée prendre mon amie, nous roulâmes lentement sur la route côtière venteuse jusqu'à la Chaussée des Géants. À la différence du paysage anglais, l'Irlande n'a pas beaucoup changé depuis ma tendre enfance. On n'y voyait pas ces hectares de maisons ou d'immeubles nouvellement bâtis. C'était toujours aussi beau. Alors que nous suivions la côte, un paysage époustouflant de collines verdoyantes s'étalait sur notre gauche, tandis que des kilomètres de plages intactes bordaient notre droite. Quelques silhouettes chaudement vêtues se promenaient dans l'air vivifiant de l'océan Atlantique, pendant que dans le ciel, des mouettes affamées, dans leur incessante quête de nourriture, descendaient en piqué.

J'ouvris ma vitre pour humer l'air salé et entendre les vagues s'écraser sur le rivage. C'était l'Irlande que j'aimais, un pays auquel j'aurais pu appartenir s'il n'y avait eu mon passé.

Nous traversâmes de minuscules hameaux, aux petites maisons trapues à un étage alignées le long des rues. Contrairement aux enfants de mes souvenirs de jeunesse, vêtus de guenilles, les jambes rougies et desséchées par le vent dépassant de bottes Wellington, je voyais des enfants habillés comme de jeunes adolescents, sur des vélos étincelants ou des skate-boards.

Des paniers suspendus ornaient les pubs repeints de frais, proclamant qu'ils n'étaient plus du seul domaine des hommes.

Nous arrivâmes à destination, une petite ville de front de mer qui arborait non seulement des jardinières et des paniers suspendus, mais également des tableaux noirs sur les trottoirs proposant les « plats du patron ». L'Irlande du Nord était entrée dans le vingt et unième siècle.

Nous nous garâmes devant une vieille maison victorienne en pierre grise avec une fenêtre de part et d'autre de la porte d'entrée. Si l'austérité extérieure était restée telle quelle, la maison avait été convertie quelques décennies plus tôt en un restaurant chic.

Nous entrâmes dans un autre monde. Avec son intérieur sombre et ses meubles massifs, il avait à peine changé depuis que j'y étais venue près de trente ans plus tôt. J'y avais été accompagnée d'un petit ami qui avait espéré m'impressionner en m'y invitant.

Peu habituée à une telle magnificence, j'avais parcouru le menu à la recherche d'un plat connu à commander, puis étais restée torturée par l'indécision en me demandant par quels couverts commencer. J'avais commandé un poulet à la Kiev et une bouteille de rosé Mateus qui était, je le croyais alors, le summum du raffinement. J'étais maintenant habituée aux restaurants onéreux et les menus ne me faisaient plus peur.

J'entrai d'un pas assuré et jetai un regard alentour. Papier peint rayé Régence, moquette vert mousse et serveurs vêtus de noir et blanc ajoutaient à l'ambiance vieillotte, mais ceux qui connaissaient l'excellence des plats innovants ne venaient pas ici en quête d'intérieurs de métal et de verre.

Nous nous dirigeâmes vers l'hôtesse d'accueil et demandâmes une table.

— Avec plaisir, Mesdames, suivez-moi. Je vous accompagne au restaurant.

— En fait, dis-je, pourriez-vous nous indiquer le bar ?

— Vous déjeunez ici ? demanda l'hôtesse d'un ton glacial. Ne seriez-vous pas mieux dans la salle de restaurant ?

Dans ces établissements, les dames commandaient des boissons, un xérès doux de préférence, à leur table, en parcourant le menu. Ce n'était pas pour moi.

— J'aimerais d'abord des huîtres et du champagne. Nous déjeunerons ensuite.

L'hôtesse hésita un instant face à ce manquement à l'étiquette puis nous indiqua le chemin du bar où nous pouvions nous asseoir à une petite table près de la fenêtre et nous régaler.

— Votre amie et vous fêtez une occasion particulière ? demanda-t-elle avec un air désapprobateur ; si elle ne débordait pas de charme, elle était curieuse.

J'aurai pu lui dire la vérité : « Oui, je fête la mort de mon père. » Mais peu encline à la choquer, j'eus pitié et répondis :

— Nous profitons juste de nos vacances. Et ce lieu nous a été chaudement recommandé. Nous sommes impatientes de tester le menu – j'ai entendu qu'il était excellent.

Ses traits s'adoucirent. Elle nous avait visiblement prises pour des touristes « de là-bas » qui n'y connaissaient rien, donc elle nous pardonna notre ignorance du décorum et nous amena à une table près d'une fenêtre.

Pour une fois, j'allais oublier mon régime, aujourd'hui le maître mot était de se faire plaisir. Le barman apporta le seau à glace avec le champagne et remplit deux flûtes. Je levai la mienne pour porter un toast à mon père.

— Merci, Papa, pour le premier repas que tu m'aies jamais offert !

— Au bon vieux Joe, murmura mon amie et, sourire aux lèvres, nous trinquâmes d'un air conspirateur.

Elle connaissait la vérité. C'était la raison pour laquelle elle avait proposé de m'accompagner en Irlande et de m'aider. Une heure plus tard, la bouteille de champagne était vide, les huîtres mangées et il fut temps de rejoindre la salle de restaurant. Nous avions déjà commandé un chateaubriand pour deux avec ses garnitures et une bouteille de vin rouge corsé.

— Tu crois qu'une bouteille suffira ? demandai-je à mon amie, amusée par la consternation qui traversa le visage du serveur.

Encore une chose que les dames ne font pas, s'enivrer dans les restaurants chic irlandais. Il ne pouvait pas savoir que nous avions l'habitude du vin et du champagne. Cela ne me gênait pas. J'avais déjà décidé que nous reviendrions en taxi et que nous récupérerions la voiture plus tard.

— Oui, répondit-elle fermement, mais elle céda quand je commandai le plateau de fromage.

Après quoi, nous convînmes que nous nous devions de prendre un irish-coffee.

Trois irish-coffees plus tard, après avoir parlé comme le font de vieilles amies quand des heures paraissent aussi courtes que des minutes, nous remarquâmes que le jour déclinait et que le restaurant se préparait pour les clients du soir.

— C'est l'heure de demander la note, dis-je en faisant signe au serveur.

Le soulagement se lut sur son visage quand il comprit que nous partions et non que nous voulions commander encore à boire. L'addition arriva avec une célérité discrète sur un plateau en argent.

L'hôtesse d'accueil réapparut, affichant à nouveau sa désapprobation initiale.

— Serait-ce votre voiture rouge garée devant ?

Je saisis l'allusion.

— Oui. Verriez-vous un inconvénient à ce que nous la laissions là jusqu'à demain matin ? Nous avons tellement aimé notre repas que nous avons peut-être exagéré.

Je vis qu'elle était tout à fait d'accord. Et puis, ma prudence raisonnable, sans parler du pourboire généreux, sembla l'adoucir quelque peu et, d'un hochement bienveillant, elle s'en fut appeler un taxi.

Elle nous tint la porte au moment de partir. Mais avant de sortir, un groupe d'hommes entra. Je les connaissais – ils étaient membres du club de golf de mon père.

— Nos condoléances pour votre perte récente, murmurèrent-ils en me voyant. La perte d'un père est une chose terrible.

Derrière moi, je sentis des illusions voler en éclat.

Je revins dans la maison de mon père ce soir-là. L'enterrement devait avoir lieu le lendemain et plus vite je ferai le tri dans la maison, plus vite je pourrai quitter la ville.

Alors seulement le passé s'effacerait et me libérerait des pensées d'Antoinette qui envahissaient mon esprit. Une à une les images d'elle s'imposèrent à moi et je sentis mon moi adulte tiré à travers les ans.

10

Antoinette essaya de l'ignorer, mais elle était consciente que les yeux de son père suivaient le moindre de ses gestes. Quoi qu'elle fasse – nettoyer sa chambre, préparer le thé, regarder la télévision, partir travailler – il l'observait. Quand elle était dans la maison, Joe attendait de sa fille qu'elle s'occupe de lui comme une petite servante obéissante. Si elle se montrait docile de l'extérieur, Antoinette comptait en permanence les heures avant de pouvoir quitter la maison.

Entre-temps, sa mère continuait à jouer le jeu de « Papa travaillait loin ». Elle se comportait comme s'il n'avait été absent qu'une semaine. Son esprit était fermé à la réalité de ce qui avait généré l'absence de son mari. Ruth était résolue à ce que la vérité ne soit pas mentionnée, le passé totalement réécrit et le rôle qu'elle y avait tenu étouffé. Elle ne l'avait jamais soutenue, volontairement aveugle et muette, tandis que son mari abusait de leur fille durant plusieurs années. Cela n'avait tout simplement pas eu lieu.

Il semblait à Antoinette que les deux dernières années et demie s'étaient évaporées. Elle était à nouveau cette petite fille qui ne maîtrisait plus vraiment sa vie. Maintenant que ses parents reformaient un couple, ils étaient redevenus puissants et l'excluaient de leur cercle magique, la laissant se débattre seule et la tenant totalement à leur merci.

Le pavillon n'était plus ce foyer qu'Antoinette et sa mère avaient créé. La présence de Joe l'avait envahi : cendriers pleins à ras bord laissés près du fauteuil à oreilles en attendant que sa fille les vide ; journaux délaissés, ouverts aux pages sportives, pendant que sa tasse tachée du dépôt de thé, préparée pour lui par Antoinette ou par sa mère, restait sur la table basse. Il y avait maintenant un bol à barbe dans la cuisine, et une serviette crasseuse qu'Antoinette se refusait à toucher était posée sur l'égouttoir.

Deux ans et demi plus tôt, le bonheur de Ruth était dicté par les humeurs de son mari, et il en était de même aujourd'hui. Son sourire heureux s'évanouissait progressivement, remplacé par des grimaces de mécontentement ou l'expression de la martyre de longue date que Ruth s'estimait être. Antoinette ne l'entendait pratiquement plus chantonner ses airs favoris. Pourquoi sa mère ne le comprenait-elle pas ? se demandait-elle. Avait-elle oublié les simples plaisirs de la vie tranquille et harmonieuse qu'elles avaient partagée *avant* qu'il ne revienne ? Comment pouvait-elle vouloir se retrouver sous son emprise, la maisonnée entière régie par ses humeurs et l'aura de pouvoir sinistre qui l'entourait ? Il semblait impossible à Antoinette que quiconque puisse désirer choisir cette existence plutôt que celle qu'elles avaient eue avant la libération de son père.

De plus, on ne pouvait pas dire qu'elle en tirait un bénéfice matériel. Alors que son mari travaillait comme mécanicien civil sous contrat avec l'armée, et faisait des heures supplémentaires, sa contribution à l'économie domestique ne semblait pas aider les finances de Ruth. En fait, avec une bouche de plus à nourrir et les quarante cigarettes quotidiennes de Joe, l'argent semblait encore plus rare. Quatre semaines après son retour, il annonça qu'il devait travailler pendant le week-end.

— Je partirai tôt et reviendrai tard, dit-il avec son sourire jovial.

— Oh, Paddy, protesta-t-elle, s'adressant à lui de son surnom, pas un samedi. Tu sais que j'ai les week-ends de libres.

Le café que gérait Ruth s'adressait aux professionnels qui travaillaient cinq jours par semaine et sans sa clientèle, le propriétaire avait décidé de fermer après le déjeuner du samedi, une décision appréciée de Ruth comme de sa fille.

Voyant le regard soupçonneux de sa femme, l'expression de bonne humeur de Joe disparut pour laisser place à l'irritation.

— On a besoin d'argent, non ? Oui, et c'est pas toi qu'arrêtes pas de dire que tu veux une maison plus grande à Belfast ?

Antoinette vit sur le visage de sa mère l'air résigné qui était devenu courant ces dernières semaines quand elle répondit :

— Tu as raison, chéri.

— Bon, alors, de quoi tu te plains ? C'est une fois et demie le tarif normal le week-end. Peut-être que si ta fille contribuait plus au lieu de tout dépenser à ces frusques et à ce foutu truc qu'elle se met sur le visage, je n'aurais pas à travailler si dur.

Antoinette attendit que sa mère contredise ses accusations. Elle avait contribué à la gestion de la maison depuis qu'elle avait été en mesure de le faire. Mais Ruth ne dit rien. Même si elle savait que Ruth avait toujours désiré une maison semblable à celle dans laquelle elle avait grandi, un élégant bâtiment géorgien à trois étages, c'était la première fois qu'Antoinette entendait parler de ce projet. Il lui semblait que son père voulait tout contrôler, même le lieu où ils vivaient.

Le pavillon de gardien était assez confortable pour nous avant qu'il réapparaisse, pensa-t-elle avec animosité. Les heures supplémentaires ne sont qu'une excuse de plus pour faire taire sa femme.

Elle doutait de son histoire et, voyant son air triomphant après avoir remporté cette brève altercation, elle y crut encore moins. Savoir que sa mère faisait semblant d'accepter ses justifications n'en alimentait que plus son ressentiment.

— Dis plutôt que tu vas aux courses de lévriers, marmonna-t-elle entre ses dents.

Voyant l'expression qui avait traversé le visage de sa fille et en saisissant le sens, Joe lui jeta un regard furieux et dit d'un ton sec :

— Qu'est-ce que t'as à rester là ? Aide ta mère quand je serai parti, rends-toi utile pour une fois.

Sur ce, il s'en alla. Le claquement de la porte derrière lui vibra dans la pièce dorénavant silencieuse.

Ruth et sa fille se regardèrent et Antoinette devina la peine sur le visage de sa mère. Elle ferma son cœur, car elle avait dépassé le stade où elle essayait de la réconforter. Pour une fois, Ruth aurait pu la soutenir et dire qu'elle avait contribué plus que sa part.

Elle sentait l'injustice de ses remarques et la blessure du manque de soutien habituel de sa mère. Si elle ne prenait pas sa défense, qui le ferait ?

Antoinette alla dans sa chambre, espérant que son père gagnerait suffisamment aux courses pour qu'il ne revienne pas avant qu'elle soit sortie pour la soirée.

Elle savait qu'elle avait contribué autant que lui aux frais du foyer. Avec ses pourboires, elle gagnait autant que lui – un élément qui alimentait son bouillonnement de colère à son encontre.

Elle pensa à sa manière d'accaparer la télévision qu'elle avait achetée et de rester assis devant des programmes sportifs qu'elle détestait ; comment sa mère lui cuisinait ses plats préférés, ne demandant jamais à Antoinette ce qui lui ferait plaisir ; comment, quand sa fille avait proposé de préparer le dîner, il s'était moqué de ses efforts en les résumant à ta « saleté de boustifaille farfelue ». Depuis son retour, hormis cet essai infructueux, elle en était réduite aux seules tâches ingrates comme la vaisselle.

Antoinette n'avait aucune envie de voir son père quand elle serait apprêtée pour sortir. Elle savait qu'il se moquerait de ses tentatives pour paraître jolie et qu'il briserait encore plus sa confiance en elle si fragile. S'il était de mauvaise humeur, elle lui servirait de cible, un punching-ball mental sur lequel il déverserait sa colère, une colère qui semblait maintenant toujours couver sous la surface. Elle ne voulait pas non plus voir la tristesse sur le visage de Ruth, même si elle ne pouvait s'empêcher de penser que sa mère était la seule responsable de son malheur. Antoinette ne voyait pas l'intérêt de la présence dans la maison d'une personne créant un tel sentiment de discorde, et elle ne comprenait pas pourquoi sa mère le laissait reprendre si vite ses mauvaises habitudes.

Elle entendait les dérobades de Joe, voyait sa suffisance et regardait sa mère se prêter à ses désirs. Elle sentit un mépris croissant pour ses parents face à la mainmise de Joe et à l'acceptation de Ruth.

Quand son père était dehors, sa mère la cherchait, avide de compagnie et d'une oreille pour l'écouter se plaindre, mais cette fois-ci, Antoinette était résolue à ne pas se laisser fléchir et lui céder. Elle passa donc l'après-midi dans sa chambre à décider de la tenue qu'elle mettrait pour sortir avant de finalement arrêter son choix. Elle étala soigneusement sur le lit une robe jaune pâle décolletée, avec un petit pli dans le dos pour pouvoir marcher sans entrave tout en soulignant ses jambes minces. La large ceinture qu'elle avait choisie était recouverte d'un tissu plus sombre, qui lui ceindrait étroitement la taille et la ferait paraître encore plus élancée.

C'était vraiment élégant, pensa-t-elle, ravie de son choix.

Elle l'avait achetée dans l'une des nouvelles boutiques qui ouvraient partout, proposant quantité de vêtements à la mode pour les adolescents. Ce magasin, récemment lancé au centre de Belfast, appartenait à une chaîne venue d'Angleterre. Les vendeuses quinquagénaires avaient été remplacées par des employées grandes et minces à l'allure de mannequins, qui portaient si bien les collections que toutes les filles, quelles que soient leur taille et leur forme, voulaient les imiter.

Elle savait que les autres filles de son groupe se seraient également offert une nouvelle tenue, parce que l'occasion de ce soir était spéciale. Un nouvel orchestre avec Acker Bilk en clarinettiste vedette donnait son premier concert à Belfast. Toutes les filles en avaient parlé avec animation. Le premier disque du groupe était entré au hit-parade et ce seul fait le distinguait des autres formations qui s'étaient régulièrement produites en Irlande du Nord.

Antoinette avait prévu de retrouver ses amies à sept heures et demie à leur endroit préféré, le café où quelques semaines à peine plus tôt elle avait rencontré son père, même si elle essayait de ne pas y penser. Elle se remémorait toujours ce moment avec une grimace de dégoût.

Elle écoutait avec bonheur le dernier disque d'Elvis Presley, un achat très récent. Un verre de vodka dans la main et une cigarette interdite dans l'autre, elle plissait les yeux pour éviter la fumée et se mouvait au rythme de la musique. Elle s'imaginait sur la piste de danse, percevant les regards admiratifs tandis qu'elle mettait en pratique les nouveaux pas qu'elle avait appris.

Judy, sachant que les préparatifs d'Antoinette étaient un prélude à son départ, la regardait d'un air malheureux depuis le nid qu'elle s'était fait sur le lit.

Antoinette s'observa une nouvelle fois dans le miroir pour vérifier son maquillage soigneusement appliqué.

— Un peu de rouge à lèvres, se dit-elle, puis elle décida d'attendre d'avoir fini son verre et inhalé la dernière bouffée de cigarette.

Elle voulait savourer ces rares instants. Elle se sentait détendue et presque heureuse, car il lui semblait que son désir allait être exaucé et que son père ne rentrerait pas avant qu'elle soit partie. Le volume de la musique étouffa le claquement de la porte d'entrée. Sa paix fut brusquement anéantie par un rugissement furieux et elle sut aussitôt, avec un sentiment de crainte, que son père avait dû boire après ses pertes au champ de courses. Il ne rentrait que quand il était à court d'argent et la voix coléreuse qui montait jusqu'à elle et envahissait sa chambre indiquait que la journée ne s'était pas bien passée. D'une façon ou d'une autre, ce devait être de la faute de quelqu'un. C'était toujours le cas. Antoinette deviendrait, elle le savait, la cible de son humeur imprévisible. Incapable d'ignorer le cri barbare, elle ouvrit la porte de sa chambre avec appréhension.

— Antoinette, amène-toi ici et arrête cette foutue musique, t'as compris ?

À regrets, elle fila dans sa chambre, retira le disque du tourne-disque et descendit. Son père l'attendait sur la dernière marche, le visage cramoisi par une fureur induite par l'alcool. Elle vit sa mère derrière lui, arborant son expression habituelle, la bouche figée dans un sourire crispé, tandis qu'assise, elle regardait sa fille et son mari.

Antoinette comprit que, comme d'habitude, nulle aide ne viendrait de ce côté-là et attendit en silence de connaître les intentions de son père. Lui gâcher sa sortie avec ses amies arriverait en tête de liste, parce que si sa journée n'avait pas été bonne, l'idée qu'elle s'amuse ce soir lui serait intolérable.

— Où c'est que tu crois aller avec toute cette crasse sur la figure, fillette ?

— Juste au dancing du coin avec mes amies.

Elle cacha son agitation et répondit d'un ton calme, espérant apaiser sa mauvaise humeur.

— Tu t'es regardée ? Tu sors pas de chez moi comme ça.

Il lui saisit le bras et la tira sans ménagement vers lui. Il lui attrapa le menton, lui leva le visage et l'étudia avec dédain. Antoinette eut un mouvement de recul en sentant son haleine fétide, et il perçut son tressaillement mais il savait qu'elle avait trop peur pour protester. Joe ricana pendant que ses doigts s'enfonçaient plus durement dans la chair sensible de ses joues.

— File à l'évier et nettoie-moi ce foutu maquillage, ordonna-t-il.

Elle se rendit dans la cuisine et fit ce qu'il lui avait dit, ravalant des larmes traîtresses qui menaçaient de couler le long de ses joues. Elle enleva rapidement un peu de son fond de teint, sentant ses yeux sur elle. Elle se regarda dans la petite glace au-dessus de l'évier et vit la jolie fille qu'elle voulait tant être disparaître à chaque passage du gant de toilette humide. Elle se sécha lentement le visage par petites tapes, voulant retarder au maximum le moment de se retourner pour faire face à son père ; elle savait qu'il n'avait pas fini de la torturer.

— C'est mieux ? demanda-t-elle, en ravalant sa fierté.

Elle désirait surtout l'apaiser assez pour pouvoir quitter la maison sans qu'une querelle générale n'éclate. Rien ne lui ferait plus plaisir que de trouver une excuse pour lui interdire de sortir et l'envoyer dans sa chambre.

— Tu fais toujours peur à voir. Et puis tu deviens grosse.

Ce mot redoutable, craint par toute adolescente, vola comme une flèche et se planta avec une précision mortelle au cœur de sa confiance en elle. Elle grimaça et Joe sut que sa pointe avait porté un coup à son amour-propre. Il lui décocha un regard méprisant et renifla.

— Et t'as pas intérêt à rentrer tard, fillette. Tu dois être là à onze heures et pas une minute de plus, pigé ?

Tous les signes de l'adolescente sûre d'elle qui se reflétaient dans la glace de sa chambre quelques minutes plus tôt avaient disparu, cédant la place à une fille maladroite et nerveuse. Antoinette voulut ouvrir la bouche pour protester mais elle savait ce qu'il adviendrait alors. Elle baissa la tête et étudia la moquette, refusant de le regarder en face. Elle sentit le poids de la pression silencieuse de ses parents qui attendaient une réponse.

— Oui, Papa, répondit-elle d'un ton qu'elle voulait conciliant.

Antoinette savait qu'il était inutile de préciser que la soirée ne se terminait pas avant onze heures ou de répliquer qu'elle devrait alors faire la queue pour récupérer son manteau et marcher jusqu'à l'arrêt de bus. Elle devrait partir plus tôt et rentrer seule à la maison. La dernière partie de la soirée lui était refusée ; la compagnie des autres filles en attrapant le dernier bus, riant, bavardant et se repassant les événements de la soirée.

Son père se détourna, un sourire satisfait sur les lèvres. Maintenant qu'il avait gagné, il semblait en avoir assez de l'accabler. Elle savait qu'il ne créait pas ses règles parce qu'il se souciait de l'heure à laquelle elle rentrait, mais parce qu'il exigeait sa soumission totale. Et, comme quand elle était enfant, sa mère n'intervenait jamais.

Elle se contentait d'ignorer la situation.

Antoinette vit la gaîté sur le visage de son père qui sentait décroître en elle le plaisir de la soirée à venir, puis le sourire s'effaça et sa malveillance perça. Il aurait préféré qu'Antoinette arbore un air de défi pour se délecter de lui interdire de sortir. Elle s'était une fois rebellée contre son autorité et avait plaidé sa cause quand il l'avait accusée de ne pas aider davantage à la maison. Pour cet accès d'insolence, ainsi qu'il l'avait perçu, elle avait été envoyée dans sa chambre avec interdiction d'en sortir. Cette nuit-là, Antoinette s'était couchée la faim au ventre pendant que les odeurs de leur dîner montaient jusqu'à elle avec les bruits de la télévision qu'elle avait payée.

Elle remonta et sentit une vague de colère se muer en poussée de haine, cette fois dirigée contre ses deux parents : son père pour ses brimades arrogantes et sa mère pour sa docilité. La colère s'ajouta au défi et elle fourra à la va-vite tout son maquillage dans son sac à main. Elle se maquillerait dans le bus, décida-t-elle.

Tirant du réconfort à cette pensée, elle enfila ses bas brun roux en se tortillant, puis sa robe jaune, serrant étroitement sa ceinture autour de sa taille. Elle chaussa ensuite ses talons aiguilles pointus. Elle était prête. Refusant de lui donner la satisfaction d'avoir une autre raison de la railler, elle recouvrit vite sa tenue d'un manteau.

Décidée à ne pas être à nouveau l'objet de la dérision ou des sarcasmes de son père, ou pire, à ne pas l'irriter davantage, elle décampa de chez elle.

Elle savait qu'elle arriverait en avance en ville et qu'elle devrait attendre ses amies, seule.

Dieu que je le hais. Pourquoi ne peut-il me laisser en paix ? se demanda-t-elle tristement en rejoignant l'arrêt de bus, sentant les larmes lui monter aux yeux. Elle les chassa d'un geste rageur. Elle ne voulait pas que ce qui restait de son mascara marque ses joues de rigoles noires.

Ne le laisse pas te démonter. Profite de ta soirée, ne le laisse pas gagner. Forte de ces conseils, elle redressa les épaules et la tête et son pas se fit plus résolu.

11

Antoinette accrocha fermement un sourire sur son visage en entrant dans le café.

Elle ne voulait pas que ses amies soupçonnent que quelque chose allait mal, ou qu'elles sachent qu'elle avait attendu une heure dans un bar, ignorant les regards fixés sur une fille seule dans un environnement dominé par les hommes, qui buvait de la vodka.

Des cappuccinos furent apportés à leurs tables et les filles parlèrent du nouveau groupe, de l'excellence du clarinettiste et – plus excitant encore – du fait qu'il avait apparemment appris à jouer à l'armée.

Leurs yeux s'agrandissaient à chaque potin et Antoinette riait et gloussait avec elles, résolue à ne pas montrer que, de son côté, l'enthousiasme de la soirée avait été gâché. De nouvelles tasses de café furent bues, puis elles partirent pour le Plaza, un dancing au centre de Belfast. C'était un grand édifice, fortement éclairé, aux fauteuils tapissés de velours luxueux et au bar somptueusement orné de miroirs. C'était là que les groupes jouaient en public les derniers tubes sur lesquels les jeunes de la ville dansaient le samedi soir. Tables et chaises cerclaient la vaste piste de danse, une boule à facettes répandait sa magie et, de par cette disposition habile des sièges et son décor élégant, le Plaza était le lieu en vogue par excellence. C'était là que s'affichaient les dernières tenues et coiffures à la mode. Les filles passaient l'après-midi qui précédait chez le coiffeur. Les garçons, quant à eux, avaient découvert un autre usage de la marque de brillantine Brylcreem qui leur lissait les cheveux vers l'arrière. En se donnant un peu de mal, ils pouvaient transformer leur coupe nette en une de ces bananes rendues populaires par leurs chanteurs préférés.

Antoinette et ses amies tendirent leur manteau aux préposées au vestiaire, puis filèrent droit aux toilettes pour dames. Elles y rejoignirent l'essaim de filles retouchant leur maquillage et admirant leur reflet dans de grands miroirs. Les ultimes peaufinages de leur apparence devaient être inspectés par leurs amies avant d'aller, d'un pas nonchalant, rejoindre la mêlée.

La soirée fut à la hauteur des attentes du groupe de jeunes filles et elles se déhanchèrent au rythme enlevé de l'orchestre avec la foule qui emplissait la salle de danse. Quand le clarinettiste amena son instrument à sa bouche et, à la demande du public, joua pour la deuxième fois l'air obsédant de *Stranger on the Shore*, Antoinette dansa lentement sur les notes langoureuses du tube.

Elle remarquait ou entendait à peine son cavalier tant une pensée la tarabustait : quelle pourrait être son excuse pour partir plus tôt ?

À dix heures, elle se tourna vers une de ses amies et l'informa qu'elle devait s'en aller.

— Comment, déjà? s'étonna-t-elle. Tu vas rater la fin du bal. C'est la meilleure partie. Pourquoi dois-tu partir si tôt? En général, tu ne rentres pas avant nous.

Antoinette débita facilement son mensonge. Après tout, elle avait passé toute la soirée à le préparer.

— Je sais, c'est dommage, mais mes parents m'emmènent à Coleraine demain. On va déjeuner chez mes grands-parents puis on va voir ma tante, mes oncles et mes cousins, alors on doit se lever tôt. Il faut trois heures, tu sais. Donc je dois me coucher à une heure raisonnable ce soir.

Comme il était étrange de pouvoir mentir aussi aisément sur ses liens avec la famille qui l'avait rejetée trois ans plus tôt.

Son amie opina et haussa les épaules. Il lui importait peu qu'Antoinette reste ou s'en aille.

— À la semaine prochaine alors. Salut, fut tout ce qu'elle dit avant de s'intéresser à nouveau à la musique.

Antoinette quitta discrètement la piste de danse et récupéra son manteau au vestiaire.

À l'arrêt de bus, elle se mit une tablette de chewing-gum dans la bouche. Même si cela faisait pas mal de temps qu'elle était passée du whisky à la vodka, elle se sentait plus en sécurité avec le parfum de la menthe sur son haleine. Sa mère savait peut-être qu'elle buvait, mais elle ne montrerait pas plus de faiblesses à son père qu'il n'en connaissait déjà.

Antoinette ne voyait nulle ironie à cette pensée, parce que c'était son père qui l'avait initiée au whisky quand elle n'était qu'une enfant.

Comme son père le lui avait ordonné, elle attrapa plus tôt le bus qui la ramena chez elle bien avant le couvre-feu décrété par Joe. Elle voulait le priver d'une excuse pour se plaindre de son comportement.

Il n'aura qu'à trouver une autre raison de me brimer, pensa-t-elle sombrement.

Elle entra vite, et fut soulagée de découvrir que ses deux parents semblaient endormis, la maison étant silencieuse quand elle monta sans bruit les escaliers. Si elle était arrivée après l'heure imposée, elle savait que Joe l'aurait su d'une manière ou d'une autre. Antoinette prit Judy et la mit sur le lit.

Quand elle fut prête à se coucher, elle se plaça près de sa chienne et la caressa en attendant de s'endormir.

Je le déteste, pensa-t-elle alors que le sommeil la gagnait. Elle aurait tant voulu que sa vie reprenne son cours d'avant son retour chez elles, mais elle savait que c'était impossible.

Antoinette tapota sur le lit pour inviter Judy à la rejoindre. Même si la petite chienne souffrait à présent de rhumatismes, elle accueillait généralement avec joie l'invite à retrouver sa maîtresse sur le lit.

Cette fois-ci, quand elle essaya de grimper, elle glissa, retombant avec un glapissement.

Antoinette tendit les bras, saisit la vieille chienne et l'installa près d'elle. Judy poussa un nouveau cri plaintif et, soudain inquiète, Antoinette chercha l'origine de son malaise. Elle lui passa délicatement les doigts sur l'estomac, distendu. Puis, en bas, elle sentit une grosseur, petite mais dure.

— Je vais t'emmener chez M. McAlistair, dit-elle, plus pour elle que pour rassurer sa chienne. Il t'aidera à aller mieux.

Elle caressa doucement Judy en lui susurrant des mots apaisants à l'oreille et s'aperçut avec un pincement de cœur que sa colonne vertébrale saillait, formant une crête sans peau que son épais pelage avait jusqu'à présent caché.

Elle comprit tout à coup que Judy était vieille.

Antoinette blottit contre elle la confidente de ces multiples secrets d'enfant murmurés depuis son cinquième anniversaire, et embrassa le haut de sa tête rêche, gonflée d'amour pour son animal. Les chiens, elle le savait, vivaient rarement au-delà de douze ans, et Judy avait presque atteint cet âge ; mais la réalité n'en était pas plus supportable pour autant.

Elle sentit une boule se former dans sa gorge. Sur les six derniers mois depuis le retour de son père, non seulement Judy avait été la raison principale pour laquelle elle n'était pas partie, mais aussi l'unique bonne chose dans cette maison.

Même si elle pouvait trouver une logeuse prête à louer une chambre à une mineure avec un animal, elle n'aurait pu enlever la vieille chienne à son environnement familier et au petit jardin auquel elle était habituée.

Qu'aurait-elle eu à lui offrir en retour ? Une vie dans une chambre meublée exiguë, la seule qu'elle pouvait se permettre. Aussi cruel qu'était son père envers elle, il n'exerçait jamais sa méchanceté sur des animaux. Non, il caressait Judy et le chat roux que sa mère adorait, alors qu'il lui criait dessus.

Judy avait été l'unique constante dans la vie d'Antoinette. À la différence des êtres humains qui avaient fait partie de son monde, la chienne n'avait jamais failli, et toujours montré son amour inconditionnel pour sa maîtresse. Elle était restée tranquillement près d'Antoinette qui se désespérait de la vie, lui léchait la main en ces baisers canins pour lui montrer son soutien, et, en retour, Antoinette l'avait aimée.

Elle plongea le regard dans les yeux marron limpides de Judy qui le lui rendit avec une telle confiance qu'elle sut ce qui était le mieux pour sa chienne. Elle la serra une nouvelle fois dans ses bras et descendit téléphoner au vétérinaire.

Moins d'une heure plus tard, Antoinette entendit les mots qu'elle avait craints depuis qu'elle avait découvert la boule.

— Je suis désolé Antoinette, la tumeur est maligne.

— Vous pouvez l'opérer ? demanda-t-elle, en plaquant ses mains sur les oreilles de Judy pour l'empêcher d'entendre son sort.

À l'expression du vétérinaire, elle connaissait déjà sa réponse. Elle caressa avec douceur la tête de Judy et se prépara pour la suite.

— Elle est vieille – ce ne serait pas juste de lui faire subir ça. Même si nous retirions la tumeur, elle pourrait réapparaître, tu sais.

— Que pouvez-vous faire ?

— Elle souffre, Antoinette, et ça va empirer. Tu dois affronter cette épreuve avec courage. Je sais combien tu l'aimes, poursuivit-il d'un ton doux, mais c'est la dernière chose que tu peux faire pour elle. Tu ne veux pas qu'elle souffre, non ?

Antoinette réprima les sanglots qui menaçaient de quitter sa gorge ; elle ne voulait pas que Judy ressente sa peine. La petite chienne, qui avait toujours su quand sa maîtresse était bouleversée, lui jeta un regard curieux.

— Tout va bien, Judy. Tu n'auras plus mal à l'estomac très longtemps, murmura-t-elle avant de se retourner vers le vétérinaire. Quand voulez-vous le faire ?

— Demain. Passe une bonne soirée avec elle, puis à la première heure demain matin, donne-lui un comprimé pour l'engourdir. Viens avec elle à dix heures. Je lui ferai une piqûre, et tu pourras la tenir jusqu'à ce qu'elle s'endorme. Puis nous l'amènerons dans cette pièce pour la dernière piqûre mais à ce moment, elle ne sentira plus rien. Son dernier souvenir sera celui de sa maîtresse qui la serre dans ses bras.

— Elle ne sentira rien, vous me le promettez ?

— Non, Antoinette, elle ne sentira rien.

Antoinette quitta le vétérinaire, Judy trottant à ses côtés, essayant de ne pas penser à la vie sans la compagnie de sa petite chienne.

De retour chez elle, elle expliqua à sa mère, la voix tremblante et les larmes coulant le long de ses joues, ce que lui avait dit le vétérinaire. Pour une fois, Ruth lui apporta un soutien et essaya de la réconforter même si Antoinette était inconsolable. À la vue des larmes de sa fille, les yeux de Ruth s'embuèrent, car elle aussi aimait la petite chienne.

Puis, au grand étonnement d'Antoinette, son père dit une phrase tout à fait inattendue.

— Antoinette, je sais combien tu aimes ta chienne. Veux-tu que je l'amène demain matin ? Faire ce que tu fais n'est pas si facile, tu sais.

Joe se pencha pour caresser Judy, gentiment cette fois.

Antoinette le regarda un moment, ahurie; puis quand elle comprit qu'il était sincère, reconnaissant.

— Merci, Papa, mais je veux le faire pour elle. Je veux être avec elle.

Son père se leva et tapota gentiment la tête de sa fille.

— Écoute, je vais sortir nous acheter des « fish and chips » et ta mère va nous faire un bon thé. Toi, tu restes avec ta petite chienne.

Avec un sourire qui lui rappela le père qu'elle avait connu quand elle était toute petite, Joe s'en alla.

Il revint avec de grosses portions de fish and chips, mais aussi avec des oignons au vinaigre et de la purée de petits pois. Ruth mit la table, coupa de fines tranches de pain et de beurre et ils attaquèrent le festin.

Les fish and chips furent suivis de grosses parts de gâteau aux fruits, et tandis qu'ils mangeaient, ils allégeaient la tristesse de cette journée en partageant leurs souvenirs de la vie de la petite chienne.

— Tu te rappelles quand Judy a sauté d'une fenêtre de l'étage, quand elle n'était qu'un chiot ? demanda Joe. J'ai dû filer chez le véto avec elle et en plus, elle ne s'était même pas cassé un os. Juste déchiré un muscle. J'ai quand même écopé d'une sacrée facture.

Ils rirent, se rappelant comment les deux pattes avant de Judy avaient été liées ensemble pendant que son muscle guérissait, et combien elle était drôle à voir. Son étrange allure quand on la sortait faire une balade n'entamait en rien son plaisir, ni ne l'empêchait de sauter avec des pattes boueuses sur les meubles.

— Et la fois où tu l'as louée au fermier local pour attraper des rats ? dit Ruth. J'étais furieuse contre toi !

Mais en se remémorant l'énergie de la courageuse petite fox-terrier, la colère fut oubliée et remplacée par des rires.

— Elle a eu une bonne vie, Antoinette, finit par dire son père. Je vais débarrasser. Toi et ta mère allez regarder un peu la télévision et je vais nous faire une bonne tasse de thé.

Et, l'espace de cette soirée, Antoinette fut amenée à croire que le jeu de la famille heureuse orchestré par Ruth n'en était plus un. C'étaient ces brefs instants de bonheur qui l'encourageaient à perpétuer le mythe qu'elle appartenait à une famille.

Cette dernière nuit, Judy partagea le lit d'Antoinette ; elle se blottit dans le creux du bras de sa maîtresse et n'en bougea pas. Quand Antoinette ouvrit les yeux tôt le lendemain, Judy lui donna de délicats coups de langue avant de se replacer avec bonheur sur le lit. Antoinette la souleva et la descendit pour la faire sortir dans le jardin.

Là, Judy s'accroupit, savourant ses ablutions matinales puis renifla nonchalamment quelques touffes d'herbe avant de revenir dans la maison.

Antoinette lui versa un peu de son thé dans une soucoupe. Judy préférait de loin le thé à l'eau et le lapa avec gratitude. Quand il ne resta plus une seule goutte, elle leva un regard expectatif vers sa maîtresse. Sa queue battit à toute vitesse quand, pour son grand plaisir, on lui donna une autre gâterie – un beau morceau de jambon. En son centre, Antoinette avait savamment caché le comprimé. Quand Judy l'eut mangé, Antoinette la souleva et la plaça sur ses genoux, passant les doigts dans son pelage rugueux jusqu'à rencontrer la protubérance qui lui déformait l'estomac et dessina de petits cercles autour. Elle posa son visage lisse contre les poils durs de sa chienne, les laissant lui chatouiller le visage. Puis elle attrapa la gueule de sa compagne d'enfance dans ses deux mains, la tourna vers elle et y lut son expression de dévotion.

Elle avait reçu un amour aveugle de la part de Judy, qui avait réussi à faire fondre le lieu glacial et effrayé dans son cœur et lui avait apporté un réconfort quand les autres ne lui donnaient rien. Elle avait pleuré tant de fois dans le pelage de Judy jusqu'à ce que le petit animal efface ses larmes d'un coup de langue.

Antoinette sentit une douleur dans la poitrine, comme une boule composée de toutes les larmes qu'elle avait versées au fil des ans. D'où viennent-elles, se demanda-t-elle. Y a-t-il une poche faite d'une fine membrane que notre chagrin pénètre et gonfle d'eau et qui, une fois pleine, finit par éclater, libérant un torrent inépuisable ?

Lorsque le corps de Judy se fit lourd et sa respiration plus profonde, Antoinette sut qu'elle était tombée dans un profond sommeil et qu'il était maintenant l'heure de l'emmener chez le vétérinaire. Elle la souleva avec précaution, ne voulant pas la réveiller, et la porta sur la courte distance.

Le vétérinaire lui ouvrit la porte, lui sourit gentiment, et les fit vite passer dans la salle d'opération.

— Antoinette, je vais juste lui faire la première piqûre. Elle glissera simplement dans un sommeil plus profond. Elle ne sentira rien.

Luttant pour contenir ses émotions, elle regarda l'aiguille s'enfoncer sous la nuque de son animal. Quand ce fut fait, elle ramena délicatement sa chienne dans la salle d'attente. Elle s'assit, Judy dans ses bras, refusant de penser à la soirée qui l'attendait lorsqu'elle rentrerait seule chez ses parents. Une heure s'était écoulée quand le vétérinaire la fit revenir pour la dernière piqûre.

Il prit la chienne endormie des bras d'Antoinette et la coucha sur la table.

Elle le regarda insérer l'aiguille dans sa cheville. Retenant toujours ses larmes, elle caressa la tête de Judy jusqu'à ce qu'elle la sente devenir molle et, alors que la vie quittait la petite chienne, elle lui fit un adieu silencieux.

Les larmes coulèrent à flot sur son visage pendant sa courte marche de retour au pavillon.

Elle entra dans la maison qui semblait à présent d'un silence insupportable et se rendit directement dans sa chambre. Elle agrippa l'oreiller pour se réconforter et pleura la perte de la compagne de son enfance.

Son unique réconfort était qu'elle avait rendu à sa chienne son affection par ce dernier cadeau, en la laissant glisser doucement dans un sommeil indolore, protégée par l'amour de sa maîtresse.

12

Antoinette sortait pour la toute première fois avec un garçon et elle se sentait soudain comme une adolescente insouciante. Derek voulait l'emmener déjeuner dans un restaurant qui venait d'ouvrir à Belfast. C'était un chinois, une nouveauté dans cette ville et, à cette seule pensée, Antoinette, qui avait seulement entendu parler de cette étrange cuisine, était excitée.

Au dancing de Belfast du samedi précédent, un jeune homme blond râblé d'une vingtaine d'années l'avait invitée pour la danse d'ouverture et ne l'avait pas quittée ensuite. Il attendit qu'une musique lente soit jouée pour dire :

— Tu ne te souviens pas de moi, n'est-ce pas ? J'ai dansé avec toi il y a près d'un an dans la tente de Lisburn.

Elle le regarda plus attentivement.

— Mais oui ! Je me souviens de toi, s'exclama-t-elle quand elle comprit qu'il était ce garçon au visage rond. Tu étais un peu effronté, non ? dit-elle, mais son sourire démentait toute méchanceté.

Derek lui rendit son sourire et, plus la soirée avançait, plus Antoinette vit qu'en une année, il était passé d'un garçon gentil à un jeune homme convenable. Il lui offrit des boissons sans alcool, aucune n'étant coupée de la vodka passée en douce qu'Antoinette en était venue à apprécier, mais elle se délectait trop de l'admiration qu'elle lisait sur son visage pour y attacher de l'importance. Ses yeux pétillèrent. Elle aimait son allure. En veston sport et pantalon de velours côtelé, il se démarquait de ses fréquentations coutumières.

— Je te cherche partout depuis la nuit où nous avons dansé, lui confia-t-il.

— Vraiment ?

C'était difficile à croire. Elle était plus habituée à éviter les mains moites d'adolescents éméchés par la boisson qu'à un admirateur désirant vraiment la retrouver. Il l'éblouissait – il ne cherchait pas un pelotage rapide, mais il désirait mieux la connaître et passer du temps avec elle. Quand il lui proposa de dîner avec lui, elle fut bouleversée et essaya de cacher son excitation quand elle accepta.

C'était la première fois qu'on l'invitait à sortir ainsi, toutes les filles avec qui elle allait danser en rêvaient. Elle voulait partager son plaisir avec sa mère, qu'elle soit heureuse pour elle, mais son instinct lui dit que Ruth ne serait pas contente.

Les semaines qui s'étaient écoulées depuis le retour de son mari avaient pesé et maintenant, le visage de Ruth semblait empreint en permanence d'une expression de mécontentement. La bonne humeur dont son mari avait fait preuve la veille de la mort de Judy avait vite disparu et, une fois encore, il était rarement à la maison le week-end sans donner d'explications.

Si seulement Derek avait voulu l'emmener dîner un samedi, se dit-elle, en rentrant chez elle ce soir-là. Je n'aurais pas eu à en parler à ma mère ou à mon père. Mais je ne pouvais trouver aucune excuse pour rester tard dehors un soir de semaine. Non, je vais devoir lui dire, et espérer qu'elle me donne sa permission.

Si elle pouvait sortir le samedi soir, ce n'était pas juste parce que cette concession datait d'avant le retour de son père. Quelle que soit son envie d'y mettre un terme, il ne lui était encore venu aucune excuse valable, car il savait parfaitement que la contribution d'Antoinette aux factures du foyer le soulageait d'un fardeau. S'il la poussait trop loin et qu'elle partait, il lui faudrait à coup sûr participer davantage.

Comme elle l'avait fait tant de fois, Antoinette désira une famille normale. Elle rêvait de deux parents qui voulaient ce qu'il y avait de mieux pour elle, au lieu d'un père qui la torturait par ses persécutions et d'une mère qui ne s'intéressait qu'à préserver la paix au prix du bonheur de sa fille.

Je pourrais inventer un truc, se dit Antoinette. Je pourrais lui dire que je vais au cinéma avec une amie… Non, cela ne va pas. Elle sait que je n'ai pas d'amie proche. Elle ne me croira jamais. Elle me soutirerait le nom, me demanderait de l'emmener au café pour la lui présenter…

Les filles du groupe d'Antoinette ne se retrouvaient que pour aller danser, puisqu'il était impossible de se rendre seule dans les dancings, et elles se voyaient peu en dehors, comme Ruth en était parfaitement consciente. Il serait difficile de feindre une soudaine amitié.

À seize ans, Antoinette savait que l'amitié était dangereuse. Elle s'accompagnait de questions et elle ne voulait pas avoir à donner de réponses sur son passé ou son présent. Elle s'autorisait rarement à ressentir la solitude ou à vouloir l'amitié d'une autre fille de son âge. Elle se rappelait trop bien comment ses camarades d'école, dont certaines la connaissaient depuis des années, s'étaient détournées d'elle lorsque les faits entourant sa grossesse étaient sortis au grand jour.

Antoinette comprit que les filles avec qui elle sortait danser disparaîtraient de sa vie dès qu'elle aurait un petit ami. Elle acceptait leur manque d'intérêt envers elle et était soulagée d'éveiller aussi peu de curiosité.

Je lui dirai la vérité, décida-t-elle, et advienne que pourra.

Le lendemain, elle trouva sa mère seule dans la cuisine.

— J'ai été invitée à sortir, dit Antoinette d'un ton aussi décontracté que possible. Un jeune homme appelé Derek veut m'inviter à dîner jeudi. J'ai dit que je pouvais y aller. J'ai bien fait ?

Aux aguets, elle vit des émotions conflictuelles passer sur le visage de sa mère : de l'inquiétude et de la peur, ainsi qu'une réticence à refuser à Antoinette une demande aussi simple et normale.

De quoi ma mère a-t-elle aussi peur, se demanda Antoinette. Elle savait qu'elles craignaient toutes deux son père, chacune à leur manière, et pourtant elle ressentait instinctivement qu'il ne s'agissait pas de cela. Après tout, en cas d'amitiés et de relations normales, Antoinette devrait répondre à des questions.

Un jour, peut-être, elle dirait à quelqu'un la vérité et tout cet édifice soigneusement construit, la vie que Ruth avait essayé si durement de créer et à laquelle elle voulait si âprement croire, s'effondrerait.

Antoinette l'observa lutter contre ses doutes, avant qu'elle accepte dans un soupir.

— Très bien, tu peux y aller. Je vois à quel point tu en as envie, et comme tu as déjà dit oui, je ne pense pas pouvoir t'arrêter, dit-elle avant d'ajouter : mais je crois que ce serait mieux si Papa pensait que tu allais au cinéma avec une amie. Demande à ce garçon de te raccompagner au café après le dîner puisque je suis de service du soir, comme ça, tu pourras rentrer à la maison avec moi.

— Très bien. Merci Maman.

Si tel était le prix d'une soirée avec Derek, alors elle voulait bien le payer, même si elle avait espéré être ramenée jusqu'au pavillon dans la voiture de Derek. Tout au fond, elle savait que sa mère voulait préserver la paix dans la maison et qu'une fois encore, Ruth avait choisi la solution de facilité en se faisant la complice de la domination de son mari.

Elle repoussa au fond de son esprit la question qui la titillait de savoir en quoi sortir avec un garçon aurait gêné son père. Elle évita de se demander pourquoi sa mère avait proposé de le lui dissimuler. Dans son for intérieur, elle connaissait les réponses à ces deux questions et, comme elle n'était pas encore prête à les affronter, elle préféra les refouler et se les cacher à elle-même.

Le soir précédant sa sortie au restaurant, Antoinette inspecta son armoire, cherchant une tenue adéquate et rejetant les robes une par une. Elle finit par s'arrêter sur sa robe jaune préférée mais Derek l'avait déjà vue avec, donc non. À l'instar de la plupart des filles de son âge passionnées de mode, elle préférait la quantité à la qualité : l'important était de faire les boutiques et d'être vue dans de nouvelles tenues. Sentant que les robes qu'elle avait mises pour les danses hebdomadaires ne conviendraient pas vraiment, elle se persuada sans trop de mal d'entamer ses économies. Elle avait déjà découvert qu'il n'y avait rien de plus séducteur que de nouveaux habits enveloppés dans du papier de soie, puis placés dans un élégant sac frappé du logo d'une boutique en vogue.

Le lendemain, elle quitta la maison tôt pour se rendre dans la boutique où elle avait déjà remarqué la tenue qu'elle voulait sur un élégant mannequin dans la vitrine. En chemin, elle garda les doigts croisés, espérant que le tailleur sur lequel elle avait ses vues serait encore là et, surtout, à sa taille. Elle arriva au magasin une minute après l'heure d'ouverture et vit à son grand soulagement que la tenue convoitée était encore exposée. Quand la vendeuse l'ôta du mannequin, elle découvrit avec plaisir que c'était une taille douze, la sienne.

En s'admirant devant la glace, elle sentit que c'était la tenue parfaite pour son rendez-vous galant : une jupe droite bleu marine avec un pull-over assorti bordé de poignets blancs et d'un grand col marin blanc.

Mes chaussures blanches et mon sac coordonné seront parfaits avec, se dit-elle en tendant l'argent. Puis elle se rendit dans le grand magasin Woolworth et fureta dans leur gamme Rimmel. Elle choisit un rose à lèvres pâle d'une couleur similaire à la demi-douzaine qu'elle possédait déjà. Elle s'offrit enfin une bouteille de parfum Blue Grass et, ravie de ses achats, alla prendre un café non loin de là. Elle s'assit, entourée de ses sacs, rêvant que le beau monde lui avait ouvert les bras. Elle était invitée à des soirées où, splendidement vêtue, elle attirait tous les regards. Elle s'imaginait un verre à la main, élégante en talons hauts, régalant une foule d'admirateurs d'histoires spirituelles. D'autres filles, le regard envieux, lui demandaient des conseils sur la mode.

Elle redescendit sur terre quand elle regarda sa montre et vit qu'il était l'heure d'aller prendre son service de midi au café. Au travail, les tables devaient être dressées, les couverts polis et les verres essuyés, mais tout ce temps-là, Antoinette eut un sourire plaqué sur le visage en servant et en débarrassant. Elle ne pouvait s'empêcher de penser à la soirée à venir.

Derek devait passer la prendre au café. Elle terminait à cinq heures trente ; elle avait pris rendez-vous chez le coiffeur à côté, car elle voulait une coiffure aussi parfaite que sa tenue. Elle pourrait se maquiller devant leur miroir pendant qu'on lui séchait et coiffait les cheveux. Puis elle pourrait se changer au café et attendre la venue de Derek, un cappuccino devant elle, affichant un air nonchalant.

Sa mère était arrivée pour son service du soir quand Antoinette revint, cheveux fraîchement coiffés et maquillage soigneusement appliqué.

— De quoi ai-je l'air, Maman ? Tu aimes ma nouvelle tenue ? Tu crois que Derek l'aimera ?

— Très joli ma chérie, fut l'unique commentaire de Ruth, et elle s'en contenta.

Derek apparut à l'heure pile et Antoinette le présenta à Ruth. Ruth était la gérante et, à la différence des serveuses en uniforme, elle s'habillait comme bon lui semblait. Derek sourit quand il lui fut présenté, visiblement à l'aise avec elle.

Elle doit ressembler aux mères de ses amis, pensa Antoinette, soulagée, voyant l'approbation sur son visage : l'accent raffiné de Ruth et son tailleur élégant donnaient l'impression que non seulement elle venait d'un milieu respectable et bourgeois, mais également sûr. Après tout, les parents normaux devraient s'intéresser à leur fille adolescente et voudraient la protéger ; ils voudraient rencontrer l'homme qui sortait leur fille et s'attendraient à ce que leur couvre-feu soit respecté.

Ruth sembla deviner ce qu'Antoinette attendait d'elle et elle devint instinctivement la mère bienveillante remettant sa fille aux bons soins d'un autre pour la soirée.

C'était une mère qu'Antoinette découvrait pour la première fois. En partant, elle se sentait comme une adolescente à son premier rendez-vous.

L'établissement était à la hauteur de ses attentes. Les autres restaurants de Belfast préféraient les murs de brique ornés de tableaux de chasse, mais ce lieu était peint couleur magnolia et exposait des tableaux de femmes aux lèvres d'un rouge saisissant dans de savants atours. Leurs abondants cheveux de jais épinglés en larges nœuds dévoilaient de longs cous graciles tandis que leurs mains délicates tenaient des éventails richement colorés. Elle était captivée par ces portraits de femmes exotiques d'un autre continent et par les étranges tintements de la musique de fond, comme si, par là, elle entrevoyait une culture différente; bien plus ancienne et mystérieuse que la sienne.

— C'est magnifique, dit Antoinette, tandis qu'on leur montrait leur table.

— Je suis heureux que cela te plaise. Tu veux boire quelque chose ?

Il commanda du vin, puis on leur donna les menus. Quand il fut placé devant elle, Antoinette fut déroutée par la liste de plats qui ressemblaient peu à ce qu'elle avait pu manger par le passé. Devant sa confusion, Derek proposa galamment de commander pour elle et quelques minutes plus tard, arrivèrent de petits bols de porcelaine emplis de consommé de poulet lié avec du maïs doux.

Elle mit la grosse cuillère en porcelaine dans sa bouche et avala avec circonspection. Un sourire de plaisir illumina son visage. C'est délicieux, pensa-t-elle à la fois surprise et enchantée : si tout est comme ça, alors je crois que je vais aimer la cuisine chinoise.

Après la soupe, ils eurent un plat appelé chop suey. Pour satisfaire les papilles de l'Irlande du Nord, un œuf frit avait été soigneusement placé sur le dessus. Elle versa une petite quantité de sauce soja sur le bord

de son assiette, saisit la nourriture avec quelque difficulté et, la portant à sa bouche, rayonna de plaisir.

— Tu aimes ? demanda Derek, arborant un même
large sourire.

Elle opina et se demanda ce qu'il dirait s'il savait
que non seulement c'était son tout premier repas chinois, mais aussi son premier rendez-vous galant. Mais,
avec une sagesse toute féminine, elle garda cette information pour elle. Peut-être le lui dirait-elle quand elle
le connaîtrait mieux. Quelque peu empruntés, ils parlèrent des soirées auxquelles ils avaient été et du style
de musique qu'ils aimaient. Ils n'étaient guère plus
que des adolescents, mais ils essayaient de se compor-
ter en adultes, imitant ce qu'ils imaginaient être leurs
conversations.

Après qu'elle eut avalé sa seconde liqueur sirupeuse
et bu sa dernière tasse de café, il fut temps de partir.
Après tout, elle avait un couvre-feu à respecter et elle
savait, tandis que Derek l'aidait à enfiler son manteau,
qu'il ne l'en estimait que plus. Elle se sentit rougir
de plaisir quand il lui proposa de l'accompagner au
cinéma ce samedi voir un film qu'il pensait devoir lui
plaire et, sans savoir lequel, elle accepta volontiers.

Elle revint au café à temps pour retrouver sa mère.

— As-tu passé une bonne soirée, chérie ? demanda
Ruth quand elle vit Antoinette.

— Oh oui, c'était merveilleux, répondit-elle, heureuse. Le repas était…

Elle brûlait de tout raconter à sa mère, mais celle-ci
l'interrompit :

— Bien. Mais tu sais, il vaut mieux ne pas dire à
ton père ce que tu as fait. Ça ne causerait que des

problèmes. Tu devrais peut-être changer de vêtements avant que nous partions. Tu comprends, dis,
Antoinette? Il n'est pas utile de contrarier ton papa.

Comme elle fixait sa mère, l'excitation commença à
s'estomper. Ruth ne parvenait pas à la regarder dans
les yeux et Antoinette sentit qu'elle peinait à expliquer pourquoi son mari désapprouverait que sa fille
ait un petit ami. Ruth avait du mal à trouver ses mots
et, pour une fois, Antoinette ne lui donna pas l'occasion de les exprimer. Rien ne lui gâcherait sa soirée.

13

Trois mois après son premier rendez-vous, Derek dit à Antoinette qu'il voulait lui présenter ses amis proches.

— Neil et Charlotte sortent ensemble depuis quelques années, expliqua-t-il. Charlotte vit chez elle, bien sûr, mais Neil termine son année à l'université de Queen et partage non loin un appartement avec deux autres étudiants. Ce serait sympa de sortir tous les quatre. Qu'en penses-tu ?

— Avec plaisir, répondit Antoinette, malgré la panique qui l'envahit aussitôt en se demandant si les amis de Derek l'apprécieraient.

Elle décida immédiatement de porter le même tailleur bleu marine qu'elle avait mis pour aller au restaurant chinois avec Derek.

Depuis cette sortie, elle l'avait vu régulièrement et jusqu'à présent, elle avait réussi à cacher sa relation à son père, même si elle commençait à trouver cette situation éprouvante. Elle voyait Derek le samedi soir quand ils sortaient danser, puis parfois le dimanche quand elle se faufilait en douce de chez elle pour le retrouver. Ils allaient se promener ou au cinéma, puis s'embrassaient et s'enlaçaient. Rien que de très normal et jusqu'à maintenant, elle avait réussi à éviter qu'il la raccompagne chez elle, mais elle ne savait pas combien de temps encore elle pourrait taire l'existence de Derek.

Cette fois-ci, le soir de leur sortie avec Neil et Charlotte, elle accepta qu'il passe la prendre chez elle. Comme sa mère était du service du soir et son père jouait au billard, elle aurait la maison pour elle toute seule. Joe serait parti au moins jusqu'à minuit, à faire la fête avec ses amis s'il avait gagné ou à s'apitoyer avec eux dans le cas contraire. Ainsi elle ne le verrait pas et ses projets pour la soirée lui resteraient inconnus.

En s'apprêtant, elle prit conscience de sa nervosité. Après tout, si Derek voulait lui présenter ses amis, c'est que leur relation commençait à devenir sérieuse. Elle avait toutefois résisté à la tentation de s'acheter une nouvelle tenue. Je dois économiser pour l'école de secrétariat, se chapitra-t-elle sévèrement. Elle rêvait toujours de décrocher les qualifications nécessaires à son départ.

Elle se lava et se coiffa les cheveux, se maquilla soigneusement, donna un bon coup de brosse à sa tenue avant de s'asperger généreusement de parfum. Elle était prête, mais il restait encore une demi-heure avant que son petit ami arrive. Elle aimait le mot petit ami et ne cessait de se le répéter dans sa tête, se sentant envahie de chaleur à chaque fois. Elle était à l'affût du bruit annonçant l'arrivée de Derek et quand elle entendit la portière de la voiture claquer, elle se rua vers la porte.

Au lieu de la grosse vieille voiture qu'il conduisait avant, Derek avait garé près de sa maison la plus petite auto qu'elle ait jamais vue.

— Qu'est-ce que c'est comme voiture ?

— Une Mini. Elles viennent d'arriver sur le marché.

— Qu'elle est jolie ! s'exclama-t-elle, tandis qu'elle en faisait le tour et l'examinait. Elle est si petite !

— Tu l'aimes ?

— Oh, oui, répondit-elle, entendant la fierté et le plaisir dans la voix de Derek devant sa surprise. Je la trouve magnifique.

Il lui ouvrit la portière d'un grand geste. Elle s'installa sur le siège et rentra ses jambes d'un mouvement lu dans un article de magazine décrivant comment monter et descendre d'un véhicule avec grâce.

Une fois assise, il sauta sur son siège, appuya sur l'accélérateur et la minuscule voiture produisit en démarrant un vrombissement digne d'une grande.

J'y suis finalement arrivée, pensa-t-elle avec bonheur. Cette voiture doit être la plus enviée de Belfast. Ses genoux touchaient presque le tableau de bord, et son coude frôlait la vitre, mais rien ne pouvait lui ôter l'euphorie qu'elle ressentait à être vue dans un véhicule aussi chic.

C'était une voiture faite pour la jeunesse en vogue et elle se trouvait à l'intérieur !

Ils traversèrent Belfast jusqu'au Candle Light Inn, un bar-restaurant très couru en périphérie de la ville. Derek se gara prestement et ils sortirent. Il lui prit le bras d'une manière possessive et la mena à l'intérieur vers le bar.

Ses amis étaient déjà là. Dès qu'elle les vit, Antoinette se sentit mal à l'aise.

Charlotte était vêtue d'une simple jupe grise, d'un twin-set jaune pâle et de tennis basses en cuir. Ses cheveux ondulaient en vagues naturelles et, hormis une touche de rose à lèvres, son visage ne portait aucun maquillage. Neil était en veste de sport et pantalon de serge. Dans leurs vêtements décontractés et élégants, les amis de Derek dégageaient une impression de vie insouciante, confortable et raffinée. Antoinette voulut cacher ses talons aiguilles blancs sous le tabouret de bar. Soudain, sa tenue paraissait minable et son maquillage trop voyant.

Quand Derek fit les présentations, elle remarqua autre chose qui la démoralisa. Nouée sous le col de Neil, se trouvait une cravate qu'elle connaissait. Elle appartenait aux élèves de l'école secondaire de Coleraine – la ville natale de son père.

Neil est bien plus âgé que moi, pensa-t-elle, peu à peu gagnée par la peur. Elle fit un rapide calcul. Il devait être en première année d'université quand avait éclaté le scandale dont elle avait fait l'objet à Coleraine. Pourtant, la vue de cette cravate la rendait nerveuse. Elle avait beau essayer de se rassurer, la présence de ce morceau de tissu rayé à quelques centimètres de son visage faisait naître en elle la crainte que son secret ne soit exposé.

Elle se rappelait encore le paragraphe du journal informant la ville du crime de son père et sa disgrâce à elle. Il débutait ainsi : « Joe Maguire, un mécanicien vivant à Coleraine, a été condamné aujourd'hui à quatre ans pour un délit grave contre une mineure. » Même si elle n'avait pas été citée dans l'article, étant mineure, toute la ville savait de qui il s'agissait.

Elle serra son verre entre ses mains, avala une longue gorgée pour tenter de mettre fin à son angoisse. Elle avait lu le rejet sur tant de visages et n'ignorait pas ce qui se passait lorsque les gens découvraient son passé. Arrête, se morigéna-t-elle. Concentre-toi sur ta soirée et amuse-toi.

— Que fais-tu ? demanda Neil, d'un ton amical et intéressé quand il posa la question qu'elle redoutait tant.

— Je vais suivre des cours de secrétariat l'an prochain, répondit-elle d'un ton léger. Pour l'instant j'aide ma mère à diriger un café.

Je vous en prie, ne me demandez pas ce que fait mon père ni où j'ai été à l'école, et il lui sembla que sa prière fut exaucée car, après quelques minutes de banalités polies, les hommes s'intéressèrent plus au sport qu'à son passé. Elle engagea alors une conversation empruntée avec Charlotte qui envisageait également de suivre une formation similaire une fois ses derniers examens scolaires passés.

— Pourquoi ne suis-tu pas la formation cette année aussi ? demanda Charlotte.

La vérité : « Parce que je n'ai pas assez économisé », n'était pas une réponse qu'Antoinette voulait donner. Elle improvisa à la hâte.

— Oh, c'était ça ou la gestion hôtelière donc ma mère m'a proposé de réfléchir un an.

Estimant avoir géré la question sans trop de problèmes, elle avala une autre goulée de sa boisson, et vida du coup son verre. Voyant qu'il était vide, Derek commanda aussitôt une autre tournée. Neil et lui buvaient de la bière, et Charlotte un Babycham[1]. Sans réfléchir, Antoinette demanda une vodka, la boisson qui lui redonnait confiance. Derek la lui commanda sans poser de question et elle fut aussi prompte à la siffler, puis elle garda la main sur le verre pour masquer son vide soudain.

Une vague de tristesse l'engloutit. Ces gens avaient la vie dont elle rêvait. Trois ans à peine plus tôt elle était sûre de pouvoir aller à l'université, mais ce rêve avait volé en éclats. Au lieu de cela, son éducation s'était brusquement arrêtée quand elle avait été expulsée de l'école.

Dès que la direction avait appris ce qui lui était arrivé, on lui avait demandé de quitter l'établissement. Si elle avait pu rester et étudier comme prévu, elle serait l'une d'entre eux. Maintenant, elle n'était plus la fille studieuse et fière de son travail scolaire mais une fille qui estimait avoir très peu de points communs avec celles qui pouvaient poursuivre leurs études.

Le sentiment de ne pas être à sa place ne la quitta pas de la soirée et, au restaurant, Antoinette toucha à peine aux plats qui furent servis. La pièce semblait étouffante. Le serveur n'arrêtait pas de lui remplir son verre alors qu'elle buvait son vin bien plus vite que les autres. Elle sentit le regard de Derek quand il

---

1. Boisson pétillante issue de la fermentation du jus de poires, créée en 1953 et principalement apprécié des femmes.

remarqua sa consommation. Elle en était gênée mais ne pouvait néanmoins s'empêcher de boire.

Quand ils eurent tous fini, Neil proposa de prendre un dernier verre au bar. La tête d'Antoinette commençait à tourner et, alors qu'elle franchissait la courte distance jusqu'au bar, ses jambes vacillèrent légèrement sur des talons qui semblaient à présent plus hauts que jamais. Elle se percha sur le tabouret de bar en velours, croisa les jambes dessous et essaya de paraître sobre.

Puis, tandis qu'elle essayait de suivre le bourdonnement amical de la conversation autour d'elle, les poils de sa nuque se hérissèrent.

Elle eut soudain la désagréable sensation que quelqu'un dans le bar la fixait. Elle sentait le regard la transpercer et elle se retourna à contrecœur.

C'était son père.

Il était avec un groupe d'hommes qu'elle n'avait jamais vus. Quelques mètres à peine la séparaient de lui ; la méchanceté de son regard franchit la distance entre eux. Perturbée au plus haut point, elle se retourna vers ses compagnons, leur fit un sourire hésitant et prit son verre qu'elle vida d'un trait.

— Tu en veux un autre ? demanda Neil poliment.

Elle sentait la désapprobation croissante de Derek. C'était sa troisième grande vodka de la soirée mais le besoin fut plus fort que son désir de lui plaire.

— Oui, s'il te plaît, la même chose, répondit-elle avec bravade.

— Charlotte ?

— Sans alcool pour moi, merci, dit-elle avant de vite ajouter, je dois étudier demain.

Antoinette ne comprit pas qu'en disant cela, elle essayait de se montrer gentille avec elle. Au contraire, le mot « étudier » la rendit encore plus malheureuse.

— Oh, moi je suis libre jusqu'à demain après-midi, rétorqua-t-elle d'une voix dont elle savait qu'elle était devenue trop forte.

Puis elle eut à nouveau des picotements dans la nuque. Elle sentit la présence de son père derrière elle avant même qu'elle se tourne pour lui faire face.

Joe se tenait là, tout près.

— Antoinette, viens là que je te parle.

Sans s'intéresser à ses compagnons, il prit un air menaçant et lui fit signe de le suivre.

Elle glissa de son siège et obéit, envahie d'un mauvais pressentiment.

Antoinette vit son père à travers les yeux de ses nouveaux amis : un homme de la cinquantaine, dont les yeux injectés de sang et les joues rouges trahissaient l'alcoolique ; un homme grossier, habillé d'une manière tape-à-l'œil, qui avançait les jambes écartées comme quelqu'un croyant paraître sobre ; un alcoolique à l'air menaçant et à la voix criarde des incultes.

Elle comprit instantanément qu'il ne serait jamais accueilli dans les demeures de ses amis.

— Qu'est-ce que tu fais avec cette tapette et ses amis ?

Elle le vit serrer le poing et sut qu'il se contrôlait avec difficulté pour ne pas le lever sur elle.

— Rentre retrouver ta mère.

Antoinette serra pareillement les poings, mais pour maîtriser sa peur.

— Derek va bientôt me ramener, répondit-elle sachant qu'elle ne pourrait rien dire pour le calmer.

Elle lisait dans ses yeux la vraie raison de sa fureur. La jalousie. La loi l'avait puni pour son crime mais le désir de le commettre à nouveau était toujours présent. Une expression était tapie dans ses yeux, appartenant à une chose infâme enfouie en lui.

— Tu rentres direct à la maison, t'as compris ?

Derek apparut à ses côtés.

— Tu vas bien ? s'inquiéta-t-il.

Il n'avait rencontré que la mère d'Antoinette et son sourire charmant et sa voix raffinée ne lui avaient bien évidemment donné aucune raison de penser qu'elle était mariée au type d'homme qui se tenait devant lui maintenant.

— Derek, voici mon père, Joseph Maguire, débita-t-elle, priant pour que la mauvaise humeur de son père ne l'empêche pas d'être poli. Papa, je te présente Derek.

Joe ignora la main tendue de Derek et fixa d'un œil mauvais le jeune homme qui recula involontairement d'un pas. Puis, une sorte d'instinct de conservation sembla pénétrer l'esprit de Joe. Antoinette et lui remarquèrent simultanément deux hommes en costume sombre, le personnel discret de la sécurité, qui les regardaient.

Un moment passa et il se contenta de pousser un grognement de dérision avant de déclarer d'une voix à la colère difficilement contenue :

— Tu la ramènes tout de suite à la maison, et lui achète plus à boire !

Sur ces mots, Joe tourna brusquement les talons et s'en alla de sa démarche légèrement soûle, le cou rouge brique de rage impuissante, un silence effaré dans son sillage. Antoinette sentit son visage s'empourprer – elle savait que tout le monde avait entendu ses paroles – et essaya d'atténuer son humiliation par un bavardage nerveux en retournant à sa place.

Ils doivent me considérer comme la fille d'une grande gueule, d'un tyran vulgaire, pensa-t-elle, désespérée.

Et si ses mains graisseuses d'ouvrier n'affichaient pas clairement qu'il n'était pas l'un d'eux, ses mauvaises manières le faisaient.

— Viens, Antoinette, je vais te ramener.

Derek lui prit le bras et le tint fermement, plus pour veiller à ce qu'elle marche droit qu'en signe d'affection, tandis qu'elle titubait et chancelait sur ses talons.

La voiture avait à peine quitté le parking qu'elle sentit la nausée monter.

— Arrête la voiture, je vais vomir !

Ses paroles eurent un effet immédiat – aucun danger que Derek risque sa nouvelle Mini. La voiture s'arrêta illico et il se pencha pour lui ouvrir la portière et lui pousser la tête au-dessus du trottoir.

Antoinette vomit dans la rue puis s'essuya la bouche avec un mouchoir. Se laissant retomber dans son siège, elle se demanda si autre chose pouvait tourner mal. Puis une nouvelle vague de nausée la secoua et elle rejeta sa tête sur le côté de la voiture pour vomir à nouveau.

Des larmes coulaient le long de son visage, emportant des traînées de mascara avec elles.

— Tu as fini ?

— Je crois, murmura-t-elle, honteuse.

— Baisse ta vitre, lui dit-il d'un ton laconique. L'air t'évitera peut-être d'être malade.

Elle savait que Derek était plus préoccupé par l'intérieur de sa nouvelle auto que par ses sentiments. Ils repartirent, roulant vite le long des routes de campagne sinueuses pour rentrer à Lisburn. Antoinette était recroquevillée à côté de lui, les bras serrés autour de son corps pour se tenir chaud, et le reste du trajet se passa dans le silence. Elle était totalement déprimée lorsque la voiture se rangea devant le pavillon.

— Nous y voici, dit-il froidement une fois arrivés.

Puis, voyant le visage dévasté d'Antoinette, il sembla avoir pitié d'elle.

— Écoute, c'est dommage que la soirée n'ait pas été aussi réussie que ce que j'avais espéré. Je sais que tu es contrariée par ton père mais tu n'as pas à t'en vouloir pour son comportement.

Il s'interrompit et ajouta :

— Il avait toutefois raison sur le fait que tu avais beaucoup bu, tu sais.

Elle tira un peu de réconfort en voyant que Derek mettait le comportement de son père sur le compte de la colère face à son état d'ébriété, et non au fait qu'elle était sortie avec lui.

— Tu ne devrais pas tant boire.

Il se pencha et lui ouvrit la portière. Elle ne fut pas surprise quand il ne l'embrassa pas – qui voudrait embrasser quelqu'un qui venait de vomir ? – mais il ne parla pas non plus de la revoir. Antoinette ressentit une angoisse au creux de l'estomac. Elle pouvait difficilement lui en vouloir. Et ce n'était qu'une question de temps avant qu'il découvre qui elle était vraiment.

Elle descendit de la Mini et remonta d'un pas chancelant l'allée de la maison, entendant sa voiture repartir avant qu'elle ait ouvert la porte.

Elle se tourna pour voir les feux arrière disparaître. Antoinette était malheureuse; son départ lui ôtait le passeport pour la vie qu'elle désirait.

14

Pendant les deux jours suivants, Antoinette se mut dans un brouillard de découragement. Le troisième jour, Derek l'appela. À sa surprise, il était redevenu l'être gentil et amical qu'elle connaissait. Son ton ne comportait plus aucune trace de la désapprobation qu'il avait eue quelques jours plus tôt. Aimerait-elle sortir ce samedi comme d'habitude?

Sa morosité disparut et son énergie remonta en flèche avec ce sursis. Derek et elle formaient toujours un couple – à nouveau, elle appartenait au groupe privilégié de filles qui avaient un petit ami. Elle n'avait plus à s'inquiéter de passer les samedis soirs aux dancings avec la bande. Les rares qui n'avaient pas encore trouvé de petit ami semblaient plus désespérées chaque semaine.

Dieu merci, pas moi, pensa-t-elle avec soulagement. Elle s'était habituée à sortir avec Derek. Elle ne ressentait plus vraiment d'excitation à se préparer pour aller rejoindre ses amies. La seule pensée de se rendre aux dancings avec elles était devenue plutôt déprimante ; elle voulait passer ses samedis soirs avec son petit ami. C'était si formidable d'être avec une personne avec qui elle pouvait parler, qui tenait à elle et lui offrait un regard favorable. Quand elle lisait l'admiration dans ses yeux, elle se sentait spéciale.

Antoinette sentit les premières manifestations de l'amour. C'était excitant et effrayant à la fois, et cela s'accompagnait du désir impérieux de se confier à lui. Elle désirait ce que la plupart des gens veulent – être aimée pour elle-même. Elle voulait que Derek la connaisse, comprenne sa vie, puis l'en fasse sortir, jetant un épais manteau protecteur au-dessus d'elle. Elle aimait le sentiment d'être protégée quand il l'embrassait et l'enlaçait – cela n'allait jamais plus loin et elle n'imaginait même pas cette possibilité, ni ne la souhaitait. Elle était heureuse avec les choses telles qu'elles étaient.

Le songe d'une vie merveilleuse dans laquelle Derek la chérissait et la protégeait lui tint compagnie pendant qu'elle comptait les heures avant de le revoir.

Ce fut sa dernière pensée avant de s'endormir et sa première quand elle se réveilla. Un jour, espérait-elle, son rêve deviendrait réalité.

Antoinette commença à s'apprêter pour son rendez-vous avec Derek le samedi après-midi. Pendant qu'elle se lavait les cheveux à l'évier de la cuisine, elle ressentait une excitation croissante à l'idée de le revoir. Les rêves ordinaires d'une vie à deux, de sécurité et de protection, loin de son père, flottaient dans son esprit.

Elle n'avait qu'une vague notion de ce que vivre avec Derek supposerait. Antoinette, qui ne connaissait qu'un seul aspect de la vie, ne savait que peu de chose de l'autre. Elle n'était pas très informée des relations adultes et sa mère ne l'avait jamais préparée à grandir. Ses connaissances avaient été glanées dans des magazines et la compagnie passagère des filles avec qui elle était allée danser et, à un peu moins de dix-sept ans, elle était bien plus naïve que les filles de son époque. Elle ne pouvait qu'imaginer un scénario de contes de fées où Derek et elle vivraient heureux jusqu'à la fin des temps.

Étalée devant la télévision, elle vernissait ses ongles.

Sa mère faisait du thé et sa mauvaise humeur se devinait à sa façon d'entrechoquer la vaisselle et à ses occasionnels commentaires cinglants.

— Veille à rentrer tôt. Ton père n'aime pas te savoir dehors tard.

Antoinette n'y prêta pas attention. Rien n'allait entamer son plaisir de revoir Derek. Elle regarda *Juke Box Jury*, accompagnant les chansons qu'elle reconnaissait d'un fredonnement faux tout en rêvant avec ravissement à sa nouvelle vie.

Son père n'avait pas reparlé du samedi précédent, et il avait plutôt eu l'air de bonne humeur les rares fois où elle l'avait vu depuis. Peut-être sa crise de furie devant ses amis avait-elle désamorcé une partie de sa colère envers elle. Quoi qu'il en soit, Antoinette chérissait la trêve temporaire des hostilités.

Elle sursauta quand la porte s'ouvrit en grand et son père entra d'un pas lourd – la musique avait étouffé le bruit de sa voiture qui se garait. Elle vit aussitôt que sa bonne humeur l'avait quitté. Il empestait l'alcool et la regardait d'un air mauvais.

— Tu fais quoi à rester assise dans cette tenue ? lui demanda-t-il quand il vit qu'elle ne portait que sa robe de chambre.

Sa bouche trembla de rage et elle se mit sur ses pieds à la hâte, tirant les bords de sa robe dans le même temps.

— Et éteins-moi cette foutue télévision ! Je veux pas regarder un tas d'idiots danser sur une musique de sauvages.

— Oh, allez, Papa. C'est la seule émission que je regarde. Tu mets toujours le sport quand tu es là. C'est moi qui l'ai achetée tu sais.

Il lui jeta un regard furieux. Il ne lui fallut qu'un instant pour réagir ; son visage s'empourpra de fureur à l'idée qu'elle ait osé lui répondre.

Une rougeur sombre monta de son menton à son front, teintant même le blanc de ses yeux. Il postillonna en lui criant d'une voix secouée par la rage :

— Me dis pas ce que je dois faire dans ma maison, fillette !

Percevant la menace manifeste sur son visage, elle essaya de bouger mais elle avait trop attendu. Antoinette se recroquevilla de peur en voyant son poing se serrer. Elle savait qu'elle avait été trop loin et qu'il allait laisser libre cours à sa fureur.

D'une main il lui agrippa l'épaule tandis que de l'autre il prit de l'élan et l'abattit sur sa poitrine.

Des larmes de douleur et de frayeur l'aveuglèrent alors qu'elle cherchait sa respiration. C'était la première fois qu'il la frappait depuis sa libération.

Avant, il était méchant et violent envers elle mais depuis son séjour en prison, Antoinette avait cru que la peur des représailles l'en empêcherait. Visiblement non. Elle entendait sa respiration rapide et sentait l'odeur de sa sueur, et elle trembla d'effroi.

Les yeux de son père descendirent le long de son corps, se fixèrent sur sa robe de chambre entrouverte et son visage afficha une expression soudaine de triomphe, un air qu'elle lui avait connu dans son enfance. Il savait qu'elle était nue en dessous. C'était une expression de concupiscence, mais quelque chose d'encore pire était tapi dans ses profondeurs : un besoin irrésistible de faire mal.

Quand elle était enfant, il pensait qu'elle lui appartenait et qu'il pouvait faire d'elle ce qu'il voulait. Cette croyance lui avait valu une peine de prison. Pendant ces quelques secondes, quand leurs yeux se rencontrèrent, elle pria pour qu'il s'en souvienne.

Il le fit.

Avec un grognement qui ressemblait à du dégoût, il la repoussa. Elle recula en chancelant mais une rage monta en elle. Elle voulait riposter.

Pour la première fois, elle n'était pas prête à retrouver docilement la sécurité de sa chambre. Fatiguée de cette expression qui lui donnait l'impression d'être souillée, elle sentit une fureur émaner d'elle quand elle lui cria :

— Tu me touches et j'appelle la police ! Vas-y ! Essaie !

En cet instant, elle désirait cette confrontation, voulait qu'il la frappe et qu'elle appelle la police. Même la pensée d'être battue ne la retint pas. À peine avait-elle hurlé ces mots qu'il perdit tout contrôle.

Il la tira vers lui et alors que son poing se levait pour lui infliger un autre coup, sa mère entra dans la pièce.

Petite comme elle était, Ruth n'avait ni peur de l'homme qu'elle avait épousé ni peur pour sa fille. Mais elle craignait le scandale et Antoinette connaissait trop bien ce qui avait poussé sa mère à intervenir.

— Non, Paddy, dit-elle d'un ton empressé en lui posant une main sur le bras.

Sa voix sembla le calmer et il s'arrêta, haletant, et abaissa son poing. Il lâcha Antoinette, la repoussa et la fixa. Puis il dit à sa femme, hors de lui :

— Je veux qu'elle dégage de cette maison, ça, c'est sûr, dès qu'elle commence cette foutue école de secrétariat avec laquelle elle nous bassine. Je te parie qu'elle voudra qu'on la garde. Eh bien, qu'elle se tourne vers ses amis si importants. Où est-ce qu'elle va ce soir ? Tu lui as lâché la bride trop longtemps.

Tandis que ces mots sortaient de sa bouche couverte de bave, une vague de fureur s'empara de lui. Il ne semblait plus craindre les représailles quand il repoussa Ruth, attrapa sa fille et la secoua.

— Je ne veux plus de toi ici ! T'as causé assez de soucis ! hurla-t-il. Fais tes valises et fous le camp, t'as compris ?

Sur ces mots il la traîna vers les escaliers et l'y propulsa. Tandis qu'elle les grimpait quatre à quatre, dans un désir de s'échapper, il voulut lui frapper le dos. Elle courut en haut des escaliers et se rua dans l'abri de sa chambre se jeter sur son lit. Elle entendait sa voix qui venait d'en bas, toujours pleine de rage, puis la voix douce de sa mère qui essayait de l'apaiser. Enfin, la porte d'entrée claqua.

Quelques minutes passèrent puis elle perçut les pas de sa mère dans l'escalier. La porte s'ouvrit et Ruth entra dans sa chambre.

Antoinette était assise sur le lit, l'esprit vide. Comme d'habitude, quand son père se mettait à l'agresser, elle se fermait à toutes ses émotions et réactions. C'était la seule manière d'y faire face.

Néanmoins, quand sa mère entra, elle leva les yeux avec espoir. Ruth devait bien voir son mari tel qu'il était? Il l'avait frappée, menacée de la jeter dehors, pour un motif vraiment anodin. Était-ce juste ou normal?

Le visage glacial de sa mère annihila toutes ses attentes. Tout espoir de soutien de la part de Ruth mourut avec les premières paroles de sa mère.

— Antoinette, pourquoi faut-il que tu contraries ton père autant? Je suis fatiguée d'essayer de maintenir la paix. Je lui ai parlé et il a accepté que tu restes jusqu'à ton départ chez Butlins. C'est dans deux semaines. Tu auras assez d'argent pour trouver une chambre à louer en ville à ton retour. Il n'est pas possible de vous avoir tous les deux sous le même toit. Tu ne peux pas t'empêcher de l'énerver. C'est parce que vous vous ressemblez tant, je pense.

— On se ressemble? répéta-t-elle incrédule.

— Oui, ma chérie, tu tiens des Maguire. Tu veux toujours sortir, tu n'arrives pas à contrôler tes humeurs et vous êtes tous deux égoïstes.

Elle vit le regard choqué de sa fille devant cet assassinat en règle de sa personnalité et se hâta de poursuivre.

— Mais oui, chérie, c'est vrai. Regarde le nombre de fois quand Papa n'était pas là et que tu me laissais seule ici. Mais bon, on ne va pas parler de ça. C'est mon mari et tu es assez grande pour t'occuper de toi, donc c'est toi qui devras partir.

Elle s'assit sur le bord du lit et dit plus gentiment :

— C'est mieux ainsi. Tu pourras venir nous rendre visite, bien sûr. C'est juste que j'aimerais que tu aies un endroit à toi.

Et Antoinette comprit que, une fois encore, sa mère avait fait son choix.

Quand sa mère fut sortie, elle resta sur le lit, les yeux tournés vers le plafond sans le voir. Elle était repartie des années en arrière, quand elle était petite, terrifiée et absolument sans défense.

L'enfant apeurée était de nouveau là, désirant à tout prix que quelqu'un chasse cette douleur et cette peur et lui permette de se sentir mieux. Qui pourrait l'aider ?

Je ne suis plus seule. Je le dirai à Derek, voilà ce que je vais faire. Il m'aime. Il veut me protéger. Je sais qu'il m'aidera, et avec lui je me sentirai en sécurité.

Réconfortée à cette pensée, elle laissa un faible sourire lui traverser le visage. Enfin, quelqu'un pourrait la décharger de son fardeau.

15

Derek l'entoura de ses bras pendant qu'elle pleurait. Elle s'était jetée sur le siège avant de la Mini et dès qu'elle s'était retrouvée en sécurité dans la voiture, elle avait donné libre cours à son chagrin avec des pleurs qui lui secouaient les épaules.

— Qu'est-ce qui ne va pas, Antoinette ? De quoi s'agit-il ? demanda-t-il préoccupé.

Il était visiblement inquiet pour elle mais ne savait pas quoi faire maintenant que la jeune femme enjouée avec laquelle il sortait depuis ces trois derniers mois avait été remplacée par cette fille profondément bouleversée qui paraissait plus jeune qu'auparavant.

Antoinette essaya, mais elle ne parvenait pas à arrêter les pleurs et à proférer la moindre parole.

— Nous n'irons pas au restaurant, tu n'es pas en état, décida-t-il, sourcils froncés. On ferait mieux d'aller chez moi.

Elle savait qu'il partageait un appartement avec un ami, mais ils n'y avaient jamais été. Quand ils n'étaient pas au restaurant ou au dancing, ils étaient dans sa voiture. C'était là qu'ils s'embrassaient et se caressaient avant qu'il la ramène.

Il n'avait jamais essayé d'aller plus loin avec elle, parce qu'elle savait qu'il voyait en elle une fille avec qui il pourrait avoir une relation sérieuse.

Qu'un garçon mette une fille qu'il respectait dans son lit équivalait à un engagement et ils n'étaient pas encore prêts, quels que soient les jolis rêves d'Antoinette.

Ils allèrent jusqu'à son appartement. Il était vide, son ami était sorti, et il l'accompagna en douceur jusqu'au canapé où elle s'assit.

Elle avait cessé de pleurer mais sa respiration restait irrégulière et son corps tressaillait encore.

— Je vais te préparer un verre, dit Derek avec gentillesse. On dirait que tu en as besoin cette fois.

Il lui versa un whisky bien tassé, y ajouta du Coca-Cola et le lui tendit.

— Bois ça. Ça te fera du bien.

Il se versa la même chose puis s'assit à ses côtés et lui passa le bras autour des épaules.

Les mains tremblantes, elle leva le verre à sa bouche et avala une gorgée.

— Voilà. Maintenant, raconte-moi ton problème.

Elle leva vers lui un visage strié de larmes.

— C'est mon père. Il m'a frappée.

Elle se remit à verser des larmes qu'elle effaça d'une main et but une longue gorgée de son whisky.

À voir l'expression de Derek, il était évident qu'il n'avait pas une grande expérience des familles dans lesquelles les pères battent leurs filles.

Il avait eu une éducation protégée, dans une famille de la petite bourgeoisie et personne de sa connaissance n'avait de disputes aussi violentes.

— Pourquoi t'a-t-il frappée ?

— Parce que je lui ai dit que la télévision était à moi.

— Et ?

— Il m'a frappée à la poitrine.

De nouvelles larmes coulèrent.

— Ta mère était-elle là ?

— Oui, et elle n'a rien fait comme d'habitude. Elle était dans la cuisine et elle n'a pas vu où il m'a tapée. Mais ça n'aurait pas fait de différence.

— Il t'a déjà frappée ?

— Oui.

— Écoute, réponds à cette question : ton père bat-il ta mère ?

— Non.

— Comment ça ? S'il est violent, pourquoi seulement avec toi ?

— Parce qu'elle le quitterait. Elle peut le contrôler quand elle le veut.

Cette phrase amena un nouveau lot de larmes. Derek attendit que la crise cesse. Il semblait perplexe et mal à l'aise, cherchant quelque chose à dire. Enfin, il parla :

— Mais s'il te frappe, pourquoi restes-tu là-bas ? Tu pourrais partir maintenant, non ? Après tout, tu travailles et tu gagnes de l'argent. Et maintenant que ta chienne est morte, plus rien ne te retient là-bas ?

La conversation ne prenait pas la direction qu'Antoinette avait espérée.

Où est sa proposition de m'aider, pensa-t-elle, affligée. Quand va-t-il me dire qu'il va s'occuper de moi et prendre soin de moi ?

Soudain, elle voulait qu'il comprenne la gravité de ce qui s'était réellement passé. Il serait alors totalement outré, tout de même, et cela seul devrait lui donner envie de prendre soin d'elle.

— Quand il m'a frappée, il avait la même expression sur le visage qu'avant qu'il aille en prison, déclara-t-elle lentement.

— Il a été en prison ? demanda Derek, surpris. Pour quoi ?

— Pour m'avoir mise enceinte, murmura-t-elle.

Aussitôt, elle sentit le corps de Derek se raidir. Il enleva son bras de ses épaules et se tourna pour lui faire face.

— Répète ce que tu viens de dire, demanda-t-il d'une voix faible.

L'air d'incrédulité stupéfaite sur son visage soudain devenu pâle lui donna envie de retirer ce qu'elle avait dit, mais elle savait qu'il était trop tard. Et sans pouvoir reprendre ses paroles, elle se retrouva à déverser l'histoire de son enfance. Elle lui raconta les années d'abus soufferts entre les mains de son père.

Les seules autres occasions où elle en avait parlé avaient été d'abord à la police, à un professeur, puis par la suite aux psychiatres. C'était la première fois qu'elle se confiait à quelqu'un qui comptait pour elle et pour qui, croyait-elle, elle comptait.

Mais avec horreur, elle ne lut aucune sympathie, compréhension et compassion dans les yeux de Derek. Elle y lut du dégoût alors qu'il se rendait compte que la vierge pure dont il était tombé amoureux était une personne très différente, qui par ce qui lui était arrivé le rebutait. Elle n'était plus une compagne jolie et amusante mais un être sordide et hideux.

Le fixant à travers ses larmes, elle vit et reconnut la répulsion qu'elle avait si souvent lue dans le regard des autres quand elle avait quatorze ans et que le monde extérieur avait appris ce qui lui était arrivé. Elle entendit l'écho des menaces de son père si souvent répétées quand elle était petite : « Les gens ne t'aimeront pas, Antoinette, si tu leur dis. Tout le monde te blâmera. »

Dans son imagination, elle voyait les regards de dédain sur le visage des gens qui se détournaient d'elle et claquaient leur porte. Elle voyait les filles avec qui elle était à l'école à qui on avait interdit de lui adresser la parole, comme si la saluer les contaminerait à leur tour.

Pourquoi ai-je été aussi stupide de penser que tout serait différent maintenant, pensa-t-elle tristement.

Elle se dit que la seule chose qu'elle pouvait essayer de faire était de rassembler ce qui lui restait de dignité. Elle se redressa et se tint toute droite.

Il était inutile d'en dire plus. Elle savait qu'elle avait fait un pari et perdu.

— Tu vas me ramener chez moi ?

— Non. Je vais t'appeler un taxi et te donner l'argent.

Son visage se tordait dans sa volonté de lui transmettre quelque chose. Elle savait qu'il était gentil de nature mais qu'il était le produit de son éducation. Il pensait que les filles bien ne couchaient pas à droite et à gauche et que les grossesses non désirées aboutissaient à un mariage ou au déshonneur.

Il n'avait probablement jamais entendu parler d'une fille qui aurait des relations sexuelles avec son père, ne savait même pas qu'un tel crime existait. Elle assista au passage d'émotions contradictoires sur son visage jusqu'à ce qu'il parle enfin.

— Écoute, tu dois partir de chez toi. Si j'allais voir la police, avec son passé, ton père pourrait être arrêté mais ça ne t'aiderait en rien. La seule chose qui peut t'aider, c'est de partir.

Elle le fixa, aussi désireuse maintenant de mettre fin à la conversation que lui.

— Tu vas travailler chez Butlins dans quelques semaines, donc ne rentre pas.

— Si je le fais, tu continueras à me voir ? demanda-t-elle, incapable de masquer son ton implorant.

Mais elle connaissait la réponse avant même d'avoir posé la question.

— Non.

Il la regarda alors et elle vit clairement que son affection pour elle avait disparu.

— Je veux me marier et avoir des enfants et je ne pourrais jamais t'épouser. Tu veux savoir ce que je pense ?

Elle ne le voulait pas mais elle savait qu'il le lui dirait.

— Quand tu rencontreras quelqu'un d'autre, ne dis rien sur ton père. Ne le dis à personne. N'en parle pas à tes amies et surtout pas aux hommes, pas si tu veux avoir un autre petit ami.

Puis un silence pesant tomba sur eux pendant qu'ils attendaient le taxi. Antoinette ne voulait pas l'entendre lui dire adieu.

Elle voulait juste partir avant de s'effondrer. Puis elle se rappela comment elle avait affronté cette situation auparavant, quand elle n'avait que quatorze ans. Alors elle se dissocia de ses émotions, interdisant à la réalité de pénétrer dans sa conscience.

Voici, décida-t-elle, ce qu'elle devrait à nouveau faire.

16

Joe n'était pas rentré au pavillon de gardien le soir où sa fille quitta la maison.

Elle savait qu'il attendrait qu'elle soit partie pour revenir. Sa mère avait fait comme si c'était un jour normal et que sa fille partait en vacances. Antoinette essaya de s'en persuader également. Après tout, elle allait travailler dans un camp de vacances familial, donc elle s'amuserait certainement.

Quand sa petite valise fut fermée et que tout fut prêt, Antoinette se tourna vers Ruth. Elle lutta contre le désir de se jeter dans les bras de sa mère ; elle savait que toute manifestation de regret de la part de Ruth serait un mensonge. Elle lui présenta donc sa joue et reçut un baiser froid.

— Au revoir, chérie. N'oublie pas d'envoyer une carte, d'accord ?

— Non, bien sûr, Maman, répondit-elle, incapable de briser cette habitude d'obéissance profondément ancrée en elle.

Prenant sa valise, elle ouvrit la porte et emprunta l'allée vers la liberté.

Ce n'était pas la première fois qu'elle faisait la traversée entre l'Irlande du Nord et la Grande-Bretagne. Elle était née en Angleterre et n'était venue vivre dans le pays natal de son père qu'à l'âge de cinq ans et demi.

Quand le bus arriva sur les quais et qu'elle vit le bateau osciller lentement sur l'eau huileuse, elle se rappela le voyage que sa mère et elle avaient entrepris onze ans plus tôt. Avec Judy, elles étaient allées du Kent jusqu'à Liverpool en train, puis là, elles avaient fait la traversée de douze heures en ferry jusqu'à Belfast. Son père était parti en avance pour trouver un lieu où vivre et un travail, mais il les attendrait sur les quais.

Antoinette se remémora les petits frissons d'excitation qui étaient remontés le long de son dos quand, bien trop petite pour voir par-dessus la rambarde du bateau, elle avait dû être portée. Alors, dans les petites heures d'un matin humide, elle avait aperçu les quais de Belfast. C'était, elle en était sûre, l'annonce du premier jour de sa vie dans un pays où ils seraient tous heureux.

Une boule se forma dans sa gorge quand elle se représenta la petite Antoinette frétiller d'impatience tandis qu'elle fouillait la foule du regard à la recherche de son père. Pour elle, à cette époque, il n'était qu'un homme grand et beau qui avait fait rire sa mère et acheté des cadeaux à sa fille.

Au grand plaisir de Ruth, Joe avait emprunté une voiture pour retrouver sa famille afin de pouvoir rallier confortablement la dernière étape de leur voyage. Chaudement enveloppée dans un plaid, leur petite fille était restée assise à l'arrière, se tordant le cou pour absorber tout ce qu'elle voyait du nouveau pays dans lequel ils allaient vivre. Elle avait levé Judy contre la fenêtre et lui avait montré fébrilement le paysage différent. Ils étaient tous à les attendre dans la minuscule maison mitoyenne de ses grands-parents lorsque Joe et sa famille étaient arrivés, prêts à être aux petits soins avec elle et à la gâter autant que possible. Elle était la première de leurs petits-enfants et le plus jeune membre de la famille. Elle en vint à adorer sa grand-mère irlandaise, toute ronde et les cheveux blancs, son grand-père taciturne, ses tantes, ses oncles et ses nombreux cousins.

Puis, quand Antoinette avait eu onze ans, la famille était revenue dans le sud de l'Angleterre, espérant trouver le bonheur qui semblait toujours leur échapper.

À cette époque, l'enfant heureuse qu'elle avait été à son arrivée en bateau à Belfast avait disparu, remplacée par la fille de onze ans au visage blême, déprimée et solitaire qui souffrait déjà entre les mains de son père depuis cinq ans. Antoinette avait été malheureuse en Angleterre et quand, deux ans plus tard, on lui avait dit qu'ils repartaient en Irlande, elle s'était sentie soulagée.

La fille de treize ans qui était rentrée en Irlande n'était plus que l'ombre de l'Antoinette qui y était arrivée petite. Même si elle prévoyait de finir là l'école et d'aller à l'université, l'enthousiasme avait depuis longtemps cessé d'être une émotion chez elle.

Son monde était devenu un endroit gris et même l'idée de revoir sa famille ne levait pas le nuage de tristesse qui pesait sur elle.

À treize ans, elle savait qu'elle était piégée dans une vie d'où elle ne voyait aucune échappatoire et où seule la présence de Judy l'apaisait.

Depuis, sa vie s'était enfoncée toujours plus dans le malheur et ce qui semblait comme une punition sans fin pour des choses sur lesquelles elle n'avait aucun pouvoir.

Antoinette rejeta les pensées que la vision du bateau avait fait ressurgir ; elle voulait oublier ses parents et le rejet de sa famille. Elle voulait repousser au fin fond de son esprit l'inquiétude tenace que, hormis son logement temporaire fourni par Butlins pendant l'été, elle n'avait pas dix-sept ans et était sans domicile.

Je ne dois pas penser à cela maintenant, s'ordonna-t-elle. Tout cela peut attendre mon retour. Pour l'instant, je pars pour une aventure et je vais me concentrer là-dessus. Je vais travailler tout l'été, gagner de l'argent qui sera pour moi et, surtout, rencontrer des gens qui ne savent rien de moi ni d'où je viens.

Elle s'obligea à afficher un sourire joyeux sur son visage en empruntant la passerelle pour monter à bord et se rendit à la cabine qu'elle avait réservée. Elle voulait y passer un peu de temps seule. Elle était résolue à laisser Antoinette derrière elle sur le rivage irlandais et à ce qu'une fois le bateau à quai, Toni en émerge.

Toni s'habillait et se crêpait les cheveux comme le voulait la mode. Elle se maquillait comme le faisaient les autres filles, le visage et les lèvres pâles et les yeux rehaussés d'un épais trait d'eye-liner et de mascara noirs. Toni vivait dans un foyer heureux, avec des

149

parents aimants et prévoyait de suivre des cours de secrétariat, et Toni était prête à se faire de nouveaux amis.

Une fois dans la cabine, Antoinette commença sa transformation. Elle ôta les habits dans lesquels elle était partie de chez elle. Elle plaça au fond de sa valise la jupe grise et le twin-set bleu qu'elle haïssait. Elle les remplaça par un nouveau jean très ajusté, un chemisier blanc et une nouvelle paire de tennis en cuir souple. Debout sur l'unique chaise de la cabine, elle admira son reflet dans le minuscule miroir au-dessus du lavabo, sauta et attrapa sa trousse de maquillage. Il ne lui fallut que quelques minutes pour dessiner le visage d'une adolescente assurée et vive, et des cheveux vite laqués complétèrent le personnage. À l'instar d'un serpent, elle avait jeté sa mue et s'était métamorphosée en une adolescente typique. Elle se mira à nouveau dans la glace et vit une fille confiante, aucunement inquiète et bientôt populaire. Elle se sentait soudain débordante d'optimisme et d'espoir.

Mettant sa nouvelle image à l'épreuve, elle quitta la petite cabine et se dirigea vers le bar. Elle fixa les bouteilles de vodka avec envie.

Même si elle savait qu'elle faisait dix-huit ans, elle craignait qu'on lui demande de le prouver, et préféra commander un café. Elle l'emporta à une petite table, étudia les autres passagers assis par groupes et se demanda si l'un d'eux se rendait au même endroit qu'elle.

Le bruit de la passerelle qu'on levait fut suivi de la vibration du bateau qui s'éloignait du quai.

Antoinette regarda par le hublot la ligne d'horizon de Belfast rapetisser au loin tandis que l'énorme navire quittait les docks, avant de disparaître.

Elle n'en détacha les yeux que quand il ne resta plus que la faible lueur argentée de la lune qui projetait des ombres sur les profondeurs noires de la mer d'Irlande et faisait luire les crêtes blanches des vagues. Elle retourna alors à sa cabine et se coucha.

Le matin, elle se leva et enfila les habits de son nouveau personnage. Puis, valise en main, elle alla assister à l'entrée du bateau dans les docks de Liverpool.

Elle avait noté les indications pour se rendre chez Butlins. D'abord un train jusqu'en Galles du Nord. Là, des cars les emmèneraient, elle et les autres recrues, au camp de vacances.

La gare de Liverpool était facile à trouver même si, à côté de Belfast, la ville était immense et intimidante. Antoinette eut vite fait de repérer son train et elle s'installa près d'une fenêtre. Elle avait menti sur son âge pour obtenir son travail chez Butlins, mais après les nombreuses vérifications devant son miroir et les retouches à son maquillage, elle se convainquit que personne ne devinerait qu'elle n'avait pas encore dix-huit ans. Le train quitta la gare et elle se perdit vite dans un rêve éveillé tandis que le paysage défilait par la vitre. Elle n'avait pas vu le temps passer et voilà qu'elle était déjà arrivée. Elle descendit du train et se mit en quête du car qui l'emmènerait au camp. Il était parqué près de la gare et se remplissait des jeunes qui venaient aussi pour l'été. Leurs bagages négligemment éparpillés dans les ailes, les filles bavardes et rieuses se bousculaient pour occuper chaque siège. Antoinette trouva une place et s'assit, profitant de l'ambiance estivale à bord. Elles ne ressemblaient en rien à des filles se rendant sur leur lieu de travail, mais plutôt à des gamines en sortie. Elle pensa, pleine d'espoir, que peut-être elle s'amuserait.

Le camp est aussi grand que Lisburn, se dit Antoinette quand le car franchit enfin les barrières. Il ressemblait à une petite ville aux rues bordées de pubs, de restaurants et de magasins et, au fond, de nombreuses rangées de chalets en bois. De grandes salles de restaurant se trouvaient à proximité. Elle voyait partout des groupes de vacanciers en tenues décontractées, qui se promenaient.

Se bousculant pour descendre du car, les nouvelles recrues rassemblèrent leurs bagages et furent conduites à leurs chalets. Antoinette fut accompagnée à son logement par un membre du personnel vêtu de bleu qui l'informa que c'était sa troisième saison. Il lui expliqua que les vestes bleues désignaient les superviseurs du camp et, qu'en cas de problème, les nouveaux devaient se tourner vers eux. Antoinette allait partager son chalet avec trois autres filles et, comme elle était la dernière à arriver, on lui avait attribué un lit du haut et un petit casier pour ses affaires. Ce serait son domicile pour les trois prochains mois. Elle promena son regard autour de la pièce et se demanda brièvement comment quatre personnes pouvaient cohabiter pendant tout l'été. Ses quatre lits aux fines couvertures occupaient la majorité de l'espace, laissant peu de place pour la table basse et les quatre chaises en bois. Une bouilloire, une théière, un pot à lait et des tasses étaient posés sur un petit buffet. D'un côté, des voix filtraient à travers les parois à peine plus épaisses que des cloisons et, de l'autre, on entendait de la musique.

Ses trois camarades de chambre étaient tout le contraire de ce que sa mère aurait décrit comme des « filles bien ». Vêtements près du corps, visage lourdement maquillé et cigarettes pendant des commissures des lèvres, elles se vernissaient les ongles. Elles lui jetèrent à peine un regard et lui montrèrent le petit placard dans lequel elle pouvait pendre ses habits.

L'une d'elles prépara un thé bien fort.

— Tu en veux ? demanda-t-elle à Antoinette en posant la théière au milieu de la table basse.

— Avec plaisir, répondit poliment Antoinette.

— Prends une tasse alors, dit-elle, désignant le buffet.

Antoinette obéit.

Elles s'assirent, burent leur thé pendant que les ongles des filles séchaient et se mirent à papoter.

— Comment tu t'appelles ?

— Toni, répondit-elle, et elles opinèrent, acceptant ce nom sans broncher.

Elles venaient du nord de l'Angleterre, lui dirent-elles, et étaient des habituées de Butlins – c'était leur quatrième saison.

— C'est ma première fois, avoua Antoinette. Je suis assez nerveuse. Je n'ai aucune idée de ce qui m'attend.

— Ne t'inquiète pas, répondit la benjamine des trois, une pétillante petite brunette. Nous t'apprendrons les ficelles. Il y a plein de trucs à faire ici.

— Et beaucoup d'hommes avec qui les faire ! s'écria en riant une autre, une jolie blonde décolorée.

Elles se mirent à raconter leurs aventures avec délectation. Antoinette les écouta, un air blasé sur le visage. Une partie d'elle voulait intégrer ce groupe de filles, toutes si dissemblables de celles qu'elle avait rencontrées en Irlande, tandis que l'autre était horrifiée en écoutant leurs aventures avec les garçons.

Depuis sa rupture avec Derek, elle n'avait aucune envie de rencontrer quelqu'un d'autre. À les entendre, elle comprit que les choses étaient très différentes ici. En Irlande, il existait un code de conduite strict et les jeunes gens ne s'attendaient pas à avoir des relations sexuelles, du moins, pas facilement. Ce code ne s'appliquait pas ici. Les filles parlaient de préservatifs avec autant de facilité qu'elle en aurait eue à demander une deuxième cuillerée de sucre. Ce seul mot la crispait et elle sentit s'effriter sa confiance en elle qui était repartie à la hausse.

Ses camarades l'informèrent que des tas d'hommes différents arrivaient chez Butlins. Leurs poches remplies d'argent, elles allaient prendre du bon temps. Chacune avait eu un petit ami au début de la saison précédente, qu'elles avaient déjà remplacé plusieurs fois, et ainsi de suite jusqu'à leur retour chez elles. Lorsque chaque histoire avait tenu sa quinzaine et que les vacances étaient terminées, des adieux déchirants et des promesses d'écrire étaient échangés, vite oubliés quand le car suivant déversait son nouveau groupe de jeunes hommes avides.

— Vous ne voulez pas de petit ami attitré ? demanda Antoinette, en pensant aux filles du pays qui ne désiraient que cela.

Dès que la question franchit ses lèvres et que trois paires d'yeux étonnés la fixèrent, elle sut qu'elle avait révélé qu'elle était bien plus naïve que ne le laissait présager son apparence.

— Mais qui en voudrait ? Il en arrive tous les quinze jours, les poches bien garnies.

Elles éclatèrent toutes trois de rire devant l'expression d'Antoinette, qui sentait son visage s'empourprer. Leurs yeux brillaient à la pensée des nuits à venir. L'angoisse de ne pas s'amuser autant qu'elle l'avait cru saisit Antoinette.

La jolie brunette perçut sa gêne et lui demanda carrément :

— Tu es vierge, alors ?

Antoinette faillit lâcher un cri d'horreur. Aucune jeune Irlandaise n'aurait osé poser cette question, ni d'ailleurs y répondre. Elle chercha désespérément quoi rétorquer. Si elle disait « non », elle serait l'une d'elles, mais dans ce cas-là, elles s'attendraient à ce qu'elle participe à leurs activités. Si c'était « oui », elle serait aussitôt un être à part, et cela, elle le refusait.

Ses camarades de chambre eurent pitié d'elle. Au vu de sa gêne et du temps qu'elle mettait à répondre, elles supposèrent qu'elle s'était trahie. Visiblement, elle était encore vierge et à leurs yeux, manquer d'expérience était encore plus honteux que coucher avec des garçons.

— Dis, mais quel âge as-tu ? s'enquit l'une d'elles en l'étudiant de près.

Elle réfléchit un instant pour savoir si elle devait prétendre avoir dix-huit ans, mais sut immédiatement qu'elles ne la croiraient pas.

— Seize ans et demi.

Les filles se regardèrent, puis se tournèrent vers Antoinette.

— Tu prends un sacré risque, tu le sais ? dit la brunette.

— Je sais. J'ai menti sur mon âge parce que je mourais d'envie de venir ici. Vous ne direz rien ?

— Ne t'inquiète pas, on sera muettes comme des tombes.

— Vous promettez ?

— Bien sûr. On se moque de ton âge, dit l'une, et les autres opinèrent.

— Mais si tu es aussi jeune, profites-en le plus longtemps que tu peux ! ajouta gentiment la blonde.

Elles lui demandèrent pourquoi elle était là et Antoinette inventa vite une histoire sur son père qui avait quitté sa mère et l'argent de ses frais de scolarité qui manquait.

Elle était venue, dit-elle, pour économiser le plus possible. Elle comprit qu'elle avait gagné leur soutien et qu'elle n'était plus pour elles une fille étrange avec un accent snob, mais quelqu'un de jeune et d'innocent qu'il fallait protéger.

— Les hommes sont tous des salauds, déclarèrent-elles toutes trois en chœur.

— Si l'un d'eux t'embête, tu viens nous voir, dit la blonde, et ses deux amies approuvèrent d'un signe de tête.

Antoinette se sentit soudain en sécurité, savourant la chaleur de la gentillesse inattendue de ses nouvelles amies. Ce soir-là, les filles la sortirent et lui montrèrent où elle pourrait postuler si elle voulait en plus travailler en soirée.

— Attends demain, dit la première.

— Attends d'avoir bossé un jour et de voir comment tu te sens, conseilla la deuxième.

— N'oublie pas que tu dois aussi t'amuser, ajouta la troisième alors qu'elles entraient dans leur premier pub de la soirée.

Les bars étaient plus grands que les dancings de Belfast, et bondés de familles. Ici, trois générations semblaient partir en vacances ensemble, et on voyait des groupes d'amis des deux sexes. Le premier arrêt des filles fut un bar brillamment éclairé où, sur une grande scène, une femme en robe de coton braillait une chanson de Connie Francis[1] pendant qu'un orchestre jouait derrière elles. Le personnel du bar était occupé à tirer des pintes de bière, à remplir des verres d'alcool et à mettre des pailles dans des bouteilles de boissons gazeuses pour les plus jeunes de leurs consommateurs. Les serveurs, chargés de plateaux de verres, se frayaient difficilement un passage à travers la foule de clients heureux, rougis par le soleil, jeunes et vieux. Des enfants rieurs tenant des sachets de chips se couraient après entre les jambes des adultes pendant que des adolescentes agitaient leur chevelure et jetaient des regards en biais aux

---

1. Chanteuse italo-américaine de la fin des années cinquante et du début des années soixante.

groupes de jeunes, et que des couples en lune de miel s'enlaçaient.

Antoinette fut soulagée de voir que ses camarades de chambre l'avaient prise sous leur aile et lui expliquaient tout ce qu'elle devait savoir pour travailler chez Butlins. À la fin de la soirée, son moral était remonté et elles revinrent ensemble au chalet où Antoinette dormit paisiblement dans son lit du haut jusqu'à ce que son réveil sonne à six heures trente.

À la différence des filles plus âgées, Antoinette n'avait pas de mal à se lever tôt et elle fut d'autant plus appréciée des autres qu'elle prépara le thé matinal. À sept heures et demie, le trio emmena Antoinette aux gigantesques salles de restaurant où des centaines de vacanciers prenaient leurs repas en deux services. Elles la laissèrent avec un superviseur pour apprendre les ficelles et allèrent vaquer à leurs propres tâches. Après un rapide tour du lieu de travail, on lui remit un uniforme composé d'une robe à carreaux et elle se changea, se préparant pour la journée qui l'attendait. Elle savait qu'elle y arriverait facilement, heureuse que son travail au café l'ait préparée à ce qu'elle devait faire ici. Contrairement aux autres nouvelles, chaussées de jolies chaussures à talons bobines, elle savait ce que c'était que rester des heures debout et elle avait prévu des chaussures pratiques et des chaussettes en coton.

Elle jeta un regard plein de compassion aux filles qui portaient des bas, en pensant aux ampoules qui leur brûleraient les talons à la fin de la journée.

Chaque serveuse fut affectée à un poste regroupant dix tables et un secteur où la vaisselle était lavée. En l'espace de deux heures, quatre-vingts personnes devaient être servies, la vaisselle débarrassée et les couverts nettoyés avant que le personnel puisse déjeuner.

Utilisant des étagères à assiettes pour empiler les repas, les serveuses remontaient les allées, jetant presque les plats devant les clients avant de pousser d'un pas vif les énormes chariots chauffés pour les recharger. Elles faisaient des allers et retours en courant, distribuant autant de repas et de sourires que possible.

Les serveuses étaient parfaitement conscientes que plus elles souriaient, plus elles auraient de bons pourboires à la fin de chaque semaine quand, au moment de partir, les vacanciers témoigneraient de leur gratitude.

Il y avait trois services par jour, et après chacun, le personnel dévorait rapidement son repas. À peine la dernière bouchée avalée, il était temps de préparer les tables pour le prochain service.

Le soir était une répétition du déjeuner sauf qu'il y avait trois services, autrement dit, il fallait poser des plats devant les vacanciers deux cent quarante fois. Les serveuses étaient encore plus motivées pour servir rapidement les dîneurs : elles voulaient toutes retourner à leur chalet et se changer pour sortir.

Dès que le crépuscule tombait, le personnel de Butlins se sentait autant en vacances que les hôtes, et les néons des nombreux bars et clubs les invitaient pareillement à faire la fête toute la nuit.

Antoinette avait décidé de suivre le conseil de ses nouvelles amies et de ne travailler que cinq soirs par semaine et de se garder les deux autres pour s'amuser. Ses camarades de chambre lui assurèrent qu'elles la protégeraient.

— On empêchera les garçons de te tomber dessus, dirent-elles exactement.

Sorte de mascotte du groupe mais néanmoins heureuse, elle entrait sous leur protection dès qu'elle quittait le chalet en leur compagnie pour une nouvelle nuit de plaisirs.

Antoinette avait postulé comme serveuse dans le vaste bar du premier soir. Le gérant lui avait souri et posé l'unique question qui semblait l'intéresser : combien de soirs voulait-elle travailler ? Et elle devait commencer dès le lendemain. Les familles qui fréquentaient l'endroit laissaient de meilleurs pourboires que les adolescents, lui avaient dit ses amies. Les jeunes sont vite à court d'argent avant la fin de leurs vacances et les pourboires étaient importants. Si elle pouvait s'en servir pour assurer ses besoins quotidiens, elle pourrait économiser tout son salaire. Elle calcula qu'avant la fin de la saison, elle aurait de quoi se payer une chambre meublée ainsi que les frais de l'école.

La vie au camp devint vite routinière. La journée, elle travaillait dur au restaurant des vacanciers. Le soir, elle se rendait au bar et débutait là son service. Les murs tremblaient lorsque les groupes montaient le son des haut-parleurs pour empêcher le bourdonnement de la conversation de centaines de fêtards d'étouffer complètement leur musique. Quel que soit leur âge, les clients partageaient un même désir : passer d'agréables moments et profiter de leurs vacances, ce qui créait un climat de gaîté contagieux. Ici, la tristesse n'avait pas sa place. Tout le monde voulait se divertir et jouir de la moindre minute. Antoinette fut emportée par cette ambiance et la tristesse née de sa rupture avec Derek disparut.

Elle repoussa fermement toute pensée de ses parents et de l'avenir incertain qui l'attendait à la maison.

Je verrai cela plus tard, se dit-elle. J'aime être ici. Je me suis fait des amies, j'ai un endroit où habiter, du travail et trois mois pour m'amuser, donc autant en profiter au maximum.

Elle était résolue à prendre du bon temps pendant ses soirées libres. Les loisirs étaient gratuits, pour les vacanciers comme pour le personnel. Chaque matin, les haut-parleurs accueillaient les touristes par ces mots : « Bonjour, chers estivants ! » Puis un animateur en veste rouge annonçait les activités prévues pour la journée. Il y en avait pour tous les âges, jeunes ou vieux, et Antoinette et ses camarades écoutaient toutes les propositions de la soirée avant de se décider.

Sa préférence allait aux soirées des talents où des interprètes prometteurs quittaient leurs vêtements de jour, se paraient de leurs plus beaux atours et se pavanaient sur scène avec l'assurance de véritables professionnels. Une de leurs collègues serveuses, qui portait des lunettes aussi épaisses que des culs-de-bouteille et courait timidement dans les ailes pour servir, se transformait le soir en une chanteuse de cabaret éblouissante. Son uniforme en coton à carreaux était remplacé par une robe étincelante, chaussettes et tennis disparaissaient pour des talons hauts de huit centimètres, et elle laissait ses lunettes dans les coulisses. Quand elle débutait son interprétation de *Summertime*, un silence tombait sur la pièce et la chair de poule venait sur les bras de tous tandis que les notes argentines de sa voix se répandaient aux quatre coins de la salle. Le micro dans une main pâle pendant que l'autre pendait librement le long de son corps, elle se tenait face à un public rendu flou par sa myopie et s'oubliait dans la musique du célèbre morceau de Gershwin.

Elle recevait avec un petit sourire intrigué le tonnerre d'applaudissements qui s'ensuivait, comme si elle ne croyait pas en le pouvoir de sa voix ; puis elle descendait de scène et disparaissait. Le lendemain, elle était de nouveau la serveuse timide à la voix douce.

Les autres soirs, les quatre filles allaient assister au spectacle des interprètes habituels – chanteurs, danseurs, comédiens, magiciens, etc., tous espérant qu'un dénicheur de talents les remarquerait et les projetterait vers la gloire. Certains devenaient célèbres, d'autres tombaient dans l'oubli. Antoinette aimait les magiciens qui trouvaient des colombes sous des mouchoirs et donnaient aux vacanciers l'illusion de scier en deux leurs assistantes court vêtues, lesquelles ressortaient toujours intactes de leur boîte, souriant au public alors que les lumières étincelaient sur leurs costumes pailletés.

À sa grande joie, elle découvrit que pendant ses cinq soirées de travail, les touristes étaient encore plus généreux qu'elle ne l'avait espéré. Chaque soir, elle comptait les poignées de monnaie laissées sur la table. Non seulement elle pouvait économiser tout son salaire, mais aussi une bonne part de ses pourboires. Puis, pour couronner le tout, Butlins l'informa que pour chaque semaine travaillée, elle recevrait un bonus de dix shillings, sous réserve qu'elle fasse toute la saison. Ajouté à ses salaires des jours et des soirs, elle avait assez d'argent pour la location et ses frais, mais aussi pour s'acheter des vêtements convenables pour l'école de secrétariat.

Le temps passait si vite à travailler jour et nuit que la maison ne lui manquait guère. Elle envoya plusieurs cartes postales à sa mère, la tenant informée de ses activités et lui indiquant qu'elle était en sécurité, mais elle ne reçut qu'une courte lettre en retour.

Une semaine avant son départ, Antoinette et ses nouvelles amies allèrent faire les boutiques pour acheter des vêtements pour l'école qu'elle espérait intégrer à l'automne. Avant de quitter l'Irlande, elle s'était inscrite mais ne saurait si elle était acceptée qu'à son retour. Antoinette voulait paraître modeste et distinguée et se rappela comment Charlotte, l'amie de Derek, était habillée ce soir désastreux de leur rencontre.

Elle imiterait ce style, décida-t-elle, et elle prit des jupes et des pulls élégants et simples. À l'image de trois mères poules, le trio gloussait sa désapprobation devant les tenues qu'elle retenait. Elles préféraient un style plus osé et chic et exprimaient leur avis avec énergie.

164

Avec un large sourire, Antoinette les ignorait et payait ses achats. Elle était ravie de ses choix. Elle les invita dans un café fêter l'événement autour de scones, de gâteaux à la crème et de tasses de thé bien fort.

Le dernier jour chez Butlins arriva. Antoinette fut surprise par l'émotion qui l'envahit à l'idée de quitter ce lieu, et elle comprit qu'elle y avait été heureuse. Le travail avait été dur, mais elle s'était aussi bien amusée et fait de bonnes amies. Le temps avait filé si vite avec toute cette animation qu'elle avait peine à croire que trois mois s'étaient écoulés. Tout le monde s'agitait, faisait ses valises et se préparait à retrouver la vie normale.

— On te verra l'an prochain ? demanda l'une de ses camarades de chambre.

— J'espère.

— Tu auras presque le bon âge, de toute façon, dit une autre avec malice. On n'aura pas besoin de se battre pour tenir les garçons loin de toi.

Antoinette rit. Elle avait aimé être leur mascotte et s'était sentie en sécurité tout l'été sous la protection de ses amies. Elles s'embrassèrent et convinrent de se retrouver au même endroit l'an prochain, avant d'embarquer à bord des cars qui les emmèneraient à leurs destinations différentes. Tandis que le car pour la gare s'éloignait du camp, Antoinette fit de grands gestes frénétiques à ses amies, avant de s'installer au fond de son siège. Elle ne savait pas ce que lui réservait l'année à venir et elle était nerveuse à l'idée de rentrer chez elle. Elle allait devoir s'organiser pour se trouver un lieu où vivre et s'occuper de l'école. C'était plutôt intimidant.

Mais je reviendrai l'an prochain, si je le peux, se promit-elle. Et je ne vois pas pourquoi je ne le pourrais pas. Antoinette ne pouvait pas savoir, en cette semaine de début septembre, que sa vie allait à nouveau changer.

Elle ne ferait pas d'autre saison.

18

Antoinette était assise sur l'une des chaises en bois à l'extérieur de la salle d'entretien. Dans son sac, elle avait de quoi payer un trimestre d'école.

Enfin, après deux années d'économies ajoutées à ce qu'elle avait gagné pendant l'été chez Butlins, elle avait assez pour réaliser son rêve. Nerveuse, elle se demandait si elle serait prise. Sa fiche d'inscription lui avait valu d'être provisoirement acceptée, mais tout reposait sur l'entretien avec la principale, Miss Eliot.

Elle commença cette journée en remplaçant le style choucroute par une coiffure plus sobre et elle se maquilla légèrement. Puis elle revêtit une jupe et un pull parmi ceux achetés au pays de Galles, espérant avoir fait le bon choix. Elle désirait tant ressembler aux autres postulantes.

Mais il lui manquait une chose que les autres auraient : la présence d'un parent. Eh bien, elle ne pouvait rien y faire. Elle devrait y aller seule.

Pendant qu'elle attendait son tour, elle était consciente d'attirer les regards curieux des deux autres personnes présentes : une fille d'à peu près son âge et une femme, qui était visiblement sa mère. Elles étaient vêtues d'ensembles similaires composés d'une redingote à col de fourrure et de chaussures vernies à petits talons assorties à leur sac à main qu'elles tenaient fermement dans des mains gantées de cuir.

Elles paraissaient détendues et à l'aise, et la fille semblait confiante face à l'entretien à venir. Antoinette les regarda partir quand elles furent appelées, souhaitant avoir ne serait-ce qu'une once de leur assurance.

Elle fut la dernière à être conduite dans le bureau de la principale. Elle y trouva une femme imposante, la cinquantaine passée, assise derrière un bureau.

Le tailleur gris foncé, les épais cheveux coiffés en un chignon sévère dégageant le visage donnaient à Antoinette l'image d'une personne austère. Miss Eliot parut surprise puis mécontente à la vue de l'adolescente non accompagnée.

— Vous êtes Antoinette Maguire, c'est bien cela ? Vous êtes seule ? demanda-t-elle d'un ton sec.

— Oui.

Comme il était inutile d'essayer d'inventer des excuses, elle n'ajouta rien.

Miss Eliot lui jeta un regard curieux.

— Voyons, d'habitude dans ces occasions un parent est présent. Si une place vous est proposée, il me faudra parler de nos tarifs avec quelqu'un.

Antoinette savait qu'il y avait une liste d'attente de filles désireuses d'intégrer cette prestigieuse école. Devant l'expression désapprobatrice de Miss Eliot, elle fut saisie d'angoisse à l'idée que l'absence d'un parent puisse lui nuire plus qu'elle ne l'avait imaginé. Mais elle n'avait pas passé deux ans à travailler et à économiser pour admettre aussi facilement la défaite.

Elle se redressa, regarda Miss Eliot dans les yeux et déclara :

— J'ai les frais d'inscription dans mon sac à main. Cela fait deux ans que j'économise.

L'espace d'un instant, la femme plus âgée parut vraiment déroutée, puis son visage critique s'adoucit.

— Vous avez autant envie d'être secrétaire ?

Antoinette pensa qu'elle l'emporterait en disant la vérité.

— Non, je veux un certificat de scolarité indiquant que j'ai quitté l'école à dix-huit ans et non à quatorze, comme c'est le cas.

Elle ne voyait aucune raison d'enjoliver les faits, certaine que Miss Eliot percerait à jour n'importe quel subterfuge.

Miss Eliot s'autorisa un bref sourire devant le cran de la jeune fille.

— Veuillez vous asseoir.

Antoinette s'assit avec soulagement. Elle savait qu'elle avait passé une sorte de test et le reste de l'entretien se déroula vite et en douceur. Quelques minutes plus tard à peine, lui sembla-t-il, Miss Eliot lui demanda de signer les formulaires et de faire un premier versement. Puis, sur une brève poignée de mains, la principale lui souhaita la bienvenue comme étudiante du Belfast Secretarial College.

Antoinette avait reçu un accueil particulièrement glacial à son retour de chez Butlins.

Son père l'avait ignorée, passant encore plus de temps que d'habitude hors de la maison, et sa mère était distante, ne lui adressant la parole que pour l'inciter à se trouver un endroit pour vivre.

— Tu sais ce qui était convenu, Antoinette. Tu dois partir. Ton père ne veut plus de toi ici. Tu es parfaitement capable de subvenir à tes besoins.

Dès qu'elle avait eu sa place à l'école, elle s'était mise en quête d'un logement. Avant, elle aurait eu du mal à trouver quelqu'un qui accepterait de lui louer une chambre. Maintenant qu'elle pouvait prouver qu'elle était étudiante et expliquer qu'elle devait trouver une chambre près de l'école, les logeuses seraient plus conciliantes. Elle trouva presque aussitôt un lieu susceptible de convenir, une chambre meublée dans une maison du quartier étudiant de Malone Road. Ce n'était pas l'endroit idéal, mais c'était bon marché, et la logeuse était prête à la lui louer. Par ailleurs, ce serait le moyen de fuir cette maison où on ne voulait visiblement plus d'elle.

Elle déposa un acompte et dit qu'elle emménagerait aussitôt. Puis elle alla emballer ses affaires. Ses parents étant tous deux sortis, elle quitta le pavillon seule et sans adieux.

Je devrais me sentir triste, se dit-elle tandis qu'elle descendait les escaliers avec sa valise. Mais elle ne ressentait rien. Après tout, Judy n'était plus là pour lui apporter chaleur et présence amicale. Plus rien ne la retenait ici.

Elle ferma la porte derrière elle, croyant ne jamais revenir.

Le premier jour du trimestre, Antoinette se leva tôt. Elle examina sa triste chambre avec sa moquette dont le motif était si usé qu'on ne le distinguait plus. Elle était chichement meublée, deux chaises en bois éraflées près d'une table tout aussi abîmée et un vieux fauteuil près de la fenêtre. Elle avait acheté quelques coussins de couleurs vives pour le rendre plus agréable mais malgré ses tentatives pour que la pièce paraisse plus douillette, elle demeurait austère. Toutefois, elle savait qu'elle avait de la chance d'avoir trouvé un lieu où habiter. Maintes logeuses auraient refusé de louer à une jeune fille sans travail, même si elle était étudiante. Mais un gros acompte lui avait assuré cette chambre minable.

C'était le premier jour d'école ; aujourd'hui, elle débuterait la formation qui lui permettrait d'avoir une nouvelle vie.

Elle s'étira, puis dégringola du matelas défoncé et tituba, encore endormie, dans le couloir qui menait à la cuisine commune. Elle avait pris son bain le soir précédent afin de ne pas faire la queue devant la salle de bains le matin avec les cinq autres locataires qui partageaient la maison. Tous les autres étaient sortis la veille et elle avait pu alimenter le compteur avec tout un tas de pièces, puis barboter à loisir dans la baignoire en émail sans craindre d'être dérangée.

Dans la cuisine, elle fronça le nez de dégoût face au foutoir laissé par les autres locataires : assiettes sales empilées en tours dans l'évier, aliments figés et durs, restes d'un dîner pris sur le pouce, agglutinés sur la table en Formica.

Elle chercha en vain une tasse propre puis, dans un soupir, en retira une de l'eau crasseuse et la rinça sous le robinet. Elle mit la bouilloire à chauffer et du pain dans le grille-pain, attendit son petit déjeuner et sentit une pointe de nostalgie pour le pavillon de gardien.

Mais c'était la vie avant qu'*il* revienne, se souvint-elle. Je suis mieux ici.

Une fois son thé prêt et sa tartine beurrée, elle emporta son petit déjeuner dans sa chambre. Enfin, elle s'habilla et s'empara du nouveau cartable qui contenait tous les livres nécessaires pour ses cours.

Une demi-heure de marche la séparait de l'école et, soucieuse des économies à réaliser, elle décida d'y aller à pied. C'était une belle journée d'automne et son moral remonta pendant sa traversée de Belfast.

Elle se sentait enfin comme l'étudiante qu'elle voulait être depuis si longtemps.

Les doigts d'Antoinette se déplaçaient maladroitement sur les lettres et cognaient sur le cache-clavier métallique noir.

Concentre-toi, se dit-elle en regardant le cahier d'exercices et en plaçant ses doigts sur les bonnes touches. A, S, D, F, marmonna-t-elle, puis elle fit glisser ses doigts sur G, H, J, K puis L. Elle soupira. Y avait-il vraiment des gens qui se torturaient chaque jour sur ces machines ? Comment pourrait-elle y arriver ? Cela semblait impossible, pensait-elle en répétant les mêmes exercices frustrants.

— Concentrez-vous, Antoinette, dit Miss Eliot d'un ton dur comme l'acier pendant qu'elle se déplaçait d'un bureau à l'autre, surveillant les essais de chaque jeune fille. La précision, et non la vitesse, tel est le but de cette leçon, répéta-t-elle pour la énième fois.

La petite machine à écrire trapue avec son cache-clavier assorti semblait se moquer d'elle tandis que les doigts d'Antoinette s'efforçaient de trouver un rythme. Quarante-cinq autres minutes passèrent.

Dehors, le soleil brillait. Dedans, vingt têtes soigneusement coiffées, sans nulle choucroute en vue, étaient penchées sur leur tâche.

Trente-huit mains bougeaient en cadence mais les deux d'Antoinette lui donnaient la sensation d'avoir doublé de volume pendant la nuit. Elles étaient devenues des appendices ingérables qui glissaient des touches et refusaient de lui obéir.

Enfin, le cours de frappe fut terminé. Il était suivi d'une leçon de sténographie et quand Antoinette ouvrit son livre, elle regarda avec consternation ce qui ressemblait pour elle à des gribouillis dénués de sens.

Comment vais-je apprendre à écrire ça ? se désespéra-t-elle, tout en tentant de maîtriser les étranges lettres penchées de M. Pitman avec leurs points et leurs boucles. Elle savait qu'elle devait y parvenir.

Elle avait besoin du certificat indiquant qu'elle était qualifiée en sténographie pour pouvoir pénétrer le marché du travail et elle était décidée à se munir des résultats des examens la prochaine fois qu'elle chercherait du travail. Elle en avait fini avec le métier de serveuse.

À la fin de la première leçon, elle pensait pouvoir débuter une lettre, *Cher M. Smith*… Par contre, la terminer restait encore un mystère.

La dernière classe avant le déjeuner était un cours de comptabilité, et elle put se détendre. Pour avoir dû calculer mentalement les notes au café, les chiffres ne lui posaient pas de problème.

Elle fut heureuse de voir qu'elle semblait la seule à le penser, mais elle réprima son envie de sourire. Elle ne voulait pas attirer l'attention sur elle ou devoir expliquer d'où lui venaient ses aptitudes en calcul mental.

Elle aurait pu répondre honnêtement qu'elles provenaient d'années à servir et à calculer mentalement d'innombrables additions, mais elle ne le voulait pas.

Elle accueillit avec joie la pause déjeuner. Voyant les autres filles se retrouver par groupes pour s'organiser, Antoinette prit un livre et partit en hâte pour le café le plus proche. Elle ne voulait pas se mêler aux autres étudiantes. Elle devrait alors répondre à des questions délicates qu'elle préférait éviter.

Les autres filles ne comprendraient ni sa situation ni le fait qu'elle vivait seule dans une chambre meublée. Elle se faisait une bonne idée de leurs maisons : l'argenterie sur les buffets, les épais tapis sur les sols et les belles flambées dans la cheminée ; les parfums de cire et de fleurs et, le soir, les odeurs de cuisine flottant dans l'air.

À la différence d'Antoinette, ces filles ne s'inquiétaient pas du coût de la nourriture, du nombre de pièces à réserver pour le compteur ni de savoir si elles pourraient payer leur loyer. Il était à parier qu'aucune d'elles ne marchait jusqu'à l'école pour économiser le prix du trajet. Non, elles y étaient déposées le matin par leur mère, au volant de la voiture familiale, et quand elles rentraient, elles étaient accueillies par des parents aimants, intéressés par leurs progrès.

Elle connaissait le type de foyers d'où elles venaient. Lors de ses promenades nocturnes pour échapper à la solitude oppressante de sa chambre, elle errait à travers les quartiers de la petite et moyenne bourgeoisie de Belfast et passait devant des maisons où vivaient des gens comme ses camarades de classe. À travers les grandes fenêtres panoramiques, elle entrapercevait des familles assises à discuter, ou de doux éclairages projetant un halo sur des gens réunis autour de la table à manger, absorbés par leur dîner et captivés les uns par les autres.

Les filles qui venaient de là avaient le vernis que confère une vie facile. Elle reconnaissait l'assurance qui les protégeait. La vie de ces jeunes était déjà planifiée : pour les garçons, l'université suivie d'une carrière bien rémunérée ; pour leurs sœurs, un travail respectable et peu éprouvant avant de se marier et de se dévouer corps et âme à leur famille.

Tout en déjeunant, elle pensait à son triste logement temporaire : la cuisine commune et son tas permanent de vaisselle sale, les toilettes où elle devait à chaque fois apporter son propre rouleau de papier, et la salle de bains commune à la baignoire ébréchée.

Elle s'imagina la trace de crasse à hauteur de taille laissée par les locataires trop affairés pour une tâche aussi prosaïque que la nettoyer. Elle ressentait un vide en elle en visualisant le désert de sa chambre et combien elle paraissait nue sans même sa chienne pour l'accueillir. Une vague de solitude menaça de l'engloutir.

Elle repoussa cette sensation et la remplaça par une autre image. Elle, très soignée, les cheveux brillants et des ongles parfaitement manucurés prenant la dictée d'un élégant employeur dans un bureau moderne. Elle se vit sortir, bloc-notes à la main, et s'asseoir devant une machine à écrire électrique toute neuve, sans cache pour masquer les touches. Elle vit ses mains bouger rapidement pendant qu'elle tapait la lettre sans faire une seule faute, la remettre à son employeur pour qu'il la signe et l'entendre dire avec un sourire reconnaissant : « Je ne sais pas ce que cette société ferait sans vous. »

Ce rêve éveillé dura le temps d'une deuxième tasse de café et flottait encore dans sa tête quand elle retourna à l'école.

La fin du trimestre arriva et, avec elle, les premiers examens. Antoinette avait trouvé la formation monotone et avait déjà décidé de partir et de trouver du travail. Même si elle n'avait pas terminé l'année, elle aurait un certificat indiquant qu'elle avait quitté l'école à dix-sept ans, savait taper à la machine, maîtrisait les bases de la comptabilité et se débrouillait en sténographie.

Cela suffirait pour lui obtenir un entretien, se dit-elle. Elle voulait plus que tout travailler, avoir un salaire et quitter la chambre meublée. La solitude qu'elle y ressentait la tuait. Elle ne s'était fait aucune amie à l'école, d'ailleurs elle n'avait pas cherché. Il lui semblait vital de s'isoler. Elle essaya de tout garder pour elle et de ne se concentrer que sur l'avenir qui serait certainement meilleur.

À la fin du trimestre, elle passa ses examens et quitta l'école pour de bon. Elle ne le regrettait pas, même si elle en avait si longtemps rêvé. Munie de ses références et d'une lettre personnelle de Miss Eliot, elle partit en quête d'un emploi et trouva vite à travailler comme hôtesse d'accueil dans un petit salon de coiffure.

Le travail n'était pas difficile et le lieu était plutôt convivial. Les employées ne ressemblaient pas aux jeunes bourgeoises raffinées de l'école ; plutôt à celles avec qui elle sortait danser. En revanche, elle aurait du mal à se lier d'amitié avec elles.

Quand elle sortait danser, son assurance était fortifiée par plusieurs verres, chose qu'elle ne pouvait s'autoriser pendant la journée, et sans l'audace artificielle que donnait l'alcool, sa confiance s'effondrait. Comme elle n'arrivait pas à participer au badinage léger des stylistes, celles-ci la trouvèrent distante et, après quelques tentatives pour se montrer amicales, l'ignorèrent.

D'une manière perverse, c'était ce qu'elle voulait. Si elle désirait l'amitié d'autres jeunes, elle était pétrifiée à l'idée de permettre à quiconque de s'approcher d'elle. Ses collègues toléraient, ou même appréciaient, peut-être la fille qu'elle prétendait être, celle qui sortait de l'école de secrétariat et qui parlait avec un accent bourgeois, mais elles l'éviteraient tout à fait si elles découvraient son passé.

Tout le monde supposait qu'elle vivait chez ses parents et elle n'avait aucunement l'intention de leur faire connaître un jour la réalité de sa situation.

Mais elle ne pouvait quitter la chambre avant d'avoir regonflé ses économies, pratiquement épuisées par ce qu'elle avait dû payer pour sa formation et pour subvenir à ses besoins sans travailler.

19

Antoinette ne voulait pas ouvrir les yeux. Une tentative préalable avait suffi à lui montrer que la lumière du jour les blesserait, mais le besoin d'aller aux toilettes était devenu pressant. À contrecœur, elle sortit les jambes du lit et posa des pieds tremblants sur la fine moquette qui couvrait le sol de sa petite chambre à coucher.

Quand elle se leva, la pièce tourna et elle dut poser les mains sur le mur pour se stabiliser. Elle tituba jusqu'à la porte puis dans le couloir froid.

Ses jambes s'étaient alourdies pendant la nuit, et elle parcourut en chancelant les quelques pas qui la séparaient de la salle de bains. Là, elle se regarda dans le miroir. Un visage hâve la fixait, d'où ne ressortaient que les deux taches rouges luisantes de ses joues.

Elle avait mal à la gorge, son cœur lui martelait la poitrine et tout son corps était douloureux.

Elle savait qu'elle avait une mauvaise grippe et sentit des larmes lui picoter les yeux en pensant avec regrets à sa chambre au pavillon de gardien. Un an plus tôt, lors d'une crise similaire, sa mère lui avait apporté des tasses de thé et de délicieux encas pour solliciter son appétit. À cette évocation, Antoinette pouvait presque ressentir la sensation réconfortante des mains de sa mère lui écartant tendrement les cheveux, humides de transpiration, de son visage. Quand Ruth rentrait du travail le soir, elle regonflait les oreillers d'Antoinette et lui préparait un dîner qu'elle mangeait sur un plateau posé sur ses genoux. Après avoir fini son repas, Antoinette se roulait en boule pour dormir et Ruth remontait délicatement les douces couvertures de laine sur ses épaules.

C'était avant qu'*il* ne revienne. Un temps où Ruth était capable de lui témoigner l'amour maternel dont elle était si avide. Comme si sa maladie avait donné à Ruth l'impression d'être utile devant sa fille impuissante, et avait réveillé une affection qu'elle laissait rarement transparaître. Antoinette avait savouré ce sentiment, souriant à sa mère avec gratitude depuis son lit douillet.

L'enfant qu'elle avait été si récemment resurgit pendant sa maladie, et elle aurait aimé se cramponner à la main de sa mère comme dix ans plus tôt.

Cet afflux de souvenirs l'envahit d'un désir fou d'être là-bas et de se sentir à nouveau aimée et protégée.

Maman me mettrait dans mon vieux lit. Elle me laisserait dormir, m'apporterait des tasses de thé, me réchaufferait de la soupe de tomate qu'elle accompagnerait de pain finement tranché et de beurre. Tel était le régime des malades, qui la remettrait vite d'aplomb. Puis, quand elle aurait récupéré assez de forces pour s'aventurer en bas, mais pas pour sortir de la maison, elle s'envelopperait dans sa vieille robe de chambre rose en chenille et s'assiérait devant la cheminée.

Là, les pieds sur le petit tabouret rond capitonné, elle regarderait ses programmes favoris à la télévision.

Elle était consumée par le besoin de voir sa mère et d'être dorlotée comme par le passé. Il lui suffisait de penser à la vie au pavillon, soignée par Ruth, pour aller mieux. Elle refoulait complètement l'image de son père, de sa colère contre elle et de sa jalousie face à la moindre attention que lui prodiguait sa mère.

Pourrais-je revenir ? se demanda-t-elle. Juste cette fois ?

Elle n'était retournée là-bas qu'une ou deux fois depuis qu'elle avait emménagé dans le meublé, et uniquement quand elle était sûre de l'absence de son père. Elle avait noté les emplois du temps de ses parents et ne s'y rendait que quand elle savait n'y trouver que sa mère. Ruth avait alors semblé heureuse de la voir et lui avait donné quelques provisions à rapporter chez elle.

Sachant que ce matin Ruth serait là et son père au travail, elle repoussa les quelques doutes qu'elle avait. L'absolue nécessité de retourner en enfance la décida.

Antoinette s'habilla rapidement, jeta pyjama et sous-vêtements de rechange dans un sac et, brûlant toujours de fièvre, marcha jusqu'à l'arrêt de bus. Elle somnola pendant le court trajet, jusqu'à ce que le bus la dépose pratiquement devant le seuil. Son petit sac serré dans la main, elle chancela jusqu'à la porte d'entrée, puis se souvint qu'elle n'avait plus la clé. Elle l'avait laissée en partant pour Butlins, comme le lui avaient demandé ses parents. Elle frappa, puis s'appuya contre le mur pour contrer les vertiges qui menaçaient de la terrasser.

Elle entendit des pas, puis le bruit de la clé qu'on tournait. La porte s'ouvrit et sa mère lui fit face dans l'entrée. Elle afficha un sourire inquiet, mais ses yeux étaient inexpressifs.

— Chérie, quelle bonne surprise. Pourquoi n'es-tu pas au travail ?

— Je ne suis pas bien.

À peine eut-elle prononcé ces mots que des larmes impuissantes lui montèrent aux yeux et ruisselèrent sur ses joues rouges.

— Entre, chérie, vite.

Sa mère la fit prestement entrer loin des regards curieux des voisins. Toujours soucieuse des commérages et des apparences, Ruth voulait certainement éviter qu'on puisse s'interroger sur ce qu'Antoinette faisait à pleurer sur le seuil. Elle ferma la porte.

— J'ai besoin de m'allonger. Je peux aller dans ma chambre ?

Tout en débitant ces mots, elle perçut l'hésitation de sa mère. La voix de Ruth s'adoucit :

— Antoinette, qu'est-ce qui ne va pas ?

Elle toucha brièvement le front de sa fille.

— Mais tu es bouillante. Très bien, chérie, ton lit est encore fait. Va te coucher et je te monte une tasse de thé.

Elle se sentit alors aimée et protégée pour la première fois depuis des mois. Elle venait d'entrer dans son vieux lit quand sa mère apparut, tira les rideaux, posa le thé près du lit et lui embrassa doucement la tête.

— J'ai appelé au travail pour dire que je serai en retard. Repose-toi maintenant.

À peine la porte refermée derrière elle, Antoinette sombra dans un sommeil agité. Quand elle se réveilla plusieurs heures après, elle se demanda un instant où elle était. Désorientée, elle fixa l'obscurité avant de comprendre qu'elle était revenue dans sa chambre du pavillon. Quelque chose l'avait éveillée et elle se redressa sur ses oreillers. Le bruit de voix fortes filtrait à travers sa fenêtre, voilà ce qui l'avait gênée. Elle reconnut le ton aigu de son père et la colère qu'elle contenait lui fit peur. Elle ne distinguait pas ce qui se disait mais elle savait que son père était furieux et qu'elle en était la cause. La voix plus douce de sa mère suggérait qu'elle tentait de l'apaiser. Que font-ils dehors, se demanda Antoinette, intriguée. La répugnance de sa mère à afficher une discorde en public avait toujours interdit tout désaccord à l'extérieur de la maison. Comme elle l'avait fait si souvent quand elle était petite, Antoinette se glissa au fond du lit et tira les couvertures sur ses oreilles. Si elle ne pouvait pas les entendre, peut-être qu'ils disparaîtraient. Quoi qu'il en soit, elle perçut les craquements des marches, suivis des pas étouffés de sa mère qui entrait dans la chambre. Mue par l'instinct, Antoinette feignit de dormir. La main de sa mère lui toucha légèrement l'épaule, puis elle entendit les mots qu'elle craignait.

— Tu es réveillée ? Tu dois te lever. Ton père dit que tu dois partir.

Antoinette ouvrit faiblement les yeux et scruta le visage de sa mère, espérant y lire que, pour une fois, elle n'obéirait pas à son mari. Un éclair de culpabilité traversa le visage de Ruth, vite remplacé par une détermination sans faille.

— Il refuse de rentrer dans la maison tant que tu n'es pas partie. Il dit que tu as quitté la maison et que tu ne peux pas revenir quand ça te chante. Tu dois te débrouiller seule.

La voix de Ruth avait délaissé ses accents condescendants habituels pour un ton plutôt implorant.

Antoinette rechercha la sollicitude dont sa mère avait fait preuve plus tôt, espérant voir une expression de douceur qui témoignerait qu'elle était prête à céder. Mais toute trace de préoccupation avait disparu, remplacée par un air de martyre. Une fois encore, Ruth était la femme qui n'assumait jamais aucune responsabilité, mais qui rejetait carrément la faute de tous ses malheurs sur les épaules d'autrui. Aujourd'hui, il était clair que c'était la faute d'Antoinette. Trop malade pour lutter contre sa mère, ou même réagir, Antoinette se tira hors du lit, s'habilla et prit son sac. Par la suite, à chaque fois qu'elle essaierait de se rappeler cette nuit, elle ne le pourrait pas. Elle se souviendrait simplement qu'elle était partie.

20

Cela débuta par les maux de tête.

Au petit matin, la douleur la réveilla. Elle avait l'impression que sa tête était serrée dans l'étau d'une main géante. Elle visualisa les doigts qui traversaient brutalement son cuir chevelu, lui agrippaient la nuque avant de la serrer jusqu'à ce que la douleur s'installe derrière les yeux, lui déformant la vision.

Au cours de la journée, quand les maux de tête cessèrent, elle se sentit léthargique, les membres lourds. Son cerveau refusait de fonctionner. Elle n'arrivait pas à se concentrer, les caractères des livres qui lui avaient autrefois apporté du réconfort s'estompaient jusqu'à ce qu'il lui soit même difficile de lire les courts articles des magazines. Elle les mit de côté avec lassitude.

De retour dans sa chambre meublée, cherchant le sommeil, elle comprit qu'elle ne trouverait aucun repos. Son anxiété, sa solitude et sa culpabilité empoisonnaient ses rêves, transformant ses nuits en véritable supplice.

Elle était privée de repos, emportée dans des lieux sombres où des démons la pourchassaient.

Elle avait parfois la sensation de tomber et, à travers son cauchemar, elle sentait son corps se contorsionner dans un effort pour arrêter sa chute. Quand elle s'éveillait toujours paniquée, son cœur battait à tout rompre. Le moindre son soudain l'alarmait et son esprit était accablé de solitude.

Puis vint le rêve ; chaque nuit, tellement plus terrible que tous les autres qu'elle s'obligeait à se réveiller.

Puis elle attendait que le jour apparaisse, résolue à tenir le sommeil à distance, tant elle craignait que le rêve ne revienne à peine ses yeux fermés. Le cauchemar l'emportait dans une forêt où de hauts arbres poussaient si densément que leur feuillage masquait le ciel et oblitérait la lumière de la lune.

Elle cherchait désespérément une sortie tandis que les branches mouillées lui cinglaient le visage et que des vrilles gluantes s'enroulaient autour de ses jambes et de ses pieds tels des serpents, bloquant sa course éperdue.

Le sentiment d'être piégée était terrifiant et il lui semblait que des créatures se cachaient dans la densité du sous-bois. Elle sentait l'animosité qui irradiait des yeux invisibles qui l'épiaient et elle savait, d'une manière ou d'une autre, que son père était là. Elle détectait sa présence indistincte qui l'observait et se moquait de ses timides tentatives pour s'échapper.

Incapable de voir dans les ténèbres froides de la forêt, son unique certitude était d'être terrifiée et perdue.

Puis, soudain, un gouffre béant surgissait sous ses pieds et elle se sentait chuter, aspirée par une force plus puissante que sa volonté.

Elle essayait de se raccrocher aux parois du précipice pour ne pas tomber, mais ses mains ne saisissaient qu'un vide humide et froid. Incapable de maîtriser quoi que ce soit, elle basculait aveuglément à travers les profondeurs vers un lieu d'épouvante.

Elle savait qu'elle dormait et elle se démenait pour reprendre conscience, mais pas avant qu'un cri silencieux ne lui déchire la gorge au moment où elle plongeait dans les ténèbres. Elle laissait échapper des miaulements impuissants quand la panique éclatait et la libérait. Elle se réveillait, en sueur et haletante, encore angoissée et apeurée alors que le cauchemar s'estompait.

Elle savait qu'il s'en était fallu de quelques secondes qu'elle ne s'écrase au fond de l'abîme effroyable. Autour d'elle, les draps étaient emmêlés tant elle s'était débattue, ses bras partant dans tous les sens.

Éveillée, elle ne parvenait pas à rationaliser ce pressentiment de catastrophe imminente, et elle était saisie du désespoir d'être encore en vie.

Elle approchait ses poignets de son visage, observait les cicatrices vieilles de deux ans. Nuit après nuit, elle fixait les fines lignes bleues qui couraient juste sous la peau et se figurait qu'une lame les incisait à nouveau.

Elle s'imaginait avaler une centaine d'aspirines comme par le passé, puis se rappelait la nausée qui avait secoué son corps des heures après le retrait de la sonde gastrique. Elle pouvait encore sentir le goût de la bile qui lui avait brûlé l'estomac.

Si elle parvenait à se rendormir après son cauchemar, alors elle se réveillait à 4 h 30 précises.

Comme si un esprit maléfique avait mis un réveil. Il était trop tôt pour se lever.

Elle se recroquevillait alors, luttait pour ne pas sombrer à nouveau et pour tenir ses rêves à distance. Tandis qu'elle somnolait, des images de ses parents qui ne voulaient plus d'elle s'infiltraient dans son esprit. Puis elle pensait à sa vaste famille irlandaise qui l'avait méprisée et aux gens de sa ville qui l'avait rejetée.

Elle essayait de repousser les pensées de Derek, de sa répulsion quand il avait compris qui elle était réellement. Il lui semblait que sa réaction était représentative de celle des gens à qui elle dévoilait la réalité de son passé.

Le monde d'Antoinette se mit à rétrécir.

Trop faible pour aller travailler, elle appela pour dire qu'elle était malade. Elle devait bien l'être, même si elle n'avait aucune idée de ce qui clochait. Sa seule certitude était que le monde était devenu un lieu effrayant.

Quand elle s'aventurait dehors, le bruit de la circulation lui vrillait la tête et elle voulait protéger ses oreilles de ses mains pour ne pas l'entendre. Traverser la rue lui donnait des sueurs froides ; chaque voiture semblait résolue à lui foncer dessus, lui passer sur le corps et la mutiler. Des ondes de panique provoquaient de tels tremblements dans ses jambes que celles-ci refusaient presque de lui obéir tandis qu'elle hésitait sur le trottoir. Chaque pas lui demandait une volonté phénoménale.

Pénétrer dans un magasin était terrifiant, car elle lisait l'animosité sur tous les visages. Si les autres clients étaient silencieux, elle savait que c'était parce qu'ils venaient d'arrêter de parler d'elle. Incapable de les regarder dans les yeux, elle grommelait sa commande et filait, ses achats blottis contre elle. Elle était sûre d'être la cause du moindre rire qu'elle entendait et la raison pour laquelle il devenait huées qui la suivaient hors du magasin et la pourchassaient dans la rue.

Quand elle revenait chez elle, elle montait les escaliers en douce, priant pour que les portes des autres locataires restent closes. Elle entendait derrière elles d'autres murmures et s'enfermait dans le sanctuaire de sa chambre, loin des voix malveillantes.

Quand elle devait le quitter, elle posait sa tête contre la porte et écoutait, à l'affût de signes de vie dans la maison. Eau qui coule, chasse des toilettes et craquement des marches ou pas feutrés, tous ces bruits la prévenaient qu'il n'était pas sûr de sortir. Quand elle était certaine qu'il n'y avait personne, et alors seulement, elle en appelait à son courage pour partir.

Le week-end, elle entendait des rires dans l'escalier, le bruit de portes qui s'ouvraient et de la musique qui hurlait et perturbait sa tranquillité. Elle s'enfonçait les doigts dans les oreilles pour bloquer les bruits indésirables qui s'infiltraient sous sa porte et pénétraient dans sa chambre. Progressivement, son univers se rétrécit encore et elle ne quitta presque plus sa chambre.

Il était maintenant hors de question de retourner travailler mais elle n'allait pas assez bien pour s'inquiéter du loyer à payer. Il lui restait quelques économies mais il lui était impossible de s'attarder sur ce qu'elle ferait quand elles seraient épuisées.

Elle était tout à fait isolée, à la dérive, et elle trouvait son unique échappatoire à cette dépression tenace dans les gorgées qu'elle volait à sa bouteille de vodka secrète. L'ultime réconfort dont elle disposait.

Le jeu de la famille heureuse que Ruth avait orchestré pendant tant d'années était terminé. Antoinette ne pouvait plus tenir son rôle plus longtemps. Elle ne pouvait accompagner sa mère dans son fantasme de famille normale, et le mensonge rassurant qu'elle était aimée et désirée comme une fille ordinaire n'avait plus aucun pouvoir. Depuis le soir où sa mère l'avait jetée dehors, malade et seule, cette dure réalité avait enfin pénétré ses défenses et elle était incapable de l'affronter.

Son esprit était maintenant envahi par une sombre mélancolie née de la compréhension qu'elle avait été toute sa vie nourrie d'hypocrisie et de désespoir.

Pourquoi ne pouvait-elle se réjouir que ses parents ne veuillent plus d'elle dans leur vie ? N'était-elle pas libérée d'eux à présent ? Mais Antoinette avait obéi trop longtemps pour apprendre l'indépendance. Un chien battu des années durant mourra s'il est jeté à la rue et doit se débrouiller seul. Il se recroquevillera dans des coins, ne faisant confiance à personne tout en espérant un peu de tendresse. La seule émotion qui lui restera inconnue sera le soulagement devant sa liberté.

Antoinette était incapable de demander de l'aide ; elle était trop malade pour prendre conscience qu'elle en avait besoin. À présent, les tiroirs de son esprit renfermant ses souvenirs s'étaient rouverts, déversant la vérité de sa courte vie. Tout autour d'elle, elle entendait des murmures : ils la blâmaient et se moquaient d'elle, lui disaient que personne ne l'aimait, et que jamais personne ne le ferait. Ils lui disaient de disparaître.

Paralysée par la peur de replonger dans ses cauchemars, elle tentait d'éviter le sommeil, blottie dans son lit, farfouillant du regard la pièce éclairée pour percevoir les menaces tapies dans l'ombre jusqu'à ce qu'elle ne puisse plus lutter contre la fatigue qui la submergeait.

À l'aube, quand elle s'éveillait, le chant d'oiseau qui accueillait le jour se muait en un son discordant qui résonnait dans son cerveau.

Elle restait couchée, silencieuse, serrant les couvertures, le corps secoué de spasmes, pendant que les larmes, jamais bien loin, coulaient le long de ses joues.

Puis, vint le matin où même sortir de son lit lui demanda trop d'efforts. Elle se roula en boule, le pouce dans la bouche, secouée de gémissements, et la capacité de bouger la déserta.

Des voix désincarnées envahissaient sa chambre ; elles tourbillonnaient au-dessus de sa tête et flottaient dans l'air. Si elle gardait les yeux fermés et s'empêchait de voir à qui elles appartenaient, alors elles disparaîtraient. Les mots prirent forme et se frayèrent un chemin dans son esprit, mais elle chercha encore à les refouler.

— Ouvre les yeux, Antoinette. Tu m'entends ?

Elle reconnut la voix de la logeuse mais elle se recroquevilla encore plus, ne voulant pas être dérangée. Elle entendit des pas signalant son départ. Quand les voix résonnèrent à nouveau, il lui sembla que l'absence de la logeuse n'avait duré qu'un court instant.

— Que lui arrive-t-il, docteur ? Je ne parviens pas à la réveiller.

Puis une autre voix parla.

— Antoinette, je suis médecin. Nous sommes là pour vous aider. Vous n'avez pas à avoir peur. Nous sommes là pour vous aider, répéta-t-il avec douceur.

Elle ne réagit pas. Elle sentit une main se poser sur son visage et des doigts lui soulever les paupières.

Elle discerna des visages, ceux de ses ennemis qui la fixaient. Antoinette hurla sans s'arrêter.

Elle sentit brièvement une vive piqûre alors qu'une aiguille s'enfonçait dans son bras. Puis, en quelques secondes, toute sensation disparut.

21

J'avais beau essayer, je ne parvenais pas à me débarrasser de ces souvenirs. Tandis que je me tenais dans la
lumière déclinante, je sentais la présence intimidante
de mon père dans la pièce à côté de moi, l'homme qui,
toute sa vie, s'était appuyé sur la coercition, jamais la
logique ou la raison.

Je n'étais arrivée ici que le matin même, le lendemain
de son décès, dans sa petite maison mitoyenne blan-
chie à la chaux au centre de Larne. Il y avait emménagé
peu après la mort de ma mère. À mon désarroi, il avait
vendu la maison qu'ils avaient partagée et qu'elle aimait
tant quelques semaines à peine avant de mourir.

Déverrouillant la porte, je m'étais engagée dans une
petite entrée sans fenêtre.

Les escaliers à la moquette sombre décolorée me faisaient face mais je ne voulais pas affronter les pièces de
l'étage. Je préférais ouvrir la porte donnant sur le salon.

Un petit canapé deux places couleur bordeaux terne
aux bras usés et aux ressorts qui essayaient de s'échapper par leur support éraflé avait été placé devant une

grande télévision. Qu'avait-il fait du canapé que ma mère avait recouvert avec tant de mal d'un joli chintz ?

Même les nombreux coussins, tendus de tissu pastel, qu'elle avait éparpillés avec art sur chaque assise, avaient disparu. Une horloge minable était posée sur le manteau de la cheminée et, au lieu des délicates figurines bleues et blanches en porcelaine de Saxe que ma mère adorait, l'unique ornement était un chat tigré en porcelaine brillante, affichant sur son socle le pays d'origine dans un alphabet méconnaissable.

Le feu de bois avait été remplacé par un affreux poêle à gaz moderne et, dans le recoin près de la cheminée, des étagères en bois accueillaient non pas les livres que ma mère aurait aimé y voir, mais la collection de trophées de danse de Joe. Incongrûment posée contre leur dorure brillante, parfaitement dépoussiérée, se trouvait une petite photographie. C'était une photo d'Antoinette à trois ans vêtue d'une robe vichy que sa mère lui avait faite toutes ces années auparavant. Il l'avait sortie de son cadre argenté, laissant les bords se recourber. Je la pris et la mis dans mon portefeuille.

J'étais soulagée que cette petite maison dépourvue de charme contienne si peu de souvenirs de moi.

Même si j'étais déjà venue une fois, je n'avais pas remarqué alors combien il ne demeurait presque rien de la vie de mon père avec ma mère. Il n'y avait même pas une photo d'elle. C'était comme si avec sa mort, il avait effacé jusqu'à son souvenir.

Voulant débarrasser la maison des relents fétides incrustés dans l'air, j'ouvris les fenêtres malgré le froid qui y pénétra. J'allumai une cigarette et inhalai profondément, désirant faire disparaître l'odeur oppressante de la maison.

Sa présence était partout : des pantoufles usées près d'un fauteuil rendu luisant par l'usure, le dossier marqué d'une tache graisseuse là où sa tête s'était posée. Un cendrier, placé sur la table basse en l'honneur de mon unique visite quelques mois plus tôt, y était encore. Il avait réussi à vaincre son addiction au tabac quand il avait eu soixante ans. La mienne avait débuté quand j'avais quitté le domicile de mes parents.

Je m'interrogeai sur la signification du cendrier. Mon père avait-il espéré que, lui ayant pardonné, je lui rendrais à nouveau visite ? Pensait-il réellement qu'il avait fait si peu de mal que seul mon égoïsme m'avait tenu loin de lui ? Était-il capable de se mentir autant à lui-même ? Je n'avais pas de réponses à ces questions et je ne pourrais jamais les lui poser à présent, aussi je haussai les épaules. Cela faisait des années que j'avais renoncé à comprendre comment fonctionnait l'esprit de mon père.

Dans la cuisine, une unique tasse et sa soucoupe attendaient sur l'égouttoir et une chemise crème fraîchement repassée pendait à un crochet près de la porte sur un cintre métallique, comme si mon père allait rentrer et l'enfiler à tout moment.

Les animaux de mes parents – un gros et gentil labrador et deux chats – étaient morts plusieurs années avant ma mère et leur absence semblait renforcer l'atmosphère de désolation de la maison.

Je me rappelle l'amour que ma mère et mon père leur prodiguaient et, une fois encore, je chassai la question : s'ils étaient capables de ressentir de l'amour et même de la compassion pour des créatures à quatre pattes, pourquoi avaient-ils eu si peu de sentiments pour moi ?

De l'autre côté de la porte de derrière, je jetai un œil au jardin négligé avant de me détourner, manquant trébucher sur les clubs de golf de mon père. Je sentis les nuages noirs de la tristesse peser à nouveau sur mes épaules et les repoussai fermement.

— Bon sang, Toni, me dis-je impatiemment, il est mort maintenant. Occupe-toi de trier ses papiers et tu pourras rentrer en Angleterre.

Je m'obligeai à mettre la bouilloire à chauffer pour me préparer un thé, mais pas avant d'avoir stérilisé la tasse à l'eau bouillante. Je ne voulais pas poser mes lèvres là où les siennes avaient été. Puis je rassemblai mon courage et m'attelai à ce que j'étais venue faire.

La première tâche fut la plus difficile. Je trouvai dans un tiroir du bureau un cahier où ma mère avait tenu les comptes du ménage. Méticuleusement rempli de sa petite écriture soignée, c'était un rapport quotidien d'une existence frugale. Les relevés de banque étaient à côté.

Mon père était un être économe et très peu dépensier. Les comptes renfermaient une somme bien plus importante que celle à laquelle je m'attendais. Un autre relevé me montra que, hormis sa retraite mensuelle, des montants substantiels avaient été versés. L'un provenait de la vente de la maison plus grande qui avait appartenu à mes parents et les autres de la vente de toutes les antiquités que ma mère avait soigneusement collectionnées au cours de leur mariage.

Elle avait adoré et exposé avec fierté sa collection de porcelaines et de bibelots dénichés chez des brocanteurs et sur des marchés. Lorsque je lui rendais visite, elle avait toujours un bel objet récemment acquis qu'elle me montrait fièrement.

Ma mère avait aimé deux choses dans sa vie : son jardin et ses antiquités. Les seules qui lui apportaient un peu de bonheur. Toutes deux avaient été éliminées et oubliées dans cette maison vide de vieil homme.

Il n'avait pas fallu longtemps à mon père pour effacer sa femme de son existence. Le lendemain de sa mort, je m'étais rendue chez mes parents. En mémoire d'elle, j'étais prête à contenir la colère que je ressentais envers mon père : il la savait mourante, mais avait refusé de venir à l'hôpital pour un dernier adieu et, pendant que je tenais la main de ma mère au cours de cette longue et solitaire nuit, l'homme qu'elle avait aimé si longtemps avait préféré boire au Club de la Légion britannique.

Pourtant, aussi vive que soit ma fureur envers lui, et quel que soit mon ressentiment pour son absence cette nuit-là, je désirais la compagnie d'une autre personne qui l'avait connue et aimée. Je voulais me promener dans le jardin qu'elle avait créé, regarder une dernière fois sa collection de bibelots et ressentir sa présence. Je voulais me la rappeler comme la mère qu'elle avait été jusqu'à mes six ans : celle qui avait joué avec moi, m'avait lu des histoires au lit et laissé grimper sur ses genoux pour des câlins. C'était cette mère-là que j'avais toujours aimée. L'autre, celle qui avait sacrifié son enfant pour vivre son fantasme de mariage heureux et n'avait jamais admis sa culpabilité, j'allais l'oublier pour l'instant.

J'étais prête à mettre ma colère de côté et à boire une tasse de thé avec mon père. J'avais tant besoin de retarder l'acceptation de son décès et de partager certains souvenirs avec lui, comme toute fille devrait pouvoir le faire.

Je me dirigeai vers la porte d'entrée peinte en bleu et essayai de l'ouvrir tout en l'appelant. Elle était verrouillée. Je compris alors que si j'avais encore espéré une once de normalité, j'allais être déçue.

Attrapant le butoir en laiton, je frappai aussi fort que possible, puis reculai et attendis qu'il ouvre.

J'entendis les frottements de ses pieds sur le sol, puis une clé qu'on tourne. Quand la porte s'ouvrit, mon père se tenait dans l'entrée, me barrant le passage, refusant de me laisser entrer. Il me fixait de ses yeux injectés de sang, enfoncés dans un visage gonflé non par le chagrin, je le compris à son haleine, mais par l'abus d'alcool.

— Qu'est-ce que tu veux ? éructa-t-il.

Un éclat de peur d'enfance me fit reculer et je tentai de le cacher, mais trop tard. Il l'avait reconnu et une lueur de triomphe brilla dans ses yeux.

— Eh bien, Antoinette ? Je t'ai posé une question.

Même provenant de mon père, un homme censé être en deuil, ce degré d'agressivité me prit par surprise, mais je parvins à tenir bon.

— Je suis venue voir si tu allais bien et si tu avais besoin d'aide pour trier les affaires de ma mère. Je pensais aussi que nous aurions pu boire une tasse de thé.

— Attends là.

Sur ces mots, il me claqua la porte au nez, me laissant pantoise.

Il voudra quand même qu'on discute des dispositions à prendre pour l'enterrement, me dis-je. Je suis leur seule enfant.

Non.

Quelques minutes plus tard, la porte s'ouvrit et il me jeta plusieurs sacs en plastique pleins à craquer.

— Voilà les affaires de ta mère, annonça-t-il. Tu peux les donner à une œuvre de charité. Mais, pas près d'ici, je voudrais pas qu'on les reconnaisse.

Une fois encore, il claqua la porte, j'entendis la clé tourner et je restai sur le seuil, les affaires de ma mère débordant des sacs en plastique amoncelés à mes pieds.

Il n'a pas même voulu utiliser une des valises de ma mère, pensai-je, incrédule, tandis que je chargeais ma voiture.

Ce ne fut qu'après l'enterrement que je découvris qu'il lui volait en douce des affaires avant même son décès. Il ne voulait certainement pas que je le sache et c'était probablement pour cela qu'il avait refusé de me laisser entrer dans la maison où j'aurais vu tout ce qui avait déjà disparu. Même si mon avis lui importait peu, jamais il n'aurait voulu qu'on jase sur ce qu'il avait fait.

Aujourd'hui, en voyant les relevés de banque, je comprenais qu'il ne les avait pas vendues par besoin, mais par pure cupidité.

Il ne voulait qu'une seule chose, voir cet argent sur ses comptes. À en juger par les nombreux plis des relevés, il avait souvent dû satisfaire son avarice.

Il devait quand même bien se douter que ma mère aurait voulu que je conserve certains de ses bibelots en souvenir... Je ne pouvais croire que sachant sa mort proche, elle n'ait laissé aucune instruction en ce sens.

Devant la résurgence des effets du mépris de mon père, j'eus l'impression que les murs de la maison se refermaient sur moi.

Je me rappelai la conversation que nous avions eue quand j'avais appris que leur maison avait été mise en vente avant qu'elle ne meure et que dans les trois jours qui avaient suivi son décès, les négociants avaient été invités à donner des estimations du reliquat de ses biens.

— Tu as vendu une vie entière de souvenirs, hurlai-je, horrifiée au téléphone.

— C'est à moi et j'en fais ce que je veux, avait-il rétorqué du tac au tac. Ta mère a même pas laissé de testament, alors t'as perdu ton temps à traîner en attendant qu'elle crève.

C'était la dernière fois que je lui avais parlé jusqu'à ce que les services sociaux me contactent pour me dire qu'il montrait des signes de sénilité et me demander s'il m'était possible de lui rendre visite. Il en avait fait la demande, comptant bien sur mon habitude invétérée à obéir.

Et effectivement, je me rendis chez lui tout en sachant que c'était une erreur, et m'aperçus qu'il avait su charmer une nouvelle génération de femmes. Devant sa cour de trois adoratrices – sa jeune et jolie assistante sociale, sa soignante quotidienne et une amie plus âgée –, il me sourit avec suffisance quand j'entrai dans le salon.

— Tiens donc, ma petite fille vient rendre visite à son vieux papa ! s'exclama-t-il avec une note de triomphe que je fus seule à déceler.

Nulle gratitude ne perçait dans sa voix moqueuse.

Assise aujourd'hui dans sa maison, sa présence commençait enfin à se dissiper à mesure que l'air frais purifiait les pièces. Je compris qu'il n'y avait rien pour moi ici, rien pour me rappeler le passé, rien pour me réconforter et rien pour m'effrayer. Il ne restait aucun des biens de ma mère à l'exception du bureau, dans lequel se trouvait le cahier, ces lettres et les trois photographies.

Je farfouillai en vain le salon à la recherche d'autres clichés de ma mère et moi, un objet qui me relie à mon passé, mais n'en trouvai aucun. Sur la table basse, je vis des photos d'une époque plus récente. Mon père était avec un groupe d'amis dans le salon de sa nouvelle maison, et ils arrosaient visiblement un événement.

Je voyais des bouteilles de bière sur la table, des sourires sur le visage des joyeux convives qui levaient leur verre. Et, sur la table à manger, plusieurs cartes exposées. Était-ce son anniversaire ? me demandai-je. Puis, me saisissant de la loupe de mon père, je tentai de discerner les minuscules écritures.

Non, c'étaient des cartes de « Bienvenue dans votre nouvelle maison ». Une pendaison de crémaillère qu'il avait organisée six semaines après le décès de ma mère.

Je regardai à nouveau les photographies et la lettre, que je déchirai lentement, dans l'espoir d'en effacer les mots de ma tête. Mais je savais que c'était un acte inutile ; ils étaient déjà imprimés dans ma mémoire et la teneur de la lettre continuerait à me hanter longtemps après avoir quitté la maison de mon père.

Je ne pus me résoudre à détruire les photographies et fixai à nouveau celle de moi bébé. J'étais trop jeune quand elle avait été prise pour me rappeler le jour où nous avions posé ma mère et moi.

C'était un cliché professionnel, pris quand Antoinette devait avoir un an. Elle était assise sur les genoux de sa mère pendant que celle-ci, la trentaine, robe à col carré et cheveux ondulés tombant aux épaules, la tenait de ses deux mains. La tête de Ruth était légèrement inclinée mais on discernait parfaitement le petit sourire sur son visage alors qu'elle regardait son bébé avec une fierté manifeste. On ne pouvait manquer le halo de bonheur qui entourait le bébé et la femme et se dégageait, près d'un demi-siècle plus tard, de la photographie décolorée.

La petite fille potelée avec une jolie robe en soie, une touffe de fins cheveux sur la tête et le visage éclairé d'un large sourire édenté, tenait béatement dans sa main grassouillette un hochet. C'était bien là l'enfant qu'elle était alors, un petit être chéri, et son sourire radieux rayonnait en direction de l'appareil photo.

Je songeai brièvement que ni ma mère, ni le bébé dans ses bras n'auraient pu prévoir que leur vie serait bouleversée et, dans un soupir, je retournai le cliché et le posai à l'envers sur la table.

Je pensai à l'ombre jetée sur l'existence de ce bébé et à l'enfance qu'elle avait endurée. Je pensai à son dépérissement quand, adolescente, elle ne fut plus en mesure d'affronter les rejets répétés de sa mère, et à sa chute progressive vers les ténèbres.

Je revis l'image de cette austère chambre meublée où Antoinette, recroquevillée dans son lit, avait perdu la capacité de se réveiller pour affronter une nouvelle journée. Je sentis la terreur qui l'avait finalement faite prisonnière, la terreur d'un monde envahi d'ennemis.

22

Une heure après la visite du docteur, Antoinette entra à l'hôpital pour la deuxième fois. Elle fut à nouveau admise dans le pavillon psychiatrique de cet hôpital sinistre pour malades mentaux qui se dressait dans toute sa splendeur lugubre aux environs de Belfast.

Le pavillon psychiatrique était séparé du bâtiment principal de l'hôpital et son décor clair et spacieux donnait aux patients l'illusion d'un monde différent de celui des malades en long séjour. Mais la menace du bâtiment principal, cet énorme monument en briques rouges d'une époque révolue, pesait toujours sur eux, parce qu'ils savaient que s'ils ne répondaient pas au traitement, quelques minutes à peine suffiraient à les transférer dans cet autre monde; un monde de fenêtres à barreaux, d'uniformes élimés et de médicaments abrutissants.

Antoinette fut admise dans une chambre du pavillon psychiatrique. Le lendemain, elle reçut son premier traitement par électrochocs.

* * *

Sa tête était douloureuse, elle fut saisie de nausée et vomit dans un petit récipient placé à proximité.

Elle ouvrit brièvement les yeux et devina une silhouette floue dans une robe bleue et blanche. Elle entendit un fatras de paroles sans queue ni tête et un mot qu'on ne cessait de répéter : Antoinette ; mais ce n'était plus son nom. Elle recouvra petit à petit quelques forces, mais celles-ci furent accompagnées des chuchotements. Les voix étaient dans la pièce et la terrifiaient. Dans un effort désespéré pour leur échapper, elle se jeta hors du lit, sortit de la chambre et fila dans le couloir. Les murmures la pourchassaient. Sa longue chemise de nuit d'hôpital claquait contre ses chevilles nues, manquant de la faire tomber alors qu'elle tentait de distancer ses poursuivants.

Elle ne s'arrêta que lorsque, aveuglée par la peur, elle fonça dans un mur. Elle se laissa glisser à terre, poings serrés sur les oreilles dans une vaine tentative pour bloquer ces cris en elle.

Des mains se tendirent pour la soulever. Elle entendit à nouveau ce nom et s'accroupit sur le sol, les deux bras levés en protection contre ses persécuteurs.

Elle voulait les supplier de ne pas lui faire de mal, mais aucun mot ne sortit. Seul un pleur animal, à donner des frissons tant il était désespéré, franchit ses lèvres.

Une autre aiguille lui piqua le bras. Puis elle fut soulevée et placée dans un fauteuil roulant, quasi inconsciente. Elle fut ramenée dans sa chambre où, Dieu merci, elle dormit.

À son réveil, un homme était assis à côté de son lit.

— Ah! Tu es réveillée, dit-il quand il la vit cligner des paupières.

Désorientée, elle essaya de se concentrer sur lui, mais elle avait du mal à saisir ses paroles.

— Tu ne te souviens pas de moi, Antoinette? Je suis l'un des médecins qui t'a traitée quand tu étais là il y a deux ans.

Elle ne se rappelait pas. Elle ne savait pas où elle avait été deux ans plus tôt ni où elle était maintenant, et elle tourna la tête pour faire taire cette voix. Ce n'était qu'une voix de plus qui lui mentait et se riait d'elle. Elle ne perçut plus qu'un murmure et serra fort les paupières dans l'espoir qu'il disparaîtrait. Elle le sentit enfin partir. Elle ouvrit alors les yeux et observa, apeurée, son environnement.

Les rideaux étaient tirés autour du lit, elle voyait des personnes passer, et elle se sentit épiée. Elle sauta du lit prise de colère, traîna les pieds jusqu'aux rideaux et les ferma. C'était son espace; elle ne voulait aucun intrus.

Plus tard, les infirmières l'aidèrent à enfiler une robe de chambre, et lui tinrent gentiment les bras pour la mener à la cantine. Là, elle tourna sa chaise face au mur. Si elle ne voyait pas les autres, se disait-elle, ils ne pouvaient pas la voir.

Tout se mélangeait dans son esprit. Elle était hébétée et désorientée mais elle n'en recherchait pas moins la lumière blanche de l'oubli. Elle voulait s'y réfugier mais avec le traitement, impossible de se rappeler pourquoi.

Les infirmières tentèrent de lui parler, mais elle refusa de prononcer un mot, espérant ainsi ne plus entendre de voix autour d'elle. Quand on lui présentait la nourriture, elle secouait la tête avec véhémence, et seul un gémissement sortait de sa gorge.

On lui mettait des comprimés dans la bouche et on lui tenait un verre pour qu'elle boive quelques gorgées. Elle les avalait et se repliait dans le sommeil.

C'était à nouveau l'heure de ses électrochocs. Elle n'avait aucune idée du temps qui s'était écoulé depuis le premier traitement, ni d'ailleurs depuis son arrivée ici. Les infirmières lui dirent que cela l'aiderait mais Antoinette s'en moquait. Elle avait abandonné le monde réel et n'avait aucune envie d'y retourner.

Elle passait ses journées dans un abrutissement médicamenteux et ses nuits à dormir grâce à des somnifères de plus en plus puissants. Elle refusait toujours de parler.

Les infirmières s'asseyaient à ses côtés, lui tenaient la main, répétaient son nom, mais seuls des pleurs silencieux leur répondaient, tandis que les larmes coulaient sur le visage d'Antoinette.

— Antoinette, parle-moi, suppliait la psychiatre pour la troisième fois ce matin. Nous voulons t'aider, nous voulons que tu ailles mieux à nouveau. Tu ne veux pas nous donner un coup de main ? Tu ne veux pas aller mieux ?

Antoinette finit par tourner la tête et regarder le visage de son médecin pour la première fois. Elle avait déjà entendu sa voix. Les infirmières l'avaient accompagnée voir cette psychiatre plusieurs fois dans l'espoir qu'un certain lien se nouerait et que la thérapie pourrait débuter.

Pour la première fois en trois semaines, elle dit d'une voix rauque mais enfantine :

— Vous ne pouvez pas m'aider.

— Pourquoi ?

Il y eut une longue pause avant qu'Antoinette finisse par répondre.

— J'ai un secret, un secret. Il n'y a que moi qui le connais. Vous ne le connaissez pas.

— Quel est ce secret ?

— On est tous morts. Je suis morte, et vous aussi. On est morts.

— Si nous sommes morts, alors où sommes-nous à présent ?

— En enfer, mais personne ne le sait sauf moi.

Les yeux dans les yeux, elle fixait la psychiatre sans la voir. Elle ne voyait que des fantômes. Elle se mit à se balancer d'avant en arrière, les mains agrippant ses genoux. Sa voix devint psalmodie.

— On est morts. On est tous morts.

Elle répéta ces mots inlassablement, jusqu'à ce qu'elle éclate de rire parce qu'elle savait que le docteur ne la croyait pas.

Le médecin demanda d'une voix calme et douce :

— Pourquoi crois-tu être la seule à le penser ?

Mais Antoinette s'était repliée tout au fond d'elle-même et détourna le visage. Le docteur appela les infirmières pour la raccompagner, sa séance était finie.

De retour dans la salle, elle tira les rideaux autour d'elle et s'assit au milieu de son lit.

Serrant ses mains sur les genoux, elle oscilla d'avant en arrière pendant que des rires aigus lui échappaient en pensant à son secret et au fait qu'elle était la seule personne qui savait qu'il était vrai.

Le lendemain, ils augmentèrent ses sédatifs et continuèrent les électrochocs.

* * *

Sa dépression ne montrait aucun signe d'amélioration. Au contraire, les quatre séances de courant électrique la poussèrent à se retrancher encore plus profondément en elle.

Si leur but était d'opacifier sa mémoire et de l'aider à oublier le passé jusqu'à ce qu'elle soit progressivement capable de l'affronter, l'échec était patent.

Pour l'instant, les cauchemars qui hantaient son sommeil pénétraient ses heures d'éveil.

La sensation atroce de ne plus rien maîtriser, d'être pourchassée et de tomber l'accablait maintenant pendant la journée, accroissant sa panique, et les murmures qui la torturaient ne se taisaient jamais.

Elle se cachait dans son lit, rideaux tirés, cherchant un refuge contre ses terreurs, et elle refusait de parler, pour ne pas être entendue et devenir ainsi invisible.

Quand on la sortait de son lit pour l'amener à la cantine, elle faisait face au mur en pensant que son désir d'invisibilité avait été exaucé. Et elle ne voulait pas voir toutes ces personnes qui l'entouraient et qui étaient mortes sans même en être conscientes.

Le cinquième traitement par électrochocs sembla apporter un résultat. Cette fois-ci, elle n'essaya pas de s'enfuir dès qu'elle eut repris conscience, les nuages qui obscurcissaient son esprit se dégagèrent et elle sut une chose : elle avait soif.

— Infirmière, puis-je avoir une tasse de thé ?

L'infirmière du service fut si surprise par la demande qu'elle se hâta vers la cuisine et le prépara en personne. Elle tendit la tasse à Antoinette.

La saisissant des deux mains, elle but à petites gorgées hésitantes. Elle s'efforçait de voir à travers le brouillard de son esprit, de comprendre où elle était et qui elle était.

— Tu veux autre chose, Antoinette ?

— Ma mère. Je veux ma mère.

Un silence flotta un instant dans l'air.

— Elle ne peut pas venir pour l'instant, dit la sœur d'une voix apaisante. Mais je suis sûre qu'elle viendra bientôt, surtout quand elle connaîtra tes progrès. Tu dois aller mieux, c'est la première fois que tu parles depuis que tu es arrivée ici.

— Oui, fit Antoinette sans émotion, avant de reprendre une gorgée de son thé.

23

— Réveille-toi.

Antoinette sentit qu'on lui secouait légèrement l'épaule. Ses yeux s'ouvrirent dans un papillotement et elle se retrouva face à des yeux bleus sous des cils blond roux. Ce visage lui rappelait quelqu'un, mais qui?

— C'est moi, Gus. Tu te souviens de moi?

En entendant cette voix, elle reconnut Gus, la fille avec qui elle s'était liée lors de son premier séjour à l'hôpital deux ans avant. Elle lui jeta un regard abruti et lut la franche amitié sur son visage. Antoinette étira une main hésitante vers elle. Elle sentit la peau chaude de la main de l'autre fille et elle sut que c'était réel.

— Gus, dit-elle, perdue.

Gus ne pouvait pas être là. Elle était partie il y a longtemps. Antoinette se souvenait de ses parents qui étaient venus la chercher. Gus vit le regard intrigué et lui serra légèrement la main.

— Je suis revenue, dit-elle en réponse à la question muette de son amie.

— Pourquoi ?

Gus roula sa manche et montra les fines cicatrices boursouflées qui partaient en lignes irrégulières du poignet et remontaient presque jusqu'au coude. Antoinette vit que les anciennes avaient été rouvertes ; plusieurs étaient à peine cicatrisées.

— Pourquoi ? répéta-t-elle.

Des larmes brillèrent dans les yeux de Gus, qu'elle chassa d'un geste vif. Antoinette leva son autre main et caressa délicatement le visage qui la regardait, effaçant ce faisant une larme.

— Je suis revenue pour la troisième fois. Tu sais qu'on revient toutes, dit simplement Gus. Parfois, j'ai l'impression que je ne peux pas tomber plus bas. Quand j'ai touché le fond, j'essaie de me dire que la seule manière d'avancer est de commencer à remonter la pente. D'autres fois, alors que je crois m'être extirpée du trou noir et me tenir sur le bord, je me sens retomber.

Antoinette pensa à son propre cauchemar où des griffes invisibles essayaient de la tirer vers le bas et comprit exactement ce que son amie disait. Elle connaissait ce lieu. En revanche, elle ne comprenait pas ce qui avait poussé Gus à de telles extrémités.

— Mais pourquoi, Gus ? Tu as des parents adorables, une famille qui t'aime. Pourquoi toi ?

Elle luttait pour comprendre.

— Pourquoi est-ce que je crie en silence ? Pourquoi est-ce que je me fais ça alors que j'ai tout ce dont on pourrait rêver, c'est ça que tu demandes ? Si je le savais, si seulement je le savais, je pourrais arrêter. Mais il n'y a que comme ça que j'ai le sentiment de maîtriser la situation. Mes parents font tout ce qu'ils peuvent pour comprendre, tout pour aider, mais la seule fois où j'ai l'impression de diriger ma propre vie est quand je me fais ces entailles.

Un air de profonde tristesse mêlé d'ahurissement traversa son visage.

— Mais toi, que t'est-il arrivé ?

Elle retourna la main d'Antoinette et observa son poignet mais n'y vit aucune cicatrice récente. Il y eut une longue pause avant qu'Antoinette finisse par répondre :

— Ma mère l'a repris.

Gus savait de qui je parlais. Elle serra la main de son amie.

— Que s'est-il passé ensuite ?

— Je ne sais pas. Tout est devenu confus et je me souviens seulement de m'être réveillée ici. Je suis si fatiguée, fatiguée d'essayer de trouver un sens à ma vie et fatiguée d'essayer de survivre.

Et, comme pour montrer que c'était vrai, elle ferma les yeux, mais cette fois, alors qu'elle plongeait dans le sommeil, elle se sentit plus apaisée qu'elle ne l'avait été ces derniers mois. Gus, pensa-t-elle, comprenait comme jamais les médecins ne pourraient le faire, parce qu'elle aussi vivait dans le même lieu sombre. Les infirmières virent les deux filles parler et les laissèrent seules. Si Gus parvenait à pénétrer les défenses de leur plus jeune patiente, elles ne voulaient pas s'interposer. Elles savaient que les patients se comprenaient souvent mieux entre eux, et que les amitiés qui naissaient au sein de l'hôpital pouvaient aider le processus de guérison. Il ne fallut pas longtemps à Gus pour saisir ce qui avait été l'ultime raison de la dépression d'Antoinette. Quand elle se réveilla, Gus revint, s'assit sur le lit de son amie et la regarda sévèrement.

— Écoute, je suis malade, mais toi, tu es juste malheureuse. Ta tristesse a été tellement lourde à porter que tu as essayé de disparaître en te refermant sur toi.

Gus parlait comme si elle était résolue à abattre toutes les barrières qu'Antoinette avait érigées autour d'elle.

— Ce que tu dois comprendre, c'est que les gens sont souvent injustes envers ceux auxquels ils ont fait du mal. Ils n'aiment pas se savoir coupables et ils en veulent à leur victime d'en être la cause. Ça, c'est ta mère, d'accord. Il me semble que ton père, c'est autre chose.

Gus grimaça de dégoût à la pensée d'un homme qu'elle n'avait jamais rencontré et continua :

— Il te méprise pour lui avoir laissé faire ce qu'il t'a fait. Quand tu étais petite, tu n'avais pas le choix. Mais maintenant, oui.

Elle s'arrêta pour s'assurer qu'Antoinette l'écoutait attentivement, puis déclara d'un ton grave :

— Tu dois t'éloigner d'eux ou au moins mettre fin à leur façon de te traiter. Il est possible que si tu lui avais tenu tête, montré qu'il n'avait aucun pouvoir sur toi, alors il t'aurait laissée tranquille. Et quant à ta mère… elle l'aurait de toute façon toujours suivi et elle ne changera jamais.

— Qu'est-ce qui te fais dire que mon père me méprise ? demanda Antoinette, piquée au vif.

— Ça vient de ce que je ressens pour mes parents. Ils feraient tout pour que j'aille mieux. Ils m'aiment quoi que je fasse pour les blesser. Ils m'achètent tout ce que je veux. Ils se rendent responsables de ce qui ne va pas chez moi. Même si je les aime, je ne peux m'empêcher de les mépriser à cause de ça.

— J'ai peur, Gus, admit Antoinette. Peur d'être là-bas dehors.

— Comment cela pourrait-il être pire que ce que tu vis là ? Tu ne vois pas ce que tes parents te font ? Ils te rabaissent à chaque occasion. Ils te maltraitent et te réduisent en une chose pitoyable. Mais une vie dehors est toujours possible, alors saisis-la à deux mains ou tu reviendras encore et encore dans cet hôpital. Allez viens, c'est l'heure de dîner.

Gus sourit et aida Antoinette à se lever et à s'habiller. Elles allèrent ensemble dans la salle à manger et, pour la première fois depuis son admission, Antoinette mangea sans regarder le mur.

24

Tandis que Gus et Antoinette étaient assises ensemble dans le salon des résidents, une infirmière s'approcha d'elles.

— Les filles, une soirée est organisée demain pour les patients dans le bâtiment principal. Ça vous dit ?

Antoinette commença par refuser de la tête. Elle ne pensait pas pouvoir s'amuser. Les malades du bâtiment principal étaient des résidents permanents, atteints de problèmes si graves qu'ils ne reverraient probablement jamais le monde extérieur.

— Oh, allez, dit Gus pour l'amadouer. Ce sera drôle. On peut s'habiller et s'amuser pour changer.

— Je ne sais pas, répondit Antoinette, dubitative. Que vais-je mettre ?

Elle pensa à sa maigre garde-robe. Ses jupes et ses pantalons lui serraient à la taille et ses pulls étaient trop étroits. La nourriture bourrative de l'hôpital lui avait fait prendre plus de cinq kilos et elle savait qu'elle était bien plus ronde.

Ses vêtements moulants lui attireraient peut-être le regard admiratif de certains patients, mais elle n'en était que plus mal à l'aise.

Elle savait également que la sœur en charge du pavillon lui lançait un regard désapprobateur dès qu'elle essayait de se faire jolie.

— Je te passerai un chemisier. Beaucoup de mes affaires t'iront. On peut s'habiller et se préparer ensemble. En faire une fête.

Soudain, Antoinette sentit un soupçon de ce qui ressemblait à de l'excitation. Cela faisait longtemps qu'elle ne s'était pas amusée et plus encore qu'elle en avait eu envie.

Le lendemain, les deux filles oublièrent leurs problèmes en s'amusant à s'apprêter pour leur soirée comme deux adolescentes normales.

Gus choisit un chemisier à longues manches qui couvraient ses marques d'automutilation et prêta à son amie une jupe gris foncé et un chemisier écarlate. Quand elles furent habillées, elles inspectèrent attentivement leur visage dans le miroir au-dessus du lavabo et se rendirent aussi séduisantes que possible.

Ses cheveux crêpés et laqués, Antoinette se sentit jeune et jolie pour la première fois depuis des semaines. Les deux filles s'inspectèrent mutuellement, vérifiant que les chaussures étaient cirées et les bas non filés, et quand elles se déclarèrent prêtes, elles se rendirent au salon.

Les autres patients étaient déjà là, assemblés par petits groupes. Un gai bourdonnement de bavardages animait le salon. Tous étaient habillés de leurs plus beaux atours et une ambiance rare de gaîté et d'excitation les entourait.

Deux infirmières en uniforme, qui paraissaient également détendues et heureuses devant cette rupture de leur routine, les accompagnèrent dans le bâtiment principal. La vieille partie de l'hôpital avait une odeur différente de celle du pavillon psychiatrique : elle sentait désagréablement les corps crasseux et le désinfectant bon marché, et l'effluve amer des médicaments semblait envahir l'espace. Mais Antoinette ne fronça pas du nez ; elle était gagnée par l'entrain des autres patients et avait même été jusqu'à promettre une danse à l'un d'eux.

Deux portes menaient à l'immense salle dans laquelle le bal devait se tenir mais il devint vite apparent, à la consternation de tous, qu'hommes et femmes étaient séparés. Les hommes devaient rejoindre une file d'un côté et les femmes une autre, puis entrer par des portes différentes.

— Que se passe-t-il ? murmura Antoinette à Gus, nerveuse.

— Ils doivent faire venir les autres patients. Ceux des longs séjours ici dans le bâtiment principal, chuchota Gus.

— Comment va-t-on rester tous ensemble si on nous sépare ?

Soudain, les hommes du pavillon psychiatrique lui semblaient sûrs et familiers.

— Mettez-vous dans la file ! cria une infirmière.

Gus et Antoinette rejoignirent les autres femmes près de leur porte. Le bruit de pas et de bavardages annonça l'arrivée des femmes des services des longs séjours. Immédiatement, les filles se sentirent gênées de s'être apprêtées tandis que les résidentes arrivaient et rejoignaient la file derrière elles. Ces femmes portaient des uniformes, les seuls vêtements autorisés pour les patients de longue durée mais, alors qu'elles se parlaient avec animation, elles semblaient ne pas avoir conscience de leurs robes miteuses, de leurs épais bas et de leurs chaussures usées. Certaines étaient silencieuses, tête baissée, perdues dans les rêves induits par les sédatifs et ralliaient la queue en traînant les pieds. L'une d'elles s'approcha tout près d'Antoinette et elle sentit l'odeur douceâtre et écœurante du paraldéhyde, un médicament liquide, dans son haleine. Antoinette détourna vite la tête, saisie de nausées.

Avant qu'elle ait eu le temps de réfléchir au sort de ces femmes, les portes s'ouvrirent et la foule s'engouffra, poussant Antoinette et Gus avec le reste du groupe à travers les portes.

Les autres patients du pavillon psychiatrique se regardaient, horrifiés. Ils avaient cru que leur pavillon formerait une petite élite qui danserait et se fréquenterait en ignorant les autres. Ils ne voulaient pas fraterniser avec les longs séjours.

Gus et Antoinette virent l'angoisse sur le visage des femmes plus âgées et s'agrippèrent l'une à l'autre, refrénant leur envie de glousser. Elles étaient portées à croire, avec la confiance de la jeunesse, que dès les premières notes de musique, les hommes de leur pavillon fonceraient droit sur elles et qu'elles seraient les reines du bal.

Elles avaient tort. Si, pour la plupart, les hommes de leur pavillon avaient l'avantage d'avoir appris la danse à l'école, ils n'étaient pas aussi rapides que ceux du bâtiment principal. Quel que soit leur degré de sédation ou les troubles mentaux qui les avaient menés à vivre dans l'hôpital, la vue de tant de femmes joliment vêtues leur donnait des ailes.

Les premières notes firent l'effet d'un pistolet de starter. Ignorant les femmes en uniforme, les hommes des services de longs séjours s'élancèrent vers le groupe d'Antoinette.

Antoinette trembla devant la horde. Un patient, grand, les joues rouges, fut le premier à l'atteindre, courant vers elle sur ses longues jambes, maladroit comme un poulain venant de naître. Sans se présenter, il lui saisit le bras et l'emporta en virevoltant dans une danse, dont lui seul connaissait les pas.

Visiblement, il confond danse et course à trois pattes, pensa-t-elle, trop surprise pour résister. Elle n'y serait d'ailleurs pas parvenue. Débordant d'enthousiasme, son cavalier la tenait fermement et courait à toute vitesse vers le bout de la salle, où seul le mur l'empêcha de tomber. Puis, avec plus de force que de talent, il la fit tourner et répéta l'exercice, retraversant la salle à fond de train.

Enfin, la musique s'arrêta et ce sprint effréné à travers la pièce cessa. Son cavalier la libéra à regret. Le large sourire sur son visage semblait indiquer qu'il ne s'était jamais autant amusé et Antoinette ne put se retenir de rendre son sourire à un homme si heureux.

Elle regarda à nouveau les patients de son pavillon et vit que certains des hommes se tordaient de rire à la voir dans ce pétrin. Elle leur jeta un regard furieux et se tourna d'un air suppliant vers les autres.

Tandis que le deuxième disque démarrait, les hommes de son pavillon prirent exemple sur les patients de longue durée et furent plus prompts cette fois-ci. Antoinette soupira de soulagement quand Danny, son infirmier préféré, lui prit le bras avant que son cavalier précédent ne puisse venir derechef la réclamer.

La danse suivante était un swing, pour laquelle elle était plutôt douée, et alors que Danny la faisait se déhancher en cadence avec le rythme rapide, elle sentit la musique l'envahir et ses inhibitions la déserter. Elle tourna encore et encore, sous son bras, derrière son dos puis retour dans ses bras. À son grand plaisir, de forts applaudissements éclatèrent lorsque la danse prit fin.

— Reste avec lui, lui dit une des autres infirmières. C'est un beau spectacle.

Antoinette accepta avec joie. Elle fit un salut enjoué à son premier cavalier tandis qu'elle swinguait près de lui et sourit quand il le lui rendit. C'était un plaisir de voir ces patients s'amuser. Au fur et à mesure de la soirée, la discipline se relâcha et les patients de son pavillon furent autorisés à rester ensemble.

Gus et Antoinette remarquèrent soudain un groupe de femmes qui observaient les danses sans y participer. Puis elles virent de l'autre côté de la pièce certains hommes, vêtus des mêmes uniformes que les femmes, debout les uns près des autres, nerveux. Sans instructions fermes du personnel, ils ne savaient pas quoi faire et se contentaient de rester sur le côté, ahuris.

— On va pas les laisser comme ça, hein ? dit Gus avec un sourire. Ma mère m'a toujours dit qu'une soirée n'est réussie que quand tout le monde s'amuse.

Antoinette alla vers Danny et lui montra ces patients qui faisaient tapisserie.

— On voudrait qu'ils s'amusent aussi. La soirée s'adresse à tout le monde.

— Que veux-tu que je fasse ?

Les filles réfléchirent intensément, puis Gus eut une idée.

— La conga, bien sûr ! Pas besoin de connaître les pas pour la danser. Tu fais partie du personnel, **Danny**. Tu la lances et on les embarque tous.

Elle se tourna vers les autres patients du pavillon.

— Allez, vous tous. Nous n'avons rien de spécial. Mélangeons-nous et veillons à ce que tout le monde s'amuse.

La musique démarra. Danny prit l'affaire en main et Antoinette suivit, lui tenant la taille. Tandis qu'ils entamaient leur ronde à travers la pièce, Antoinette attrapa son premier cavalier par la main et lui montra comment rejoindre la file. Gus embarqua une des femmes silencieuses à bord puis tout le monde s'y mit. Bientôt, cinquante personnes se déhanchaient en dansant la conga en une longue file qui serpentait et se tortillait en rythme avec la musique. Ils tournaient et tournaient puis, aux cris de « encore ! », ils dansèrent une deuxième fois. Sourires et rires percèrent tout à coup le brouillard du paraldéhyde et des barbituriques et les patients du bâtiment principal semblèrent prendre vie. On entendait de grands cris de jubilation tandis qu'ils tourbillonnaient et dansaient.

Pour le grand final, le hokey cokey[1] remplaça la dernière valse. Il n'est pas si aisé de former un cercle quand tant de personnes le composent. Quand ce fut fait, pieds droits se levèrent vers l'extérieur et pieds gauches vers l'intérieur, pas du tout en rythme avec la musique. Tout le monde s'en moquait.

— Hé, Danny ! cria un patient dont l'immense sourire impertinent trahissait un plaisir total. Heureusement que ceux du dehors ne peuvent pas voir comment on s'amuse dedans. Ils voudraient tous venir !

---

1. Danses et chansons traditionnelles londoniennes.

25

Deux nuits après la fête, l'infirmière de nuit réveilla Antoinette.

— Antoinette, chuchota-t-elle, c'est ton amie, Gus. On a dû appeler ses parents. Tu veux bien rester avec elle jusqu'à ce qu'ils arrivent ?

Antoinette cligna des yeux, encore endormie, et regarda la sœur avec perplexité. Elle savait qu'il n'était pas l'heure de se lever ; la salle était encore dans la pénombre.

— Viens avec moi. Je t'expliquerai dans la cuisine.

Antoinette passa ses bras dans la robe de chambre que lui tendait l'infirmière, enfila ses pieds dans ses chaussons et suivit la sœur. Elle devinait qu'un événement grave s'était produit mais lequel, elle n'en savait rien.

Mais elle m'a demandé de rester avec Gus, se rassura-t-elle. Donc si elle avait fait quelque chose de vraiment terrible – elle évita de penser au mot suicide –, ils ne m'auraient pas réveillée en pleine nuit.

— Elle va… bien ? s'enquit-elle timidement.

La sœur vit son inquiétude.

— Ne t'inquiète pas, ton amie vivra. Nous l'avons trouvée à temps.

Elle dit à Antoinette que Gus était entrée dans une baignoire remplie d'eau chaude et, avec le rasoir qu'elle avait volé dans un casier appartenant à l'un des patients masculins, avait entrepris de se taillader les deux bras. Pensant ne pas être dérangée, elle s'était infligée plusieurs lacérations dans une crise d'automutilation. Les coupures étaient si nombreuses que l'eau avait rougi.

— C'est une jeune fille très malade, dit tristement la sœur. Nous ne pouvons rien faire de plus pour elle dans ce pavillon. Ses deux parents viennent la chercher mais il leur faut du temps pour arriver. Je ne veux pas la laisser seule, mais il n'y a qu'une autre infirmière de garde. Et Gus ne fait que te réclamer.

Antoinette ne pouvait masquer son bouleversement à cette nouvelle. La sœur la regarda avec compassion.

— Tu veux bien ?

— Bien entendu, se hâta-t-elle de répondre. Gus m'a tellement aidée depuis que je suis ici. Mais je ne comprends pas pourquoi on envoie chercher ses parents.

Elle savait que les tentatives de suicide signifiaient généralement un transfert vers le bâtiment principal et l'existence nébuleuse, abrutie par les médicaments, des patients qu'elle avait vus à la fête.

— Elle ne t'a rien dit ? Sa mère est psychiatre. Nous pensons qu'elle est la mieux placée pour l'aider maintenant. Gus a tout ce qu'elle pourrait souhaiter sauf – la sœur s'interrompit – le bonheur.

Antoinette entra à pas feutrés dans la chambre où Gus avait était mise. Son amie était blottie sous les draps, ses cheveux roux contrastant avec la pâleur de son visage. Ses bras bandés et raides sortaient des draps. Antoinette s'assit à ses côtés, lui prit la main la plus proche et la caressa délicatement.

— Gus, c'est moi. Tu m'entends ? demanda-t-elle, affligée de voir son amie dans cet état.

Gus semblait si optimiste ces derniers temps, elle s'était réellement amusée le soir du bal. La tête rousse se tourna lentement et deux yeux bleus plongèrent droit dans les siens. Antoinette lut le désespoir qui y était inscrit. Elle sentit des larmes lui venir, mais les effaça d'un clignement de paupières. Pleurer n'aiderait pas son amie.

— Mes parents arrivent, dit Gus calmement, à travers des lèvres desséchées.

— Je sais.

— Ils vont m'envoyer dans un joli petit endroit privé. En ce moment, ils doivent déjà être pendus au téléphone à s'assurer qu'ils font ce qui est bien.

— Tu ne m'as jamais dit que ta mère était psychiatre, déclara Antoinette, la seule chose qui lui vint à l'esprit.

— Ah bon ? Eh bien ce n'est pas le truc le plus important pour moi. Pour ma mère, oui. Elle accorde beaucoup d'importance à son travail et aux besoins de ses patients.

Elle soupira.

— Elle ne me voit pas. Elle voit que j'ai besoin d'aide mais elle ne me voit pas. À ses yeux, je suis un échec pour elle. Quelle sorte de docteur est-elle si elle ne peut pas aider sa propre fille ? La question qu'elle devrait se poser, c'est pourquoi a-t-elle échoué en tant que mère.

Gus leva les yeux vers elle et eut un faible sourire.

— Ça doit te sembler ridicule. Je sais qu'elle ne ressemble en rien à la tienne, mais je ne suis pas aussi forte que toi.

Étonnée que quiconque puisse la trouver forte, Antoinette pensa que Gus plaisantait, avant de s'apercevoir qu'il était peu probable que son amie fasse de l'humour en pareil moment.

— Je ne suis pas forte.

— Mais si, tu l'es. Tu es toujours vivante, non ?

La tête rousse se détourna.

Antoinette sut que son amie avait fini de parler.

Elle tint en silence la main de Gus jusqu'à ce que l'infirmière arrive.

— Gus, tes parents sont là. Ils sont venus te ramener chez toi.

— Pas pour longtemps, rétorqua Gus. Maman doit s'occuper de ses patients, ceux qui ont de vrais problèmes. Vous savez, ma sœur, c'est une jolie clinique privée qui m'attend. Ma mère a de quoi payer les experts pour s'occuper de moi pendant qu'elle gagne de l'argent à s'occuper de gens qui ont besoin d'elle.

L'infirmière n'avait pas de réponse à donner, et commença à sortir des vêtements pour Gus.

Antoinette savait qu'il était temps pour elle de partir, mais elle voulait rester avec son amie et l'accompagner jusqu'à la sortie.

L'infirmière, qui savait combien les filles étaient devenues proches, dit gentiment :

— Antoinette, reste ici. Après tu pourras nous accompagner jusqu'à la porte et dire au revoir à ton amie là-bas.

Voyant la tristesse sur le visage de la benjamine de ses patients, elle soupira.

— Quand Gus sera partie, nous irons à la cuisine et je nous préparerai une bonne tasse de chocolat chaud.

Une boisson chaude ne compensait en rien ce qui arrivait à Gus, mais Antoinette apprécia le geste délicat et répondit d'un sourire tremblant.

Quelques minutes plus tard, l'infirmière mena les deux filles dans l'entrée où une femme élégante, vêtue d'un pantalon noir et d'un pull assorti, attendait.

Ce doit être la mère de Gus, pensa Antoinette. On dirait qu'elle ne s'habille jamais à la va-vite. Qu'elle cherche toujours à se présenter sous son meilleur jour.

Il était temps de partir. Gus se tourna vers elle et lui pressa la main.

— Au revoir, et soigne-toi. N'oublie pas ce que je t'ai dit. Tu es plus forte que tu ne le penses.

Puis, après une rapide accolade, les deux filles se séparèrent. Gus se dirigea vers la femme et elles sortirent toutes deux de l'hôpital en silence. La dernière image qu'Antoinette eut de Gus fut celle d'un éclat de cheveux roux tandis que la berline noire venue la chercher l'emmenait lentement au loin.

Une semaine plus tard, le rêve d'Antoinette revint.

Elle gémit dans son sommeil devant la menace du cauchemar. Tandis qu'elle commençait à tomber, les voix moqueuses de son rêve atteignirent leur paroxysme.

Elle ne se contrôla plus.

Elle se leva de son lit, chancelante, et encore endormie, cherchant à tout prix à échapper aux démons qui avaient une fois encore envahi son esprit. Mais il était impossible de leur échapper et leurs voix se faisaient plus sonores à mesure qu'elle tanguait dans le couloir en direction du salon. Elle se laissa tomber dans une chaise et plaça ses mains sur les oreilles pour ne pas les entendre, repliant ses genoux sous son menton.

L'infirmière la trouva à se balancer d'avant en arrière, poussant des gémissements désespérés, et elle comprit que son bref retour à la normalité était terminé.

Les docteurs reprirent les électrochocs. Cette fois-ci, elle ne s'enfuit pas, mais elle ne parla pas non plus.

26

Tim tapait des pieds et tournait, tournait sa lourde chaise pivotante au son d'une musique qu'il entendait dans sa tête. Le regard d'Antoinette ne le lâchait pas un instant pendant qu'elle suivit ses mouvements.

Tandis que la chaise tournait encore et encore, elle le fixait. Quand le dossier lui cachait son visage et qu'elle n'apercevait qu'un peu d'épaule maigre, elle attendait que la chaise termine sa rotation afin d'être à nouveau en mesure de le voir. Derrière ses lunettes à montures métalliques, les yeux de Tim brillaient.

Il voit dans ma tête, pensa Antoinette. Il peut pénétrer par effraction dans mes pensées. Elle se couvrit les yeux de ses mains. Si je ne peux pas le voir, il ne peut pas me voir, pensa-t-elle avec désespoir. Mais presque aussitôt, elle cessait d'y croire et ne put s'empêcher de dire :

— Arrête. Arrête de faire ce que tu fais.

C'étaient ses premiers mots depuis plus d'une semaine et ils manquaient étrangement d'expression.

L'absence totale de sentiments en eux véhiculait un avertissement et un silence tomba sur le salon des patients.

Antoinette sentit son corps se raidir sous la concentration pendant qu'elle regardait fixement le garçon sur la chaise pivotante. Elle fut vaguement consciente qu'un infirmier présent se levait, comme s'il pressentait des problèmes, mais son regard resta accroché à Tim. Perdu dans son propre monde et à la merci de ses propres souvenirs, il fit pivoter la chaise une fois encore. L'espace d'un instant, leurs yeux se rencontrèrent. Tim gloussa.

Et la raillerie qu'elle entendit lui sembla provenir de mille gorges et vibrer dans le fatras de son cerveau. Incapable de se retenir, elle hurla, puis un grondement de fureur lui déchira la gorge. Son unique désir à ce moment-là était de le faire tomber de sa chaise, de lui écraser le socle métallique sur la tête et de faire cesser à jamais le rire moqueur. Elle plongea et saisit la chaise, jetant le garçon au sol et, avec une force nourrie par son immense rage, elle commença à la lever.

Elle savait qu'elle allait la lui balancer sur la tête, mais l'infirmier arriva et l'agrippa par le bras.

— Lâche ça, ordonna-t-il. Pose ça maintenant.

Elle ne pouvait rivaliser avec sa force, et il n'eut aucun mal à lui desserrer les doigts. Elle se sentit trembler comme si tous les muscles de son corps étaient pris d'un spasme. L'infirmier la guida prudemment jusqu'à sa chaise.

La rage qui était latente depuis tant d'années avait finalement éclaté au grand jour et la force avec laquelle elle avait jailli d'elle commença à dissiper le brouillard de son esprit. Tandis qu'ils reculaient, elle vit une forme maigre étendue sur le sol. Tim était là où elle l'avait projeté, tellement perdu dans son monde que sa fureur ne l'avait même pas atteint.

Le salon était en ébullition. Antoinette était assise, confuse, se rappelant à peine ce qu'elle avait fait.

L'infirmier lui posa la main sur l'épaule, puis chercha une patiente à qui il pourrait la confier jusqu'à ce que la sœur en charge du pavillon vienne prendre sa garde.

— Diane, pourrais-tu emmener Antoinette prendre un café et rester avec elle ?

Diane était une femme de vingt-cinq ans environ, qui avait fait de réguliers progrès depuis qu'elle était entrée à l'hôpital, et l'infirmier pensait visiblement que son aura maternelle apaiserait Antoinette.

Diane fit ce qu'on lui dit, prit la fille ébranlée par la main et la mena à la cantine. Elle assit Antoinette dans une chaise, fit deux cafés et revint vite à la table.

— Tiens, bois ça, lui dit-elle gentiment.

Puis, voyant que l'adolescente semblait toujours emprisonnée dans un monde qui lui appartenait, elle alluma deux cigarettes et en passa une par-dessus la table.

— Prends-en une.

Antoinette n'avait pas fumé depuis un moment, mais elle la prit avec reconnaissance. Au mieux, cela lui permettrait d'occuper ses mains.

Diane la regarda avec sympathie.

— Tu devrais commencer à aller mieux, si tu veux mon avis. Il fallait bien que toute cette colère en toi sorte.

Antoinette demeura silencieuse, le corps toujours secoué des spasmes qui la parcouraient. La brume qui lui avait obscurci le cerveau depuis tant de semaines se dissipait progressivement. Elle jeta un regard vide d'expression à la femme plus âgée, sans la reconnaître.

— On a déjà parlé, dit Diane, devant sa perplexité. Tu te rappelles pas, hein ?

Antoinette secoua la tête, de plus en plus confuse. Elle voulait se souvenir, parce que quelque chose chez cette femme lui disait qu'elle pouvait lui faire confiance. Quelque chose dans son visage et son air de sympathie dégageait plus de chaleur et de compréhension qu'elle n'en avait jamais vue chez sa mère. Elle savait que Diane était le genre de femme que sa mère mépriserait et trouverait vulgaire – son accent indiquait qu'elle venait d'un quartier difficile de la ville – mais Antoinette savait déjà que ses propres valeurs étaient différentes de celles de sa mère. Elle avait appris que ce qui importe, c'est qui nous sommes, et non d'où nous venons. Diane tira sur sa cigarette. Les rides profondes gravées sur son visage et ses cheveux grisonnants coiffés n'importe comment la faisaient paraître plus âgée. Antoinette se rendit soudain compte que sa compagne portait un uniforme d'un service différent, ce qui la déconcerta temporairement.

Voyant l'expression intriguée de la jeune fille, Diane expliqua gentiment :

— Je suis dans le service F1 et j'étais là quand tu es venue il y a environ trois ans. Je vois bien que tu te souviens pas. Tu étais une fille tellement seule et perdue, ça me faisait de la peine. Mais quand tu es partie, j'avais espéré que tu reviendrais pas. Que s'est-il passé ?

Antoinette s'efforçait de se rappeler la femme qui lui faisait face. Elle avait déjà rencontré des personnes de ce service. Il accueillait les cas les plus légers, certains patients internés là au lieu de faire une courte peine d'emprisonnement. Il n'abritait certainement aucune personne dangereuse et quand les patients étaient jugés en voie de guérison, on leur permettait souvent de se rendre dans le pavillon psychiatrique avec son salon et son ambiance généralement plus détendue.

— Nous avons parlé lors de ton dernier séjour. Danny était si inquiet quand ils t'ont laissée sortir, il pensait que c'était trop tôt. Raconte-moi ce qui t'a fait revenir ici.

Ne se remémorant aucune conversation entre Diane et elle, Antoinette n'avait aucune idée de ce qu'elle savait. Ignorant le silence d'Antoinette, Diane poursuivit comme si deux personnes participaient à une conversation et non une.

— Tu m'as parlé de ton père, qu'il avait été en prison pour ce qu'il t'avait fait, et puis tu es partie pour aller vivre avec ta mère.

— Et ma mère m'a dit que je devais partir.

Diane n'eut pas besoin d'en savoir plus et lui toucha délicatement la main.

— Tu vas aller mieux, tu vas les oublier. Tu le dois. Les laisse pas gagner.

Elle tira sur sa cigarette et jeta un regard pensif à la jeune fille.

— Tu me crois peut-être pas aujourd'hui, mais un jour, tu seras heureuse.

Elle a raison, pensa résolument Antoinette. Je ne la crois pas. Elle ne pouvait s'imaginer éprouver un jour du bonheur. Elle chercha quelque chose à dire. Elle n'avait aucune envie de parler de ses parents, mais elle savait que Diane n'allait pas la laisser se murer dans le silence. Espérant détourner la conversation de sa personne, elle finit par dire :

— Pourquoi es-tu ici ?

— J'ai tué mon mari. Tu l'avais lu dans les journaux lors de ton séjour précédent. Tu te rappelles ? J'ai tué ce salaud à coups de couteau.

— Pourquoi ? demanda Antoinette avec enfin un soupçon d'intérêt.

— L'histoire classique. Il me battait quand il était soûl et il était toujours soûl. Je me regardais dans le miroir et je voyais une femme que je ne reconnaissais plus – un œil au beurre noir, une lèvre fendue ou les deux – et j'étais assez bête pour penser que j'avais fait quelque chose de mal. Tu sais, chérie, tu le croiras peut-être pas, mais quand je l'ai rencontré, j'étais un joli brin de fille. J'avais des tas de petits amis mais il a fallu que je choisisse un salaud de bon à rien comme lui.

— Pourquoi es-tu restée ?

Antoinette savait que sa mère ne l'aurait jamais fait. Elle aurait quitté son mari si jamais il avait levé la main sur elle, pensa-t-elle amèrement. Peu lui importait qu'il me batte, moi.

— Parce qu'à chaque fois qu'il me battait, il s'en voulait tellement le lendemain qu'il me suppliait de ne pas le quitter, et puis les quelques mois suivants, c'était comme une nouvelle lune de miel. Je suis tombée amoureuse, si tu veux l'appeler comme ça, huit fois en autant d'années et j'ai eu un enfant tous les deux ans. Mais quand les enfants ont été plus grands, il s'en est pris à eux avec une ceinture. Personne touche à mes gosses. Alors je l'ai quitté et je suis partie vivre avec mon père.

Diane vit qu'Antoinette était tout ouïe et poursuivit son histoire.

— Et voilà qu'il s'est amené. Ivre, cette nuit-là. Il a poussé mon père et a foutu mon petit dernier par terre. J'ai pris le couteau à pain et je l'ai frappé. Et tu sais le pire ? J'ai aimé ça. J'ai vu rouge, j'ai lu la peur sur son visage quand je me suis jetée sur lui et je me sentais vraiment bien. J'ai eu des regrets que quand la police est arrivée.

Elle s'interrompit avant d'ajouter.

— Mais pas parce que je l'avais fait. Parce que les services sociaux allaient me prendre mes enfants.

— Pourquoi t'ont-ils placée ici ?

Antoinette savait que dans sa vie d'avant elle avait lu quelque part un article sur une femme qui avait tué un mari brutal. L'avocat avait plaidé l'autodéfense et elle avait été acquittée.

— Parce qu'une fois que j'avais commencé, j'ai pas pu m'arrêter. J'ai aimé ça. Ils ont dit que je l'avais frappé alors qu'il était déjà mort. Mais il s'en était pris à mes enfants et je laisserai jamais personne leur faire du mal.

Elle se rendit soudain compte de la personne à qui elle se confiait et posa une main sur celle d'Antoinette.

— Désolée, ma chérie. On est tous différents.

Mais Antoinette ne comprenait même pas ce qu'elle voulait dire.

27

Au début des années 1960, la paranoïa était considérée comme dangereuse. Antoinette avait attaqué Tim sans provocation aucune, mais il ne fut pas tenu compte du fait qu'elle avait reçu des électrochocs le matin même, ni de l'avis des psychiatres quant à l'adéquation de ce traitement particulier à son cas.

Il ne fallut à la sœur – une femme de la vieille école qui avait autre chose à faire que de penser à la liberté des patients du nouveau pavillon psychiatrique – que quelques coups de téléphone pour organiser un transfert.

Antoinette observa une infirmière emballer ses quelques affaires.

— Où vais-je ?

L'infirmière ne répondit pas, finissant sa tâche tête baissée.

Effrayée, Antoinette répéta sa question.

— Où vais-je ?

— Là où on peut mieux s'occuper de toi.

Les mots froids et hachés provenaient de derrière elle. Antoinette pivota pour voir qui avait parlé. À quelques pas de là, la sœur en charge du pavillon la fixait. La trentaine, les cheveux fins noués en arrière, son corps était si tendu que, sous son uniforme, il semblait noyé dans de l'acier. Depuis le jour de son arrivée, Antoinette avait toujours pensé que la sœur montrait envers elle une froide antipathie qui dépassait la simple aversion.

Chaque membre du personnel connaissait les antécédents des patients et elle avait instinctivement deviné que la sœur n'éprouvait que très peu de compassion pour son histoire. Elle sentait son regard la suivre quand elle se promenait et voyait un rictus suffisant se dessiner sur son visage quand Antoinette parlait aux infirmiers ou aux patients masculins. Elle avait toujours soupçonné que la sœur attendait qu'elle commette une erreur, une occasion sur laquelle sauter. Aujourd'hui, elle avait enfin l'excuse qu'il lui fallait et Antoinette vit une lueur de satisfaction dans ses yeux quand ils croisèrent les siens. Mais ce fut la sœur qui détourna le regard la première, et non Antoinette.

Antoinette devait être transférée tôt ce soir-là, à une heure où les autres patients recevaient des visites. Voir un patient connu partir vers la section long séjour de l'hôpital ébranlait tout le monde, personnel compris.

Une fois son casier vide, elle resta assise sur son lit, rideaux tirés. Son thé fut servi par les infirmières qui placèrent à la hâte un plateau à son chevet et détalèrent aussitôt. À chacune de leurs apparitions, Antoinette posait la même question.

— Où vais-je? Où m'envoyez-vous?

Les autres patients l'évitaient; ils savaient sans qu'on le leur ait dit qu'Antoinette irait dans le lieu qu'ils craignaient le plus. Tous ceux qui ne guérissaient pas subissaient son sort – un transfert vers le bâtiment principal.

Quand le soir tomba, ils vinrent la chercher.

La sœur principale et deux aides masculins se placèrent près de son lit et un des hommes prit sa valise. Leurs visages sévères lui disaient que tout patient cherchant à taper, hurler et protester contre son transfert serait vite soumis. Antoinette n'avait pas l'intention de donner à la sœur la satisfaction de pleurer, mais il lui fallut néanmoins en appeler à tout son courage pour lui reposer la question.

— Où vais-je?

Cette fois-ci, la sœur ne prit même pas la peine d'éviter son regard, et dit, avec un sourire presque triomphant:

— Tu vas être transférée dans le service F3A.

Antoinette sentit un froid glacial l'envahir. Le service F3 était le lieu où l'on mettait les patients destinés à des longs séjours, et pour lesquels on n'avait aucun espoir de guérison. C'était un service où les femmes étaient enfermées, et oubliées.

Elles n'en sortaient que vieilles et affaiblies, ou mortes. Tout le monde savait où se trouvait ce service dans le bâtiment principal. Il était à l'abri des regards curieux, derrière des portes hermétiquement closes, mais ses fenêtres à barreaux étaient clairement visibles depuis les jardins. Bien qu'aucun patient de l'unité d'Antoinette n'ait jamais réussi à apercevoir l'intérieur, ils avaient tous entendu des histoires sur ce qui s'y passait.

Dans ces pièces sombres, disait-on, on laissait jusqu'à trente femmes aux soins de deux infirmières à peine. Enfermées pendant plusieurs heures de suite dans des sièges en bois spécialement conçus, elles restaient assises à fixer le vide. C'était là que les médicaments étaient donnés, non pour guérir, mais pour maintenir les patientes dociles et, pour garantir leur passivité, on leur administrait à tort et à travers des séries d'électrochocs.

Les femmes de ces services ne pouvaient jamais se plaindre, car à qui ? Ces services étaient habités de gens qui avaient renoncé depuis longtemps à leurs droits lorsqu'ils avaient été abandonnés par leurs familles. C'étaient des êtres perdus, oubliés du monde extérieur.

Les résidents du service F3 étaient rarement vus. Ils n'avaient pas droit aux promenades sous escorte dans les grands jardins ni à la compagnie des autres patients à la cantine ; ils étaient conduits dans leur propre coin de la salle à manger et, à peine leur repas terminé, ils étaient ramenés dans leur service. Un jour qu'elle était dans le bâtiment principal, Antoinette avait vu une procession éparse de femmes de ce service : des uniformes pendant mollement sur leurs corps affaissés, que deux infirmières armées de bâtons escortaient dans leur coin du salon.

Les yeux baissés et silencieuses, elles étaient passées près d'Antoinette en traînant les pieds, à l'image de trente fantômes gris. L'unique bruit avait été le claquement des chaussons trop grands.

Outre ces femmes jugées sans espoir de pouvoir quitter un jour l'hôpital et de reprendre une vie normale, le service 3A accueillait également deux meurtrières. Elles avaient été jugées comme irresponsables pénalement et condamnées à une vie en hôpital psychiatrique. Ce n'était pas un sort à envier. Au moins en prison, il y avait un espoir de rémission. Pas ici.

Antoinette avait deviné qu'elle serait transférée dans le bâtiment principal, mais ce service était pire que tout ce qu'elle avait imaginé.

Ce ne serait certainement que pour un court moment, pensa-t-elle. Ils veulent juste me punir. Puis on me laissera revenir.

— Combien de temps vais-je y rester ? demanda-t-elle timidement.

— C'est un transfert permanent, lui répondit-on.

Antoinette se réfugia dans le silence. Elle ne voyait pas quoi faire d'autre, et elle espérait que cela la protégerait. Elle cacha la peur qui commençait à fissurer sa torpeur derrière un visage impassible et attendit que l'aide-infirmier l'emmène.

Dehors, il pleuvait ; Antoinette tendit son visage vers les fines gouttelettes. Elle sentit la froideur humide sur ses joues et pensa que si elle pleurait en silence, ils penseraient que ses larmes étaient des gouttes de pluie.

L'ambulance qui devait la transférer attendait dehors. L'aide-infirmier la fit monter, posa sa valise à côté d'elle puis, refusant de la regarder dans les yeux, referma les portes. Antoinette vit la lumière disparaître quand elles claquèrent sur elle.

Posant une main sur sa valise pour se soutenir, elle se tint le dos droit sur le siège revêtu de plastique.

C'était le début de l'année, avant que l'arrivée du printemps s'accompagne de journées plus longues et de nuits plus douces. Le froid traversa son fin manteau, mais Antoinette ne savait pas si c'était l'humidité nocturne ou sa peur qui la faisait trembler.

Elle ne comprenait qu'une chose, elle était punie et les paroles prononcées par les voix qui la harcelaient devenaient enfin réalité.

Dans le service F3A, elle disparaîtrait.

28

J'essayai de chasser ces souvenirs, mais l'image d'Antoinette qu'ils tenaient par les bras et conduisaient dans le long couloir carrelé était ancrée dans mon esprit.

Je pouvais encore sentir l'odeur typique des hôpitaux, désinfectant mêlé de mauvais savon, d'aliments rassis et de moisi qui, au fil des décennies, avait suinté par les pores mêmes des murs.

L'hôpital avait été autrefois un hospice pour les familles désargentées et, quand Antoinette y était venue pour la première fois à treize ans, elle avait eu un mouvement de recul face aux échos de la misère passée qui hantaient encore ces lieux.

Le désespoir des centaines d'êtres qui en avaient franchi les portes pesait comme un nuage invisible qui s'enroula autour d'elle jusqu'à ce qu'elle manque étouffer sous leur malheur.

Je me demandai comment j'avais pu trouver en moi la force de pardonner à mes parents ce qui m'était arrivé. Je pensai aux heures de thérapie, assise pendant que des psychiatres essayaient de m'amener à accepter la réalité de mon enfance et l'héritage des abus que mon père m'avait infligés.

Mais pourquoi fallait-il que cela arrive, me demandai-je. Qu'est-ce qui avait poussé un homme à devenir ainsi ? À quel moment de son enfance avait-il compris qu'il était différent ? Si un enfant naît incapable de marcher, quand regarde-t-il ses camarades et se rend-il compte qu'ils peuvent courir quand lui ne peut que ramper ? Quand un enfant né aveugle regrette-t-il la liberté que donne la vue ? À quel âge un enfant sourd sait-il ce que signifie le silence ?

Quand un sociopathe entend ses contemporains parler de sentiments qu'il n'éprouve jamais, quand les envie-t-il ? Aimerait-il ressentir la joie que procurent les petites choses qu'ils vivent ? Ou se sent-il supérieur et prend-il le manque de sentiments pour de la force ?

En repensant au passé, je me rappelai le désir d'être aimée et admirée de mon père, mais également sa rage quand il imaginait avoir été insulté.

À l'âge adulte, j'en étais venue à comprendre qui était réellement mon père : un homme qui imitait des sentiments à un degré tel qu'il croyait vraiment les éprouver. Il ne pleura pas ma mère quand elle mourut, parce qu'il ne pouvait comprendre ce qu'il avait perdu dans sa vie. Il en était incapable. Il ne savait qu'une chose, elle était devenue un être du passé, et il ne vivait que dans le présent et dans la perspective de l'avenir. Dans un sens, j'avais pitié de son incapacité à éprouver des sentiments.

Ma grand-mère avait essayé d'excuser les colères légendaires de mon père par un accident survenu dans son enfance – peut-être chaque parent engendrant un monstre fait de même – et ma mère m'avait souvent raconté la même histoire, comme si je devais le plaindre et que tous ses actes de cruauté pouvaient être excusés. Quand je fus plus âgée, elle avait développé l'histoire, me racontant que c'était non seulement son traumatisme d'enfance mais également le temps passé à servir pendant la guerre qui lui avaient fait un mal tel qu'il n'était plus responsable de ses actes.

Joe était l'aîné de sa famille, né dans les taudis de Coleraine. C'était un bel enfant au sourire facile et au rire contagieux. Grand pour son âge, une belle tignasse bouclée de cheveux auburn, ma grand-mère l'aimait, il était la prunelle de ses yeux. Pendant ses deux premières années d'école, son esprit vif et curieux lui avait valu l'appréciation de ses professeurs. Ses carnets de notes étaient bons et sa mère, qui avait entre-temps eu deux autres enfants, était fière de son aîné. Mais le malheur frappa quand il eut huit ans. Ma grand-mère était alitée, à un stade avancé de sa quatrième grossesse, quand elle entendit un hurlement suivi d'un bruit sourd.

Elle courut dans la pièce adjacente où les trois enfants dormaient dans le lit double, et ne vit que deux, et non trois, corps endormis. Joe avait rampé sur ses frères jusqu'au palier, avait trébuché et était tombé tête la première dans l'escalier. Il était allongé en une masse inconsciente en bas des marches, la tête presque contre la porte. Ses yeux étaient clos et leurs longs cils projetaient des ombres duveteuses sur un visage d'une pâleur telle que, l'espace d'un instant, ma grand-mère crut qu'il était mort.

Son hurlement d'angoisse déchira les murs fins comme du papier à musique de la minuscule maison mitoyenne et attira aussitôt les voisins. À cette époque, il n'y avait pas de téléphone dans les quartiers pauvres de Coleraine, et aucun moyen d'appeler une ambulance dans l'urgence. On envoya en toute hâte le fils d'un voisin chercher le docteur et de précieuses minutes furent perdues en attendant sa venue. Le garçonnet fut délicatement soulevé, installé sur le siège arrière de la vieille voiture du docteur, et conduit à l'hôpital le plus proche avec sa mère affolée.

Il fallut attendre plusieurs semaines avant qu'on le déclare hors de danger et que la famille soit rassurée.

Ma grand-mère alla le voir chaque jour. Ventre proéminent, un châle jeté sur ses épaules pour se tenir chaud, une longue jupe frottant le haut de ses bottes usées, elle traversait la ville, qu'il pleuve ou qu'il gèle. Une fois arrivée, elle s'asseyait au chevet de son fils et priait pour qu'il vive. Elle donna naissance à son quatrième enfant pendant cette période pénible – encore un garçon, et son dernier enfant. À peine put-elle quitter le lit qu'elle reprit sa marche quotidienne et sa veille auprès de son fils.

Ma grand-mère se rappelait parfaitement le jour où il ouvrit les yeux, la vit et lui fit un faible sourire.

Des années plus tard, ses yeux s'embuaient encore au souvenir de cet instant. Joe recouvra la santé mais ne put parler pendant plusieurs mois. Quand il parvint enfin à articuler quelques syllabes, ce fut avec un tel bégaiement que son visage s'empourprait sous l'effort.

L'État-providence n'existerait pas avant trente ans, et le travail était rare à Belfast. Mon grand-père, cordonnier, passait de longues journées à réparer des chaussures dans la petite pièce à l'arrière de sa maison.

Avec des enfants en bas âge, un bébé et deux adultes à nourrir, l'argent manquait et il n'en restait guère pour régler les frais médicaux de son aîné.

La vie était un combat quotidien et le recours à un tuteur privé pour que Joe retrouve le niveau scolaire qu'il avait avant l'accident était un luxe encore inconnu. Aucun de ses parents n'était assez éduqué pour l'aider.

Quand il revint à l'école du village un an plus tard, il était en retard dans son travail scolaire et affublé d'un défaut d'élocution notable. À neuf ans, il fut mis dans la même classe que celle qu'il avait quittée.

Grand pour son âge, il dépassait les autres enfants. Ceux-ci le considérèrent comme une cible facile et commirent l'erreur de se moquer de lui – et la moquerie était une chose que mon père ne pouvait tout simplement pas tolérer. Il répondit par l'agressivité et sa popularité diminua.

Son humeur changea et le petit garçon joyeux d'autrefois disparut.

Ma grand-mère savait qu'il était malheureux à l'école, mais elle ne pouvait pas y faire grand-chose. Ce fut alors que ses rages soudaines débutèrent. Poussant un grognement, il sautait sur ses persécuteurs et, poings fermés, il les abattait de toutes ses forces sur son bourreau jusqu'à ce que celui-ci soit au sol. Les autres enfants apprirent vite à ne plus l'embêter et à se méfier de lui.

Joe dut attendre d'être adulte pour apprendre à se faire à nouveau aimer.

Je pensai aux voies parallèles que mon enfance et la sienne avaient suivi. Je portais des blessures différentes : j'étais incapable de m'exprimer et perçue comme une étrangère. On me tourmentait aussi à l'école, mais contrairement à lui, je ne répondis jamais. Enfant, je regardai le monde comme à travers une vitre. Je ne m'étais jamais sentie intégrée et, en grandissant, j'avais peur de me faire des amis. Je ne parvenais pas à m'identifier aux autres enfants, alors de quoi pourrais-je leur parler ?

Lui aussi avait dû se sentir isolé de ses camarades. Il devait les avoir regardé jouer et rire et s'être senti différent d'eux. Quand j'essayai de les imiter, lui en était incapable. La solitude m'entraîna vers plus d'isolement et de dépression. Elle provoqua rage et amertume chez lui.

Dans l'esprit de mon père, rien n'était jamais de sa faute ; toujours celle d'autrui. Toute mauvaise action pouvait se justifier, tout acte égoïste s'excuser. Des graines qui auraient pu ne jamais germer prirent racine et se développèrent en une chose sombre et tordue. Mon père choisit d'emprunter une voie différente de la mienne. L'espace d'un instant, je me sentis triste en pensant à mon père, quand il était jeune et que je l'aimais. Mais les souvenirs de l'homme qu'il fut alors que je grandissais occultèrent vite tous les autres, ceux qui avaient inspiré une peur telle que la seule manière d'y faire face était de se renfermer complètement sur soi.

Je pensai aux quelques derniers jours que j'avais passé à Larne et à la dernière fois où j'avais vu mon père vivant. J'avais pris la navette pour Belfast après que les services sociaux m'avaient appelée pour me prévenir de son admission à l'hôpital pour un léger infarctus suivi d'une pneumonie. Si je voulais le voir vivant, il n'y avait pas de temps à perdre. Sans comprendre mes propres actions, j'avais réservé une place dans l'avion du matin, été à l'hôpital et demandé à ce qu'on m'indique le service de mon père. À chaque pas, je me demandai pourquoi j'étais venue. Pourquoi avais-je pris cet avion de Londres à Belfast ? Pourquoi aurais-je envie de le voir ?

Devant son service, j'ouvris les portes battantes et pénétrai dans une salle où des hommes âgés somnolaient dans leurs lits en métal. Je vis mon père. En préparation de ma visite, il était habillé d'un pyjama propre, enveloppé dans une robe de chambre en laine et, les cheveux peignés de frais, il avait été placé dans un fauteuil droit à côté du lit. Je me rendis compte qu'il ne lui restait pas longtemps à vivre. La proximité de la mort l'avait dépouillé de son pouvoir et le réduisait à une forme qui semblait bizarrement désossée. Sa bouche était mollement ouverte ; de la bave s'était accumulée aux commissures et des gouttes avaient laissé des traces humides sur son menton. Des yeux chassieux voilés par des cataractes naissantes ne montrèrent aucun signe de reconnaissance tandis qu'ils fixaient le vide.

Tous les signes de cette force vitale qui habitait son corps avaient disparu. Mon père, le tyran de mon enfance, l'homme qui avait abusé sexuellement de moi à six ans et m'avait mise enceinte à quatorze, mourait.

Je me demandai à nouveau pourquoi j'étais venue. Pourquoi me tenais-je devant son lit ? Pourquoi avais-je remis un pied dans cette autre vie qui s'accompagnait de toutes ces souffrances ? Me tenant là, ma petite valise par terre, je me disais que personne ne méritait de mourir seul. Mais la vérité était que les chaînes invisibles de nos liens sanguins m'avaient attiré pour la dernière fois.

Je fus choquée par ce corps fragile de vieil homme. Les rayures passées de son pyjama contrastaient durement avec le fauteuil rouge, un plaid couvrait ses genoux et ses pieds sans chaussettes étaient enfoncés dans des chaussons écossais verts. Seule une main aux taches de vieillesse qui agrippait les coins de la couverture et les triturait montrait qu'il était conscient. Il gémit doucement, toujours sans laisser paraître qu'il se rendait compte de ma présence, et je pris son autre main. M'approchant pour voir la cause de sa souffrance, j'aperçus des abcès qui s'étaient formés dans sa bouche et parsemaient cette surface sensible de leurs petites ampoules blanches. J'appelai l'infirmière.

— Nettoyez-lui la bouche, lui dis-je, quelque peu contrariée, en lui désignant les aphtes. Il a peut-être perdu la parole mais il ressent toujours la douleur.

À le voir là, si impuissant à s'occuper de lui, je sentis la colère à son encontre qui m'habitait depuis tant

d'années, la colère à laquelle je tenais tant, se dessé-
cher et mourir en moi.

Ce n'est qu'un vieil homme me dis-je, alors qu'un
sentiment proche de la pitié commençait à germer.

Tirant une autre chaise, je m'assis près de lui et étu-
diai le visage que l'âge et la maladie avaient étrangement dépourvu d'expression. Une belle épaisseur de
cheveux ondulés, blancs à présent, couvrait encore
son crâne. Comme on lui avait retiré son dentier, ses
joues étaient creusées et son menton tombait. Avec
cette ultime humiliation, il ne restait pas grand-chose
de l'homme charmant et charismatique qu'il était pour
les autres. Et il n'y avait aucune trace du monstre qui
m'avait si longtemps tourmentée.

Je me rappelai les infirmières de l'hospice où ma
mère était morte me disant que le dernier des sens à
s'en aller était l'ouïe, mais je n'avais rien à lui dire.
Pour ce parent, je n'avais aucune dernière pensée à
partager ni souvenir que je voulais raviver pour lui
afin qu'il l'emporte pour son ultime voyage.

Savait-il que j'étais là ? me demandai-je alors que
les minutes se transformaient en heures silencieuses
et lentes. Je pris dans mon sac un livre comme un
bouclier derrière lequel me cacher, un truc que j'avais
appris enfant quand je voulais échapper à la fureur
des voix de mes parents. Mais malgré mes efforts pour
les bloquer, des visions de mon père plus jeune flot-
tèrent devant mes yeux.

Le bel homme souriant que j'avais aimé tant
d'années auparavant s'invita tout seul dans mon esprit.
Je m'efforçai de chasser ces images mais à peine dis-
sipées, un nouveau souvenir apparaissait ; celui de

l'homme aux yeux injectés de sang et à la bouche tremblante de rage face à un tort imaginaire. Je vis et sentis Antoinette enfant, morte de peur.

L'infirmière vint à mes côtés quand la nuit tomba.

— Toni, rentrez vous reposer. Il peut y en avoir pour plusieurs jours. On vous appellera s'il y a un changement.

Ne connaissant pas le passé de mon père, elle serra mon épaule en un geste de compassion.

Je me rendis non pas dans sa maison à l'air fétide de vieil homme et de draps sales, mais chez des amis qui avaient une chambre à ma disposition. Le dîner était prêt à mon arrivée, mais je ne désirais rien d'autre que retrouver l'intimité de ma chambre. Là, je pourrais me glisser dans le lit accueillant et me déconnecter du monde. Une fois seule, je pourrais obliger mon esprit à se concentrer sur des pensées agréables qui me mettraient à l'abri du passé. C'était un stratagème que j'avais perfectionné avec les années.

J'étais si fatiguée après les événements de la journée qu'à peine ma tête eut-elle touché l'oreiller, je plongeai dans un profond sommeil sans rêve.

Il me sembla que quelques minutes à peine s'étaient écoulées quand le téléphone sonna et me tira du lit. Sachant déjà que l'appel était pour moi, je saisis avec lassitude le combiné posé à proximité.

— L'état de votre père a empiré, dit l'infirmière de garde. Vous feriez mieux de venir.

Je m'habillai rapidement, d'un survêtement chaud et de tennis, puis allai prévenir mes amis. Ils m'attendaient, le mari dans la voiture à faire chauffer le moteur, parce qu'ils savaient que la sonnerie du téléphone aux petites heures de ce matin froid ne pouvait signifier qu'une chose.

Nous fûmes silencieux pendant le court trajet jusqu'à l'hôpital. Je savais qu'on arrivait au terme de quelque chose, mais cela me procurait des sentiments mélangés. Bientôt, l'unique personne qui me restait et qui était responsable de ma venue au monde ne serait plus, et la mort du dernier parent nous rappelle notre propre mortalité. Il ne reste plus personne qui nous a vus enfant, et cela seul crée un sentiment de vulnérabilité. Et je savais qu'avec lui mourraient les réponses aux questions que je n'avais jamais eu le courage de poser.

Notre arrivée dans le service fut accueillie par le silence sinistre qui persiste quelques minutes après qu'une âme s'en est allée.

Mon père était mort seul finalement.

29

Le court trajet du pavillon psychiatrique au bâtiment principal se passa dans le silence. Antoinette, blottie à l'arrière de l'ambulance, tremblait plus de peur que de froid tout en jetant un regard vide par la vitre.

L'ambulance se gara devant le bâtiment ; les portières s'ouvrirent, les aides-infirmiers se penchèrent et elle sentit qu'on lui prenait le bras.

— On y est, Antoinette.

Toujours muette, elle descendit du véhicule. Elle franchit les massives portes en bois du bâtiment principal flanquée des deux aides-infirmiers.

L'odeur envahissante de vieux bâtiment mal aéré persistait dans l'air tandis qu'ils suivaient les couloirs tristes au sol gris. Leur monotonie ne fut rompue que par les portes en bois sombre qui menaient aux services sécurisés des femmes.

Aucun effort n'avait visiblement été fait pour rénover le bâtiment depuis sa transformation d'hospice en hôpital pour malades mentaux. Rien n'avait été fait pour amoindrir son austérité, nulle plante verte ni tableau sur les murs. Rien n'éclairait les longs couloirs qui s'étendaient sur des mètres ; ils étaient aussi sinistres qu'ils devaient l'être à l'époque victorienne quand les pauvres avaient inauguré cet espace.

Seul le faible bruit des chaussures de ses accompagnateurs brisait le silence lugubre qui pesait sur le bâtiment endormi. Antoinette l'entendait à peine tandis qu'elle se concentrait pour compter les portes qui la séparaient des unités réservées aux femmes, jusqu'à ce qu'ils arrivent à l'aile F3A.

La porte s'ouvrit aussitôt après que le garde eut frappé de petits coups. La sœur de nuit responsable les attendait visiblement et, à peine Antoinette fut-elle poussée à l'intérieur que les portes se refermèrent derrière elle. Elle entendit le tintement des clés, puis le clic quand le verrou fut tiré, et elle sut que c'était le son qui la séparait de la liberté.

Tout s'était passé si vite qu'Antoinette avait à peine eu le temps de réaliser ce qui lui arrivait. Elle eut une impression fugace de murs sombres, de petites fenêtres à barreaux haut placées et de sol en béton avant que la sœur lui effleure le bras et lui indique de la suivre.

Elle mena vite Antoinette au dortoir. Dans son sillage, la jeune fille serrait ses quelques biens et sentit croître sa peur. Si la sœur le remarqua, elle n'en fit pas cas. Pour elle, Antoinette n'était qu'une patiente de plus transférée de nuit, qu'il fallait mettre au lit le plus vite possible.

— Ne fais pas de bruit. Les autres patientes dorment, lui dit-elle alors qu'elles entraient dans une autre pièce où de faibles lampes projetaient des ombres sur des rangées de formes endormies blotties dans des lits métalliques étroits.

Sans rideaux tirés autour d'elles pour préserver un semblant de dignité, les résidentes ne pouvaient s'imaginer avoir leur propre chambre.

Les lits étaient au contraire proches les uns des autres et seul un casier métallique les séparait.

— Voici ton lit. Je mets ta valise dessous et tu trieras tes affaires demain matin. Prends juste ta chemise de nuit.

Antoinette sentit sa peau la picoter alors que ses bras se couvraient de chair de poule et elle ôta vite ses habits pour enfiler son pyjama. Quand elle eut fini, la sœur l'emmena à la salle de bains. De grandes baignoires blanches étaient au centre d'une pièce, une petite chaise en bois près d'elles. Contre un mur, il y avait des douches carrelées sans rideau où pendaient des tuyaux noirs, enroulés comme des serpents endormis. Elle avait entendu parler de ces tuyaux et de ce qu'en faisaient les aides-infirmières : après que les femmes s'étaient déshabillées, elles étaient amenées dans les douches ouvertes et aspergées d'eau froide. Ce traitement avait deux buts : soumettre les indisciplinées et les laver toutes plus vite.

Il y avait près des douches des rangées de lavabos et, en face, des toilettes. Elle regarda leurs portes avec un désarroi croissant et quand elle entra dans le box, ses craintes furent confirmées ; elles la masquaient à peine. Elles s'arrêtaient à hauteur des genoux et la partie supérieure était si basse qu'on voyait sa tête

257

quand elle était debout, et il n'y avait aucun moyen de s'enfermer puisqu'il n'y avait pas de verrou. Antoinette comprit que même les lieux les plus intimes de sa vie seraient observés.

Elle ne prit vraiment conscience de l'endroit où elle était finalement que quand elle grimpa dans son lit. Là, l'angoisse afflua par bouffées et ses mains moites s'agrippèrent aux draps pour se réconforter. Des sentiments d'un abandon confondant menacèrent de la paralyser. Ses parents devaient bien savoir ce qui lui était arrivé. Ils n'allaient pas la laisser là, non ? Même s'ils ne l'aimaient pas, ils ne pouvaient pas la haïr autant. Ces pensées tournaient dans sa tête, rendant tout sommeil impossible.

Dans l'obscurité, elle devinait les formes indistinctes des autres femmes qui l'entouraient, entendait leur respiration profonde et leurs cris enfantins pendant qu'elles remuaient dans leur sommeil. Un grincement de dents montait d'un lit voisin, et des ronflements ponctués de grommellements d'un autre. Antoinette avait les yeux grands ouverts, se demandant de quoi demain serait fait.

Le matin vint et avec lui le bruit du personnel de jour qui arrivait. Antoinette se leva, prit ses vêtements et se rendit à la salle de bains.

Elle voulait en profiter avant le réveil des autres patientes, estimant que c'était son unique chance de protéger son intimité. Elle se lava vite, mit les mêmes habits que la veille au soir et retourna à son lit.

Sachant que les infirmières n'aimaient pas faire les lits de personnes valides, elle s'occupa vite du sien et s'assit au bout, attendant qu'on lui dise quoi faire. La sœur en charge du service envoya une jeune infirmière la chercher.

— La sœur veut que tu me suives, dit-elle en peu de mots, sans prendre le temps de se présenter. Elle t'attend.

Quelques mètres à peine séparaient le dortoir du bureau de la sœur. Elles traversèrent une grande pièce où les patientes passaient leurs journées. Elle était froide, avec des meubles en bois simples et des fenêtres à barreaux, mais Antoinette les vit à peine. Elle ne remarqua que le cliquetis du gros trousseau de clés accroché à la ceinture de l'infirmière, et le brouhaha incessant des babillages des patientes et son piètre accent de désolation.

Par la suite, elle verrait la nudité sinistre de son environnement, et elle sentirait aussi l'impuissance et le pur désespoir qui imprégnaient l'atmosphère.

En entrant dans la petite pièce qui faisait office de bureau, Antoinette nota que ses fenêtres internes offraient une vision complète du service et que le bureau était placé de telle sorte que la sœur pouvait voir ce qui s'y déroulait. La sœur, une petite femme aux cheveux noirs, était à son bureau et elle se leva pour accueillir Antoinette.

— Bonjour, tu dois être Antoinette, dit-elle aimablement. Assieds-toi.

Antoinette fut surprise. Elle s'attendait à une certaine austérité et fut désarçonnée par le visage ouvert et amical de la sœur, et par son sourire chaleureux.

La sœur désigna un plateau avec une théière et deux tasses.

— Tu prends du lait et du sucre ?

Antoinette opina, trop peu sûre d'elle pour parler, et regarda la sœur verser le thé. Elle murmura un merci quand elle lui fut tendue, et enroula ses doigts autour, tirant du réconfort de sa chaleur. Elle attendit avec appréhension que la sœur se mette à parler. Elle allait certainement connaître son sort maintenant.

Après une courte pause, la sœur déclara d'un ton grave :

— Antoinette, que sais-tu à propos de ce service ?

Sans attendre de réponse, elle poursuivit :

— Ici, les patients ne reçoivent pas le même traitement que celui que tu as reçu là où tu étais avant. Ici, les patients reçoivent des tranquillisants s'ils créent des problèmes. Nous n'avons pas assez de personnel pour faire face sinon. Tu comprends ?

Antoinette comprenait. Elle vit qu'un avertissement, soigneusement enveloppé et joliment présenté, venait d'être donné. Elle ne dit rien.

La sœur ouvrit une chemise brune, celle qui était sur son bureau, et Antoinette sut qu'elle contenait ses antécédents.

— Si les femmes deviennent incontrôlables ici, elles reçoivent des électrochocs.

La sœur poussa un gros soupir.

— Nous essayons de nous occuper d'elles du mieux possible. Peu de patientes reçoivent des visites et elles sont inaccessibles à toute thérapie. Mais dans ton cas, j'ai pris des dispositions pour que tu voies un psychiatre chaque semaine. D'après ton dossier, il semble que tu commençais à répondre à celle qui te suivait dans le pavillon psychiatrique mais malheureusement, elle ne traite pas les patients du bâtiment principal. Je lis aussi que tu ne t'étais pas montrée coopérative avec le psychiatre en chef qui t'a évalué. Celui que tu verras est aussi un homme, si c'était la raison pour laquelle cela t'était difficile, je n'y peux rien, mais je pense que tu l'aimeras.

À ce dernier commentaire, Antoinette la regarda droit dans les yeux. Cela signifiait-il que cette femme voulait l'aider ?

La sœur ignora le regard interrogateur et poursuivit :

— Les patientes ne quittent ce service que pour être emmenées dans la salle à manger. Elles y prennent leurs repas dans un espace séparé, de sorte qu'elles ne se mêlent pas aux autres services. Le reste du temps, hormis quand elles dorment, elles sont dans la salle commune que tu viens de traverser. As-tu remarqué les chaises fermées ?

Antoinette opina. La sœur parlait des chaises en bois équipées d'une petite tablette qui se refermait et empêchait un patient de bouger. Pendant un instant, elle eut l'impression que la voix atone de la sœur masquait des sentiments de malaise face à certains traitements administrés dans ce service.

— Certaines de nos patientes y passent le plus clair de leur temps. Cette vision peut te choquer et tu peux penser que c'est cruel, mais nous ne sommes pas méchants avec elles, tu sais. Quelques-unes des femmes qui sont ici sont nées avec des problèmes et ont l'âge mental d'un petit enfant mais la force d'un adulte. Si leurs mouvements n'étaient pas restreints, elles pourraient se faire mal et blesser les autres. D'autres sont atteintes de troubles si graves que nous savons depuis

261

longtemps qu'elles ne guériront pas. Elles ne pourraient jamais affronter le monde extérieur. D'autres encore sont dangereuses. Deux ont été internées pour meurtre. Plus elles paraissent normales, plus elles sont dangereuses. Donc tu dois t'en méfier. Elles ont agressé des infirmières et d'autres patientes.

Elle reprit son souffle et jeta un regard pensif à Antoinette.

— D'autres, comme toi, n'ont simplement pas pu faire face au malheur qui les a frappées.

Antoinette sentit que l'objet de cette discussion allait être dévoilé. Une petite lueur d'espoir s'alluma en elle. Cette femme ne serait certainement pas aussi gentille si elle estimait que tout était perdu pour elle. La situation n'était peut-être pas aussi critique qu'elle le craignait.

La sœur soupira et referma le dossier.

— J'ai lu ton dossier et ton cas est vraiment tragique. Mais nous entendons tellement d'histoires tristes dans ce lieu que la tienne n'en est qu'une parmi d'autres, même si pour toi elle représente tout. Je pense que quand tu seras à même de comprendre qu'il y a des gens qui ont plus souffert que toi, tu commenceras à aller mieux. Je sais qu'il est trop tôt pour que tu l'acceptes, mais j'espère te compter au nombre de mes réussites.

Antoinette cligna des yeux sous la surprise, jamais personne ne lui avait dit cela. Pourtant, elle resta muette.

— Ne t'inquiète pas des chaises fermées. Elles sont réservées aux cas extrêmes, elles ne sont pas pour toi. Il n'y a aucune raison pour qu'on restreigne tes mouvements et j'espère que tu ne nous en donneras jamais.

Une fois encore, Antoinette comprit l'avertissement sous les paroles réconfortantes.

— Bon, le traitement qui a été recommandé pour toi est du paraldéhyde, à prendre sous forme liquide.

La peur revint. Antoinette avait vu les effets de ces médicaments lourds et elle les craignait.

Des visions des convois de résidents traînant des pieds, les visages vides et les yeux baissés lui sautèrent aux yeux et elle serra ses doigts plus fort autour de la tasse. Rien, hormis des doses excessives d'électrochocs, ne pouvait transformer plus vite une personne en zombie, et les zombies ne guérissent pas.

La sœur vit la frayeur et se pressa de continuer.

— Cependant, le pavillon psychiatrique peut juste recommander qu'un traitement soit administré dans ce service de l'hôpital. J'ai insisté pour que tu sois d'abord placée en observation et évaluée par un de nos psychiatres.

Elle sourit.

— Tu as été diagnostiquée comme souffrant de paranoïa aiguë. La sœur de ton dernier service a indiqué dans son rapport que tu avais attaqué un patient qui ne t'avait pas provoquée. Selon elle, tu es dangereuse. Eh bien c'est son avis. Je dois me faire le mien.

Antoinette commença à se détendre. Bien qu'elle ait appris à ne jamais faire confiance à quiconque en position d'autorité, elle se sentait plus à l'aise avec cette femme. Malgré ses avertissements voilés, elle semblait être de son côté. Ne pas commencer les doses de paraldéhyde décrétées par la sœur précédente semblait lui laisser une chance.

— Il est impératif que tu coopères avec mon équipe et avec le psychiatre que je te ferai rencontrer, dit finalement la sœur pour conclure l'entretien.

Elle se leva, dit à Antoinette de la suivre, et passa devant pour aller dans la pièce principale du service.

Tandis qu'elles avançaient, Antoinette regrettait de ne pas avoir réussi à proférer le moindre mot pour s'expliquer et rassurer la sœur qu'aucun tranquillisant ne serait nécessaire pour la soumettre, mais elle avait été incapable de recouvrer la voix. Comme avec les psychiatres de l'autre service.

Elle voulait leur en dire plus mais tant de choses étaient brouillées dans sa tête.

Dedans, il y avait des souvenirs refoulés qu'elle avait trop peur d'affronter et des pensées et des sentiments trop terribles pour être exprimés par des paroles.

À cette époque, elle ne pouvait libérer les mots nécessaires pour communiquer même les idées les plus simples, et encore moins le traumatisme de son passé.

C'était cette incapacité qui avait permis à la sœur d'écrire ce rapport comme elle le voulait.

30

Antoinette se tenait dans la salle, entourée de femmes qui ne montraient aucun intérêt pour l'arrivée d'une nouvelle patiente. De la peinture verte sale couvrait les murs et les fenêtres, dont elle avait vu les barreaux noirs depuis l'extérieur, étaient placées bien au-dessus du niveau de la tête. Deux fauteuils confortables munis de coussins étaient dans un angle, réservés aux infirmières de garde. Les autres sièges inoccupés étaient en bois sombre et dur, sans concession au confort.

La pièce était remplie de femmes, de patientes dont on avait retiré toute trace d'individualité. Vêtues de l'uniforme de l'hôpital, des robes informes à imprimé cachemire décoloré et des cardigans gris, les résidentes affichaient le regard vide des malades sous fortes doses de sédatifs. Certaines marmonnaient dans leur coin pendant que d'autres fixaient en silence les murs nus. Antoinette écarquilla les yeux sous le choc quand elle comprit que presque toutes étaient entravées sur une chaise.

C'était la première fois qu'elle voyait ça et elle en était révoltée.

Au premier regard, elles ressemblaient à n'importe quelle autre chaise en bois avec des accoudoirs et une petite planche qui servait de tablette, mais lorsque celle-ci était verrouillée en place, l'occupante était prisonnière et seuls ses bras étaient libres.

Mais ce sont des êtres humains, se scandalisa-t-elle, en voyant toutes ces femmes confinées sur place, incapables de se lever ou de marcher. Des êtres humains malades. Ce n'est pas bien de les traiter ainsi.

Certaines patientes étaient tranquillement assises, d'autres se balançaient si fort qu'elles poussaient leur chaise d'avant en arrière. Des femmes non immobilisées étaient accroupies contre les murs, les mains devant les yeux, perdues dans une peur qu'Antoinette reconnaissait sans en comprendre la raison.

Le bruit du bois tapant contre les murs ou rebondissant contre le sol se mélangeait au brouhaha continu de paroles absurdes, de grognements et de cris d'où émanaient une telle tristesse et un tel désespoir qu'Antoinette recula.

Elle se ressaisit avant de montrer l'horreur qu'elle ressentait. Elle ne voulait pas que les infirmières lisent ses sentiments sur son visage. Elle voulait se faire aussi discrète que possible. Elle prit un livre dans son sac, s'assit sur l'une des chaises et baissa la tête, essayant de paraître tout à ce qu'elle faisait. Elle s'aperçut qu'elle avait lu une page sans se rappeler un seul mot et jeta un nouveau regard sur la pièce.

Ses yeux furent attirés par une fille qui ne semblait pas avoir plus de treize ans. Enfermée dans l'une des chaises, elle pendait mollement sur l'accoudoir en bois, les cheveux ternes tombant autour d'un visage inexpressif. Sa langue sortait d'une bouche béante pendant que ses yeux fixaient le sol sans le voir.

À cet instant, une des infirmières alla vers elle et lui dit joyeusement :

— C'est l'heure de ta promenade, Mary.

Où l'emmènent-elles, se demanda Antoinette ? Elle regarda l'infirmière défaire la tablette de bois, passer ses bras autour des épaules de la fille et l'aider à se mettre debout. Mary avança d'un pas saccadé dans la pièce, les yeux toujours rivés au sol.

Elle tituba encore ainsi, avant de buter contre le mur opposé sans en paraître affectée. Elle continua à errer, le corps heurtant le plâtre jusqu'à ce que l'autre infirmière se lève et vienne, d'un pas tranquille, lui faire faire demi-tour. En fait de promenade, Mary allait d'un mur à l'autre pendant vingt minutes. Quand les infirmières étaient lasses de la retourner, elles la replaçaient dans sa chaise. Là, elle se penchait à nouveau sur l'accoudoir et recommençait à fixer le sol sans le voir.

Mary était si jeune... que lui était-il arrivé ? Pourquoi une fille qui n'était guère plus qu'une enfant était-elle dans un endroit comme celui-ci ? Antoinette apprit par la suite qu'elle avait eu une méningite.

Autrefois brillante, elle avait contracté le virus à onze ans. Il n'existait pas vraiment de traitement, et presque tous ceux qui l'attrapaient mouraient.

Mary survécut, mais fut atteinte de lésions cérébrales permanentes et irréversibles. Quand ses parents avaient pris conscience du dévouement nécessaire pour s'occuper d'une fille handicapée, ils avaient signé les formulaires de consentement pour son admission à l'hôpital.

Cela faisait deux ans qu'elle était là et sans attention ni même visiteur, son état s'était détérioré à un point tel qu'elle ne pourrait jamais en partir. Aujourd'hui, elle était incapable de reconnaître quiconque.

Antoinette fut envahie de compassion à la vue de cette forme décharnée emprisonnée dans une chaise ; une fille oubliée qui, autrefois, courait et jouait, et ne le ferait plus jamais.

Une voix interrompit ses pensées. Une femme demandait :

— Tu aimes mon bébé ?

Elle leva les yeux et vit une petite femme d'une cinquantaine d'années et au sourire candide d'une enfant. Elle tenait tendrement dans ses bras une poupée qu'elle levait pour qu'Antoinette puisse la voir.

— Tu aimes mon bébé ? répéta-t-elle, tout en la regardant intensément.

— Oui, elle est très belle. Comment s'appelle-t-elle ?

Elle lui fit un sourire. Elle ne pouvait s'empêcher de réagir face à une personne si puérile et aux grands yeux bleus qui la regardaient avec tant d'espoir.

La petite femme rayonna de bonheur, puis trottina jusqu'à une autre patiente pour lui poser la même question.

— Elle a perdu son bébé il y a très longtemps, grommela l'une des infirmières. Elle s'appelle Doris. Elle ne cause aucun problème. Elle ne dit jamais rien sauf ça. Au moins une centaine de fois par jour.

— Que lui est-il arrivé ? demanda timidement Antoinette.

Elle n'était pas certaine que cela se faisait de poser des questions sur le passé des patientes, ni si les infirmières avaient le droit de raconter ce qu'elles savaient. Mais cela ne sembla pas gêner celle-ci.

Elle paraissait contente d'avoir une personne avec qui tenir une conversation sensée.

— Oh, Doris n'a jamais fait des étincelles, répondit-elle avec un haussement d'épaules. Enfin, elle est tombée enceinte, alors qu'elle n'était pas mariée. Donc ils l'ont mise dans une maison pour mères célibataires et lui ont retiré son petit garçon quand il avait six semaines. Elle est tombée très bas après ça, tu sais, déprimée, et à la fin, elle s'est renfermée si complètement sur elle que sa famille a sauté sur l'occasion, signé les papiers et l'a fait interner.

— A-t-elle toujours été comme ça ?

— Pas au début. Mais elle a reçu des électrochocs et elle prend un médicament qui lui permet de rester calme et tranquille. Cela fait dix ans maintenant qu'elle est là et elle ne partira jamais.

L'infirmière jeta un regard prudent à Antoinette.

— Mais elle n'est pas malheureuse, tu le vois. Et elle a eu ce qu'elle voulait. Son bébé toujours avec elle.

Antoinette essaya de masquer son émoi. Elle avait vu de nombreux patients ne faisant de mal à personne vivre dans l'hôpital, mais c'était la première fois qu'elle était si près de gens détruits par le manque de traitement et l'abandon.

Elle décida de ne pas se perdre dans ce service.

31

Antoinette regarda la petite pile de vêtements qui avait été placée au pied de son lit : une robe imprimée d'un bordeaux foncé passé, un cardigan fauve informe, de larges knickers à bretelles et un gilet. Il y avait à côté d'épais bas marron en fil d'Écosse, une chemise de nuit en flanelle de coton et une paire de chaussures noires à lacets usées.

— Tes habits, l'informa l'infirmière.

— Mais j'ai les miens.

La pensée de porter l'uniforme de l'hôpital qui avait couvert tant de corps lui était odieuse. L'odeur caractéristique de mauvais savon et de linge séché dans des laveries confinées lui répugnait. Et elle sentait qu'en abandonnant ses propres vêtements, elle abandonnait sa propre identité. Elle rejoindrait le monde des femmes aux yeux vides qui passaient leurs journées à osciller dans leurs chaises en chantonnant faux des chansons qui leur trottaient dans la tête, ou deviendrait une de celles qui n'entendaient que les fantômes de leur passé. Certaines d'entre elles parlaient à leurs fantômes en un langage qui leur était propre et parfois les fantômes provoquaient de la colère : cris, insultes et assiettes de nourriture volaient dans l'air.

L'uniforme dirait qu'elle était l'une d'elles. Il la déshumaniserait et en ferait juste un visage de plus dans une foule de gens dépouillés de leur individualité qui n'étaient guère plus que des animaux pour ceux qui s'occupaient d'eux. C'est ainsi que les infirmières se représentaient les femmes qu'elles débarrassaient de leurs vêtements et menaient en troupeau, nues, vers les douches communes où, sans aucun vestige de dignité, elles étaient aspergées au tuyau.

Les infirmières ne voyaient pas les femmes qui leur étaient confiées comme des personnes qui avaient eu des désirs et des espoirs. Il n'y avait aucune trace d'empathie sur leur visage quand elles distribuaient les médicaments qui emportaient toute vie, pensée et rêve, ou quand elles assistaient aux séances d'électrochocs.

Antoinette pensa à Mary et à ses treize ans, et la vit tituber d'une façon pitoyable d'un mur à l'autre. On ne s'apercevait de sa présence que quand les infirmières se tiraient de leur fauteuil et la retournaient.

Mais si elle était habillée comme une fille normale, les cheveux joliment tressés et le visage propre, et si elle n'avait pas été transformée en un être aux yeux ternes par l'assaut des médicaments, la profession qui tirait fierté de sa gentillesse l'aurait-elle traitée comme une poupée de chiffons ? Ou l'aurait-elle considérée comme une enfant abandonnée ?

Antoinette savait ce que signifiait l'uniforme. C'était le premier pas vers une vie entière en ce lieu. C'était le premier aveu de défaite.

— J'ai mes habits, insista-t-elle, sortant de sa rêverie.

— Je sais, mais qui va les laver ? C'est pour ça qu'il y a les vêtements de l'hôpital, comme ça, tu as des habits propres chaque semaine.

Elle refusa néanmoins de toucher au tas qui attendait sur le lit.

— Antoinette, dit l'infirmière avec patience, les personnes du service d'où tu viens ont des visiteurs, mais pas ici. Alors quelle importance ce que tu portes ? Et ici il y a quelqu'un qui prend tes vêtements et te les ramène tout propres et bien pliés, alors je ne vois pas pourquoi tu te plaindrais.

— Je les laverai moi-même.

Sur ces mots, elle se détourna. Elle savait qu'elle ne tiendrait pas longtemps mais elle n'était pas prête à devenir l'une de ces âmes perdues qui vivaient dans cet étrange autre pays, séparé de l'extérieur par les murs des préjugés et de l'indifférence.

32

La sœur s'arrangea pour qu'elle ait des livres à sa disposition. Antoinette trouva que sa concentration commençait à revenir et elle fut heureuse de pouvoir à nouveau lire.

Elle retourna aux histoires qu'elle préférait, enfant, en commençant pas les mystères d'Agatha Christie. Elle n'en avait lu aucun depuis ses treize ans et, à présent, leur familiarité lui apportait du réconfort.

Pendant les longues journées dans la salle commune, elle s'installait aussi confortablement que possible sur l'une des dures chaises en bois et s'oubliait dans son livre.

Deux femmes, une d'environ vingt ans et l'autre de cinq ou six années de plus, étaient toujours ensemble et elle savait qu'elles avaient été condamnées pour meurtre. Elle remarqua que, à la différence des autres patientes, elles pouvaient avoir une conversation et, quand elle n'arrivait plus à lire, Antoinette désirait plus que tout de la compagnie. Hormis les infirmières et la séance hebdomadaire avec son psychiatre, elle était assoiffée de contact humain. Mais jusqu'à présent, aucune des deux femmes ne l'avait approchée ; elles étaient blotties l'une contre l'autre, ignorant les autres patientes. Antoinette se demanda ce qu'elle pourrait faire pour attirer leur attention et leur donner envie de venir à elle.

Il n'y avait aucun moyen de se divertir dans la salle, à l'exception d'une vieille télévision que les infirmières accaparaient. Antoinette avait amené deux jeux de cartes avec elle et elle décida de les utiliser pour amener les femmes à jouer avec elle.

Elle mit son plan à exécution en tirant une chaise non loin d'elles et en battant les cartes pour une patience.

Il ne fallut pas longtemps pour que la plus âgée des deux s'approche.

— Que fais-tu ?

— Une patience. Tu joues aux cartes ? demanda-t-elle prudemment.

— Non, je ne sais pas comment, fut la réponse réticente.

— Je pourrais t'apprendre, et à ton amie aussi, si vous en avez envie, proposa-t-elle négligemment, espérant que l'autre femme mordrait à l'hameçon.

La femme réfléchit un instant, puis dit :

— D'accord. On joue.

À compter de ce jour, chaque soir, les deux femmes et Antoinette formèrent un trio. Après le dîner, les cartes apparaissaient et Antoinette apprenaient aux deux femmes des jeux que sa grand-mère anglaise lui avait appris. Elle se demanda où sa grand-mère la croyait à l'heure actuelle. Quelles explications Ruth lui avait-elle donné sur ce que sa fille faisait de sa vie ? Nul doute qu'elle disait qu'Antoinette lui causait des problèmes mais qu'elle y faisait courageusement face, se dit-elle, désabusée. Mais penser à sa famille était douloureux et elle repoussa fermement ces pensées de son esprit.

La routine était importante pour Antoinette et, progressivement, sa vie dans le bâtiment principal s'installa dans un rythme confortable. Elle n'était pas heureuse, mais les nuages de sa profonde dépression s'étaient dissipés, pour faire place à une placidité qui l'amenait à se contenter de peu.

Elle s'aperçut que les infirmières étaient presque maternelles avec elle, prenant plaisir à son retour progressif à la normalité. Il semblait qu'elle était une rareté. Dans ces services, on ne s'attendait pas à ce que les patients aillent mieux, ce qui était d'ailleurs rarement le cas. Les infirmières faisaient plus office de gardes que de soignantes, et voir un patient guérir leur donnait un sentiment de réussite. Antoinette en était consciente et cherchait encore plus à leur plaire, parce qu'elle restait une adolescente avide d'approbation. Elle ne pouvait s'empêcher de penser que toutes les infirmières étaient sûres qu'elle ne devrait pas être là et que l'aider sur la voie de la guérison était devenu un enjeu. Elle était consciente d'être traitée différemment.

Même si elles étaient gentilles avec elle, Antoinette pensait parfois que l'équipe d'infirmières tentait de l'amener à lui faire dire qu'elle voulait partir en lui posant des questions comme : « Aimerais-tu aller en

Angleterre ? » ou « Verras-tu ta grand-mère quand tu seras là-bas ? » Elle savait qu'elles essayaient de lui faire admettre qu'il y avait un avenir pour elle au-delà de ce lieu, mais elle n'était pas encore prête à l'envisager.

L'avenir n'était pas à l'ordre du jour dans son esprit ; elle était encore trop occupée à gérer son passé et à affronter le présent. Elle ne répondait jamais à leurs questions et se contentait de sourire.

Elle lavait ses vêtements elle-même et, deux fois par semaine, elle était accompagnée à la laverie de l'hôpital où elle était autorisée à les repasser. Elle avait craint que porter ses propres vêtements la fasse apparaître différente aux yeux des autres, comme si elle essayait de se mettre au-dessus d'elles, mais personne ne sembla y prêter attention. Même ses amies joueuses de cartes dont elle pensait qu'elles pourraient protester contre un privilège dont elles ne jouissaient pas, ne paraissaient pas s'en soucier. Elles avaient perdu le désir de se vêtir de leurs propres habits. Pourquoi passer tout ce temps à les laver et à les repasser, disaient-elles, alors qu'on le fait pour nous ? La plus âgée fit remarquer qu'il n'y avait aucun homme à qui plaire, donc qui les verrait de toute façon ?

Antoinette ne leur dit pas qu'elle le faisait pour se rappeler qui elle était.

Même si elle était toujours sous observation et s'il y avait des rapports quotidiens sur elle, les infirmières n'accordaient pas de crédit à ce qu'avait écrit la sœur précédente indiquant qu'elle était une menace pour les autres patients. Dans ce type de service, cependant, la prudence était toujours de mise et elle n'était pas autorisée à quitter la pièce sans être accompagnée.

Les deux amies d'Antoinette ne ressemblaient pas à des meurtrières, mais on lui avait dit de rester vigilante. C'était l'aînée, Elaine, qui était réellement dangereuse, disaient les infirmières, ce qu'admit Antoinette après avoir regardé dans les profondeurs glacées de ses yeux.

Elaine, avait-on dit à Antoinette, était coupable de double assassinat. Elle avait tué de sang-froid deux membres de sa famille.

Non seulement elle n'avait jamais donné d'explication quant à la raison de son acte – sauf qu'ils l'avaient contrariée – mais elle n'avait jamais non plus montré de remords. Avant qu'Antoinette arrive dans le service F3A, Elaine était montée sur une chaise, avait passé un poing à travers les barreaux et cassé une vitre. Se saisissant d'un éclat de verre, elle avait sauté de la chaise et l'avait mis à la gorge d'une infirmière, tout en riant. Les alarmes avaient hurlé, des aides-infirmiers étaient apparus et avaient fini par lui faire lâcher son arme et à libérer l'infirmière. On lui administra des tranquillisants suivis d'un traitement par électrochocs, mais son attitude laissait encore craindre une agression imminente.

La plus jeune, Jenny, avec sa tignasse de boucles auburn foncé et ses yeux bleus, paraissait plus triste que violente, se disait Antoinette. Jenny semblait intimidée par Elaine, qui observait chacun de ses mouvements, mais jusqu'à ce qu'Antoinette arrive, elles étaient les seules femmes du service à pouvoir communiquer entre elles et cela les avait fait se cramponner l'une à l'autre.

Antoinette savait que ce n'était pas l'envie d'être avec elle, mais leur plaisir à jouer aux cartes, qui les poussaient à la fréquenter, et elle reconnaissait également que c'était uniquement l'ennui qui l'amenait à chercher leur compagnie. Une semaine après avoir commencé à jouer, toutes trois reçurent un bonus inattendu.

Les infirmières de garde de nuit s'ennuyaient aussi et, à présent, les cinq femmes passaient les soirées à jouer aux jeux qu'Antoinette leur apprenait et, en échange, elle obtint du thé et la permission de veiller plus tard. Les femmes jouaient pour des fiches en papier et Antoinette, qui était la meilleure, avait le bon sens de laisser gagner Elaine au moins une fois chaque soir.

En entrant un jour dans le salon du service, après sa séance avec son psychiatre, Antoinette trouva Jenny assise seule, l'air abattu. Au cours des soirées qu'elles avaient passées ensemble, la benjamine avait éveillé sa curiosité. À la différence d'Elaine, rien chez elle ne laissait transparaître une violence réprimée. Elle avait vu Elaine trembler de rage et même piquer une crise une fois, et il avait fallu les efforts conjugués de deux infirmières pour la maîtriser. Mais Jenny semblait inoffensive.

Antoinette traversa la pièce et s'assit près d'elle.

— Où est Elaine? demanda-t-elle.

Il était rare que Jenny soit seule.

— Elle a de vilaines crampes d'estomac et ils l'ont mise dans une chambre pour se reposer. Le docteur viendra la voir plus tard.

— J'en suis navrée. J'espère qu'elle ira bien.

Jenny haussa les épaules avec indifférence et continua à fixer l'espace d'un regard triste. Antoinette attendait en silence qu'elle parle, ce qu'elle fit après quelques minutes :

— Tu sais, je ne partirai jamais d'ici.

Antoinette ne savait quoi répondre. Elle-même ne pensait jamais au moment où elle pourrait sortir. Son unique ambition pour l'avenir était l'espoir de retourner dans le pavillon psychiatrique.

Et puis, si elle entendait l'acceptation morne dans la voix de Jenny, elle savait aussi par les infirmières qu'elle ne partirait très certainement jamais. Antoinette finit par trouver le courage de demander timidement :

— Mais qu'as-tu fait ?

— J'ai tué un bébé, fut la réponse brutale.

Antoinette tressaillit et, la voyant reculer, Jenny prit sa tête entre ses mains.

— Je voulais pas. C'était un accident. Mais personne m'a crue. J'avais que quinze ans. Ma mère travaillait pour ces gens, et mon papa aussi. Il était jardinier, ma maman gouvernante et on leur avait donné une petite maison. Ça faisait partie du salaire. C'était humide et les propriétaires l'ont jamais refaite, alors qu'ils avaient plein d'argent. Deux snobs, ce couple-là – toujours à sortir et à me demander de garder leur bébé. Un soir, il pleurait tout le temps. Il voulait pas se taire. Tu sais comment sont les bébés une fois qu'ils ont commencé – ils braillent pendant des heures. À la fin, j'étais tellement énervée que je l'ai attrapé et secoué si fort que son cou s'est cassé. C'était affreux et même si j'ai dit que c'était un accident et que je l'avais pas fait exprès, ça a été une vraie panique et ils ont appelé la police. Ma mère, elle pleurait et hurlait, mon père, il m'a frappée. De toute manière, ils ont foutu ma mère et mon père et mes frères et sœurs à la porte de la petite maison. J'en ai revu aucun depuis. Je sais même pas où ils sont maintenant.

— Ça fait combien de temps que tu es ici ?

— Quatre ans, et ma famille me manque tous les jours. Tu sais, je suis pas comme Elaine.

Antoinette savait qu'elle disait vrai. Elle comprenait cette double tragédie : une vie avait été ôtée et une autre gâchée. De la pitié monta en elle.

Puis elle s'imagina ce petit bébé secoué si fort que son cou fragile s'était brisé et elle se trouva dans l'impossibilité de réconforter Jenny. Elle finit par dire :

— Jouons aux cartes, ça te dit ?

Antoinette battit les cartes et les distribua, mais son cœur n'y était pas. Jenny avait le même âge qu'elle et elle avait droit à une seconde chance. Mais ses possibilités de quitter ce lieu un jour étaient minces. Le mieux qu'elle pouvait espérer était d'être transférée dans l'un des services non sécurisés, et cela n'arrivait que quand les autorités étaient certaines qu'elle était trop marquée par sa vie en institution pour tenter une évasion.

Antoinette commençait à saisir que ne pas guérir signifiait devenir une résidente permanente du monde étrange qui existait dans l'hôpital.

Même dans le pavillon psychiatrique, elle avait vu des gens en quête de remède à leurs problèmes, pour finalement découvrir que le « remède » les condamnait à une vie en ce lieu.

Elle pensa à deux personnes en particulier, une jolie fille mince proche de la vingtaine et un jeune homme guère plus âgé, admis à l'hôpital pour le même problème – une addiction à l'alcool. Ils ne se connaissaient pas mais tous deux venaient de familles de méthodistes stricts qui considéraient leur maladie comme un péché. Ils s'étaient rencontrés dans le service et s'étaient sentis attirés l'un par l'autre par leur lien commun – leur désir de vaincre leur alcoolisme.

Antoinette les avait vus assis ensemble dans le salon, leurs têtes toutes proches pendant qu'ils discutaient à voix basse, n'ayant besoin de nulle autre compagnie.

À d'autres moments, ils se promenaient dans les jardins, leurs mains se touchant presque. Les patients du pavillon psychiatrique étaient autorisés à se fréquenter, et il était évident aux yeux de tous que ces deux-là étaient tombés amoureux.

Enflammés par la conviction que la profondeur du sentiment qu'ils éprouvaient l'un pour l'autre les avait guéris, ils décidèrent de signer leur autorisation de sortie contre l'avis de leurs médecins. Ils allaient débuter une nouvelle vie ensemble, disaient-ils à tous, et ils partirent, accompagnés des vœux de bonheur de chacun.

Deux mois plus tard, ils étaient de retour, la peau jaunie, le regard usé, et leurs espoirs en lambeaux. Leur nouvelle vie les avait menés tout droit dans un pub. Juste un verre pour fêter notre sortie… Juste un autre parce que nous sommes guéris, puis un autre et encore un autre jusqu'à ce qu'ils oublient leur guérison et ce qu'ils fêtaient.

Cette fois-ci, ils reçurent un traitement destiné à les sauver. Au vingt et unième siècle, il aurait été considéré comme de la torture. Ils furent enfermés pendant trois jours et trois nuits dans des ailes séparées. Ils ne reçurent aucun aliment nourrissant. Au contraire, on leur donna du whisky. Quand, épuisés, ils finissaient par le repousser, on le leur faisait ingurgiter de force. Quand ils étaient réveillés par une violente soif, au lieu de l'eau froide et rafraîchissante tant désirée, on leur donnait toujours plus de whisky. Des pilules étaient absorbées avec ce liquide qui était devenu leur pire ennemi, des pilules qui les obligeaient à se plier en deux pour régurgiter l'alcool absorbé de force. Leurs corps étaient secoués de spasmes, encore et encore, alors que le whisky mêlé de bile corrosive montait dans leur gorge et sortait de leur bouche en jets brûlants et éclaboussait le sol qui ne fut pas nettoyé pendant les trois jours de leur « traitement ».

L'infirmière qui avait raconté à Antoinette ce qu'elle avait vu, décrivait la puanteur qui régnait dans ces pièces. Lorsque les patients étaient trop faibles pour se pencher de leur lit, le liquide expulsé formait des mares sur leurs draps, s'agglutinait sur leurs cheveux et envahissait l'espace de sa pestilence.

Au bout de trois jours, ils n'aimaient plus le whisky, mais leur dignité et leur respect de soi avaient été détruits. Le couple put à nouveau quitter l'établissement, mais cette fois-ci, il se tourna vers la vodka. S'ils pouvaient remplacer le whisky, rien ne pourrait jamais remplacer leur confiance en eux. L'alcool endormit la douleur face à cette perte jusqu'à ce qu'une fois encore, ils reviennent et reçoivent à nouveau ce « traitement ».

Ils finirent par abandonner toute volonté de vivre dans le monde extérieur. Ils étaient à présent dans des services séparés réservés aux patients de longue durée. Il n'avait pas été jugé nécessaire de les enfermer.

Ils n'avaient nulle part où aller. Antoinette les avait vus errer dans les jardins, mais jamais ensemble. Ils étaient deux êtres perdus et solitaires que la maladie avait réunis mais que le traitement avait séparés.

Elle s'était un jour demandé ce qui leur arriverait et, maintenant, elle comprenait qu'il ne leur arriverait rien. Leur vie s'était achevée ici.

Et puis il y avait cette jolie rousse qu'elle avait rencontrée lors de son premier séjour. Elle était assise sur une chaise dehors, se chauffant au soleil. Antoinette se rappelait de son mari et de ses deux enfants.

Elle avait vu sa famille lui rendre visite et lu la confusion sur le visage des deux petits, trop jeunes pour comprendre que leur mère était malade, qui voulaient juste qu'elle rentre à la maison avec eux.

Mais ils désiraient la mère qu'ils avaient connue, pas celle dont la dépression post-partum était si sévère qu'elle ne leur était plus accessible.

Antoinette avait appris que le mari s'était remarié et que les deux enfants ne venaient plus la voir.

Maintenant, cette femme était assise sur une chaise en bois, presque pliée en deux, toute beauté disparue depuis longtemps sous l'effet des tranquillisants qui provoquaient un recul des gencives et ternissaient et éclaircissaient sa chevelure autrefois éclatante.

Dans le monde crépusculaire qu'elle avait pénétré depuis longtemps, se souvenait-elle de qui elle avait été ? se demanda Antoinette. Elle espérait que non.

Non, se dit-elle. Une fois dans ce lieu, nous ne croyons plus pouvoir retourner un jour dans le monde extérieur. Puis, les mots de la sœur lui vinrent à l'esprit. « Nous entendons tellement d'histoires tristes dans ce lieu... mais j'espère te compter au nombre de mes réussites. »

Elle leva les yeux vers la fenêtre où n'apparaissait qu'un morceau de ciel. L'extérieur s'était réduit et était devenu irréel.

Après tout, les histoires tristes avaient toutes débuté là-dehors.

33

Le petit déjeuner était pris dans le service ; le déjeuner et le dîner, dans l'immense cantine où des assiettes de nourriture indigeste et peu appétissante étaient servies. Antoinette détestait ces marches sous escorte jusqu'à la salle à manger.

Une fois arrivés, elle et les résidents des services de longs séjours étaient séparés des autres patients. Faire partie du groupe qui mangeait dans un coin à part la marquait comme appartenant aux cas les plus graves de l'hôpital, et elle était obligée, deux fois par jour, de subir les réactions des autres face à ceux de son service.

Elle savait qu'elle attirait les regards quand elle suivait les couloirs, la seule à ne pas porter l'uniforme, mais, tête dressée, elle les ignorait.

Ses pas se détachaient sur le bruit des autres chaussons qui traînaient tandis qu'elle marchait devant, à côté de l'une des infirmières.

Les patients des autres services me croient sûrement très dangereuse, pensa-t-elle avec amusement.

Quand la sœur en chef l'envoya quérir, elle se demanda si elle allait lui dire de porter un uniforme comme toutes les autres, mais il lui sembla que la sœur avait compris les raisons de son geste de défi : une aversion pour la catégorie dans laquelle on l'avait mise.

— Écoute, Antoinette, je pense que ce serait bien pour toi de travailler pendant que tu es là, lui dit-elle sans préambule quand elle entra dans le bureau. Vu que tu es dans un service sécurisé, les endroits où te mettre sont rares. Mais l'un des services manque de personnel. Leur aide-soignante est partie. Aimerais-tu que je t'y envoie la journée ?

Avant qu'Antoinette ait le temps de poser la moindre question, elle lui tendit la carotte qu'elle savait irrésistible.

— Quand tu seras là-bas, tu pourras t'asseoir avec les infirmières dans la salle à manger. Qu'en penses-tu ?

Trop heureuse à la pensée d'être occupée et d'échapper à la ségrégation dans la cantine, elle ne demanda pas dans quel service elle serait envoyée, et la sœur avait intelligemment gardé pour elle cette information. Antoinette ne pensait qu'à la fin de ces marches haïes jusqu'à la salle à manger et au privilège de partager les pauses avec le personnel. Cela signifiait du thé buvable qui n'était pas tenu au chaud pendant des heures dans une fontaine, des biscuits et de nouvelles compagnes.

— Oui ! se hâta-t-elle de répondre. Je veux bien.

— Parfait, dit la sœur avec un sourire. Tu commences demain.

Antoinette alla se coucher ce soir-là en se demandant quelles tâches l'attendaient. On lui avait juste dit
qu'elle aiderait les infirmières à faire les lits et à nettoyer.

Ça ne peut pas être trop dur, se dit-elle. C'est bien
ici le service le plus difficile de tous, non ? Donc cela
ne peut être plus terrible que ça.

* * *

Le lendemain, elle découvrit ce à quoi elle avait
consenti.

Elle avait à peine fini son petit déjeuner qu'une
infirmière vint la chercher avec un brusque « Suis-
moi, s'il te plaît ».

Elle marcha sagement derrière l'infirmière, qui
tourna bientôt dans une partie de l'hôpital où
Antoinette n'était encore jamais allée.

Elles s'arrêtèrent devant une porte fermée. Quand
l'infirmière mit sa clé dans la serrure et l'ouvrit, un
bruit assourdissant s'échappa de l'intérieur. Une caco-
phonie géante de sons l'agressa. C'était un mélange
de grommellements répétitifs, de cris stridents qui
allaient crescendo jusqu'aux aigus et de mots sans
queue ni tête. Antoinette chancela sous le volume
sonore et l'infirmière lui saisit fermement le bras, plus
pour la rassurer que pour la retenir.

À peine ses oreilles se furent-elles habituées à la cla-
meur du service qu'une intense odeur âcre lui picota
les yeux. Elle s'obligea à maîtriser ses haut-le-cœur
tandis que ses narines s'emplissaient des effluves puissants de sueur, d'excréments et d'urine.

L'agression conjointe de ses sens manqua de lui couper les jambes pendant qu'elle observait ce qui l'entourait.

Elles étaient entrées dans une parodie de nurserie. Ici, au lieu de patientes très jeunes, c'étaient des personnes très âgées, qui au terme de leur vie retournaient à l'état infantile. Le service était empli de lits d'enfants métalliques bien alignés, leurs côtés relevés pour empêcher leurs occupantes de tomber. Antoinette se rendit compte qu'une partie du raffut n'était pas humain mais provenait des barreaux de métal des lits secoués par les bras desséchés de leurs occupantes. Le visage des femmes aux gencives nues grimaçait tandis qu'elles hurlaient et criaient des mots incompréhensibles aux nouvelles venues.

Des femmes à des stades de décrépitude divers étaient assises ou allongées dans leur lit. La faible lumière du soleil qui filtrait par les fenêtres brillait sur des crânes roses à travers les rares cheveux blancs ; les chemises de nuit étaient relevées et montraient des jambes ridées, des couches accrochées autour de fesses flétries.

Certaines de ces femmes avaient totalement régressé et étaient redevenues les bébés qu'elles avaient été. Antoinette vit, horrifiée, l'une d'elle explorer le contenu de sa couche de ses doigts osseux avant de tacher le lit de son trésor. D'autres, la plupart émaciées et fripées, étaient accroupies dans leur lit et criaient des obscénités en jetant des regards sauvages aux arrivantes.

C'était là qu'échouaient les patientes de longue durée quand elles vieillissaient. L'esprit de la plupart n'avait jamais été guéri. Elles avaient vécu dans l'hôpital la majorité de leur vie adulte, nourries pendant des années de sédatifs pendant que leur cerveau se soumettait aux impulsions électriques excessives.

Elles achevaient à présent leur triste vie ici.

Pour la première fois, Antoinette fut confrontée à ce qui arrivait aux patients qui ne partaient jamais. Elle ne s'était jamais demandé pourquoi elle n'avait jamais vu de personnes vraiment âgées pendant son séjour à l'hôpital, soit dans les services dans lesquels elle était, soit quand elle avait entraperçu d'autres résidents. Mais elle avait là la réponse à cette question.

C'était ici que les patients étaient envoyés quand leur folie devenait trop gênante. Elle frissonna, en partie de répulsion et en partie parce qu'elle prenait conscience que c'était peut-être son propre avenir qu'elle contemplait.

Ici, il n'y avait plus aucune trace de dignité humaine.

Y avait-il parmi elles des mères ou des grands-mères ? Elle se sentit honteuse du dégoût qu'elle avait ressenti à leur vue. Elle se rappela ce que la sœur lui avait dit sur certains patients qui ne dépassent jamais l'âge mental d'un petit enfant, que certains avaient tellement souffert que leur esprit s'était brisé net et ne pourrait jamais être réparé. Antoinette comprit comment la peur et la frustration pouvaient endommager l'esprit – des années de ce régime ainsi que la dégradation naturelle liée à l'âge amenaient la plupart des gens à cet état.

Elle se sentit soudain investie d'une mission. Quelles que soient les raisons qui avaient amené ces vieilles femmes ici, elles méritaient que leurs derniers moments soient rendus les plus agréables possibles.

Elle regarda les infirmières. Certains membres du personnel n'étaient guère plus âgés qu'elle. Si elles arrivent à travailler ici, moi aussi, décida Antoinette. Sa première réaction face à ce lieu avait été de fuir retrouver la sécurité de son service, qui lui semblait à présent un havre de paix et de tranquillité. Elle n'y céderait pas.

Imagine, se dit-elle d'un ton sévère, que ces vieilles dames ont deux ans et sont à un stade où elles piquent des colères. Tu as déjà nettoyé les fesses de bébés avant – dis-toi que ce n'est pas différent.

Elle était consciente que l'infirmière la regardait, attendant un commentaire horrifié ou une exclamation de répugnance et elle décida de ne rien montrer.

— Par où voulez-vous que je commence ?

L'infirmière la regarda avec une expression quasi respectueuse.

— Tu peux travailler avec l'autre aide-soignante, lui dit-elle en lui montrant l'endroit du service où Antoinette devait se rendre.

Retroussant ses manches, Antoinette se présenta et commença à travailler.

Il y avait plus de vingt lits à faire. Des draps couverts d'excréments devaient être retirés, les alaises essuyées et de nouveaux draps soigneusement mis. Tout le temps que dura leur labeur, Antoinette était consciente de la présence des femmes âgées, furieuses d'être tirées de leur lit, qui les regardaient d'un air méchant. Une fois le dernier lit fait, Antoinette se redressa avec un grognement de satisfaction.

Ici, son travail chez Butlins lui serait très utile. Serveuse, elle avait dû nettoyer les chalets quand de rustres buveurs de bière avaient raté les toilettes et vomi sur le sol. Femme de chambre, elle avait vidé des vases de nuit remplis par des hommes trop fainéants pour quitter leur chambre et aller jusqu'aux toilettes communes à deux pas de là. Et quand elle était jeune fille au pair, elle avait changé des couches, essuyé des nez, habillé des corps gigotant et affronté des crises de colère.

Mais rien n'aurait pu préparer Antoinette à ce service.

L'aide-soignante la regarda avec un sourire.

— Je pense que tu as mérité une tasse de thé, Antoinette. On va faire une pause.

Reconnaissante, elle rejoignit le petit cercle formé de l'équipe qui travaillait dans l'Unité de démence sénile. On versa du thé tout juste préparé et on fit passer des biscuits, et elle resta assise à mâcher avec plaisir, se sentant aisément acceptée par les autres, le premier sentiment de ce type en plusieurs mois.

Les infirmières entreprirent de donner plus d'explications sur les patientes. La plupart d'entre elles étaient incontinentes, lui dirent-elles, et d'autres grossières, à la fois oralement et physiquement.

Si elles essaient de me faire peur, elles n'y arriveront pas, pensa Antoinette.

— Que voulez-vous que je fasse à présent ?

— Aide-nous et rends-toi globalement utile. Nous te dirons de quoi nous avons besoin au fur et à mesure, répondit l'infirmière responsable du groupe, avant d'ajouter avec un sourire encourageant : Tu t'en sors très bien jusque-là.

Antoinette aida à nettoyer les sols, faire les lits et changer les vêtements des occupantes. Entre ses heures de travail harassant, elle essayait de parler à certaines des patientes. Elle s'asseyait avec les plus calmes et leur peignait les cheveux, de ce geste délicat de la brosse associé au son de sa voix qui, souvent, les apaisaient. Elle recevait tantôt un sourire, tantôt un flot d'obscénités.

Elle redoutait cependant les habitudes que tant d'elles avaient prises. Elle avait vu des bébés jouer avec le contenu de leur couche, l'utilisant comme de la pâte à modeler. Ici, c'était l'équivalent gériatrique et ce n'était ni mignon ni engageant, notamment quand elles étaient capables de cracher et de jurer, mais aussi de jeter la matière immonde avec une précision surprenante.

— J'aimerais bien savoir, dit Antoinette avec désespoir à sa compagne aide-soignante, pourquoi elles sont si douées pour viser quand il s'agit de nous jeter des trucs à la figure et si maladroites quand leurs mêmes mains tiennent de la nourriture ?

Sa compagne se contenta de lui sourire et essuya un autre visage ridé couvert des restes du dîner.

La journée passa très vite et s'accompagna d'un sentiment croissant d'avoir accompli quelque chose. Cela faisait si longtemps qu'elle ne s'était pas sentie utile. À la fin de la journée, elle surprit l'infirmière en chef en lui disant qu'elle voulait revenir.

Au cours des semaines où elle travailla là, elle gagna en confiance et se sentait envahie de reconnaissance à chaque fois qu'un visage s'illuminait d'un sourire en la voyant. Elle oublia bien vite l'odeur persistante et apprit à respecter les infirmières qui travaillaient dans ce service. Non seulement ces tâches vous brisaient le dos, mais en plus elles présentaient des risques.

Il était facile de sous-estimer l'agilité des vieilles dames édentées, et des gencives durcies par l'âge pouvaient provoquer de méchantes ecchymoses sur un poignet nu qui s'aventurait trop près.

Elle connut vite le nom de toutes les occupantes, même si celles-ci ne se rappelaient jamais du sien. Elle aidait à leur donner à manger, à leur nettoyer le visage et à changer leurs draps. En travaillant, elle souriait à presque toutes les résidentes et en menaçait d'autres du doigt quand la literie était tachée.

Oh, oh, tu as encore été vilaine, leur disait-elle alors. Elle devint experte pour se baisser à temps quand une octogénaire piquait une colère et projetait le missile le plus proche ou un gros crachat bien baveux.

Mais surtout, elle se sentait acceptée comme membre de l'équipe.

Le soir quand, fatiguée, elle retrouvait son service, les jeux de cartes reprenaient. Ses compagnes croyaient qu'on la punissait en l'envoyant travailler. Antoinette ne le démentait pas et se nourrissait de leur compassion.

La dernière boisson chaude avalée, elle tombait sur son lit, épuisée. Même les grincements de dents, les ronflements ou les cris ne parvenaient pas à la maintenir éveillée.

34

À moitié endormie, Antoinette explora d'une langue timide l'intérieur de sa bouche. Elle semblait différente, il y manquait quelque chose. Quand sa langue toucha les deux dents de devant, elle comprit. Une des couronnes qu'on lui avait posées un an plus tôt était tombée.

Elle prit dans son casier un petit miroir et examina anxieusement son visage. Son reflet confirma ses craintes ; au lieu du sourire blanc dont elle était fière, il ne restait qu'un moignon limé.

Elle fouilla son lit, en vain, elle pensa alors avec angoisse qu'elle avait dû l'avaler pendant son sommeil.

Antoinette avait vu ce qui arrivait dans ces services quand une patiente avait mal aux dents. L'hôpital faisait simplement venir un dentiste interne qui arrachait vite la dent incriminée.

Ils avaient compris depuis longtemps qu'il était bien plus facile et bien moins cher de procéder à des extractions rapides que de combler les nombreuses caries dentaires de résidents mal nourris. S'évertuer à maintenir tranquille un patient perturbé plus de quelques instants d'affilée pour permettre au dentiste d'explorer la carie était une tâche dont aucun membre du personnel ne voulait.

Les mots « ouvrez grand » et « ça ne fera pas mal » ne signifiaient rien pour la plupart des patients.

Chaque matin, le chariot de dentiers flottant dans des verres arrivait, chacun marqué du nom de sa propriétaire. Avant d'emmener les femmes à la salle de bains, le personnel de jour fourrait les fausses dents mal ajustées dans des bouches ouvertes. Devant ce rituel matinal, Antoinette avait demandé à une infirmière pourquoi tant de femmes de la trentaine, voire moins, avaient des dentiers. L'infirmière lui avait répondu de manière pragmatique que les sédatifs liquides faisaient se rétracter les gencives, ce qui affaiblissait les dents.

Et puis les fausses dents étaient plus faciles à entretenir, puisqu'elles évitent aux patientes d'avoir mal aux dents, conclut-elle, sans ce soucier le moins du monde de cette indignité supplémentaire.

Antoinette était bien décidée à ne pas finir avec une bouche remplie de dents mortes dans le style de la maison et se résolut à ne pas se laisser approcher par le dentiste de l'hôpital à la devise « on extrait, on ne répare pas ». Il lui restait encore de l'argent de côté et elle voulait aller voir le dentiste privé qui lui avait posé la couronne. Elle sollicita donc la sœur en chef et lui présenta sa requête.

Elle s'était attendue à ce qu'on lui mette de nombreux bâtons dans les roues et fut ébahie par la réponse.

— Oui, il faut la remplacer, convint la sœur, observant le moignon en cause. Combien cela a-t-il coûté la première fois ? Si tu as de quoi payer, je ne vois pas pourquoi il y aurait un problème. La principale difficulté sera que tu devras être accompagnée pour y aller et en revenir. Je m'en occupe, Antoinette.

Quelques heures plus tard, elle informa Antoinette de la bonne nouvelle. Une des infirmières du service de démence sénile avait accepté de l'accompagner au cabinet pendant son temps libre.

— J'appellerai moi-même le dentiste, proposa la sœur, et m'arrangerai pour qu'une ambulance te prenne.

Elle ne pouvait imaginer ce que son geste de gentillesse coûterait à sa patiente préférée.

L'ambulance se gara dans la rue devant le cabinet, indiquant clairement la provenance du patient. Même si l'infirmière s'était habillée en « civil » pour l'accompagner et si Antoinette ne portait pas l'uniforme de l'hôpital, le dentiste savait parfaitement qui avait pris le rendez-vous et qu'il s'agissait là d'une résidente de l'hôpital psychiatrique.

— J'amène Antoinette pour son rendez-vous, annonça l'infirmière à la réceptionniste d'un ton désinvolte.

— Si vous voulez bien vous asseoir, je vais le prévenir que vous êtes là.

La réceptionniste était parfaitement polie, mais Antoinette la vit blanchir quand elle se dépêcha d'aller informer son patron que son rendez-vous suivant était arrivé.

Même si elle était vêtue de sa plus belle tenue, Antoinette sut soudain que le fait d'être patiente d'un hôpital psychiatrique l'avait fait passer de client payant, méritant le respect, à un être presque effrayant.

Il était évident que l'hôpital n'avait pas jugé qu'elle allait assez bien pour pouvoir y aller seule et que le dentiste en tirerait ses propres conclusions. Ni elle ni la sœur en chef n'y avaient pensé en prenant le rendez-vous.

Quelques minutes plus tard, on la fit entrer dans le cabinet. Quand elle était venue auparavant, les bavardages aimables allaient bon train, mais son statut nouvellement acquis remplaça cette cordialité par une attitude froide et professionnelle.

— Ouvrez la bouche, lui ordonna-t-il, et elle obéit.

Après avoir inspecté ses dents, il dit sans ménagement :

— Il va falloir fraiser cette dent. Il faut extraire la racine, puis on pourra poser une couronne.

Antoinette s'aperçut qu'il ne lui parlait pas, il adressait tous ses commentaires à l'infirmière. Même si c'était sa bouche à elle, elle ne semblait pas exister à ses yeux.

Pense-t-il que le fait d'être dans un hôpital psychiatrique me rend incapable d'entendre ou de comprendre ?

Les paroles suivantes l'alarmèrent.

— Veuillez lui tenir les mains, infirmière.

Alors même qu'elle se demandait pourquoi il fallait lui tenir les mains, elle sentit une forte poigne la serrer puis, au lieu de la piqûre d'une aiguille libérant un anesthésiant dans sa gencive, elle sentit la douleur envahir sa bouche. Elle s'agita dans la chaise pour montrer sa souffrance, parce qu'alors, il s'arrêterait.

Elle refusait de croire qu'il causerait à dessein une torture aussi grande. Ses ongles griffèrent par accident la main du dentiste.

— Tenez-la plus fort, cracha-t-il, et elle sentit sa colère et son impatience à devoir la traiter.

Quand l'infirmière la libéra enfin, elle tremblait encore de douleur. Elle ne pouvait pas croire qu'il lui avait fait une telle chose, ni qu'elle avait réussi à le supporter. Elle apprit plus tard qu'il avait retiré un nerf de sa dent et n'avait pas jugé nécessaire d'injecter un analgésique à une patiente atteint de troubles mentaux.

Tandis que la douleur s'amenuisait, une émotion bien pire l'envahit. L'humiliation totale à avoir été traitée comme une chose dépourvue de sentiments.

Elle enfonça ses doigts dans ses paumes pour se retenir de pleurer tandis qu'elle l'entendait parler à l'infirmière et prendre un autre rendez-vous pour la pose de la couronne.

Elle quitta le cabinet sur des jambes encore tremblantes et sauta avec soulagement dans l'ambulance. Elle ne désirait qu'une chose à présent, retrouver la sécurité de son service. Elle appuya la tête contre le dossier et ferma les yeux.

De retour dans son cadre familier, elle excusa son manque d'envie de parler par la douleur. Elle ne pouvait se résoudre à répéter en détail comment elle avait été traitée. Soudain, sa perception de l'hôpital se modifia.

C'était un lieu où on empêchait l'extérieur d'entrer et non un lieu où les patients étaient enfermés. Elle le voyait maintenant comme un endroit sûr où elle se sentait acceptée et où on s'occupait d'elle.

Pourquoi voudrait-elle partir quand le monde qui attendait dehors était si dur ?

35

La première fois qu'Antoinette rencontra le psy-chiatre pour ses séances hebdomadaires, elle l'avait considéré avec méfiance. Ses défenses étaient bien en place, car elle s'attendait à un homme autoritaire, qui chercherait à lui imposer l'interprétation qu'il se faisait de son enfance. Mais elle découvrit un homme proche de la quarantaine, vêtu de manière décontrac-tée, dont le sourire chaleureux apaisa immédiatement ses craintes.

Il lui posa des questions et, à la différence des méde-cins plus âgés du pavillon psychiatrique, il s'adossa dans son siège et attendit qu'elle réponde.

Il lui expliqua clairement qu'elle n'avait pas à lui donner les détails de son passé, il pouvait très bien se les imaginer seul. Ce qu'il voulait, c'était comprendre l'effet qu'ils avaient eu sur elle et ce qui l'avait rendu si malade. Il lui demanda de lui indiquer comment l'aider à se préparer pour l'avenir. Puis il la rassura en lui précisant que si, à un moment quelconque, elle se sentait gênée, elle ne devait pas hésiter à le lui dire.

C'était là la stratégie qu'il souhaitait appliquer avec elle. Et enfin, il finit de la détendre en lui demandant si elle s'estimait satisfaite de son programme d'aide psychologique.

En lui témoignant du respect pour sa personne et ses désirs, il gagna totalement Antoinette à sa cause.

Au cours de ses séances avec elle, fidèle à sa parole, il ne l'interrogea jamais sur la raison pour laquelle elle avait été transférée, et ne lui posa aucune question indiscrète sur les abus dont elle avait été victime. Il lui posa de nombreuses questions sur la période de sa scolarité et sembla plus intéressé par ses progrès à l'école que par ce qu'elle avait subi.

Il amena le sujet de son travail à l'hôpital et lui demanda si elle voulait travailler avec les personnes atteintes de troubles mentaux.

— La sœur m'a dit que tu es très gentille avec les personnes âgées du service de démence. Tu pourrais recevoir une formation dans ce domaine si cela t'intéresse.

— Je les aime bien, alors ce n'est pas vraiment difficile. Et puis, ça me permet de sortir du service et ça me donne de quoi m'occuper.

Elle réfléchit un instant.

— Non. Ce n'est pas vraiment ça que je veux. Enfin – elle fit un grand sourire –, je finirai par ne plus faire la différence entre ceux qui sont des patients et ceux qui n'en sont pas.

À l'instar des infirmières, il essayait de l'amener à une conversation dans laquelle elle pourrait lui dire ce qu'elle désirait réellement faire plus tard.

Mais la pensée de partir l'effrayait et elle ne se sentait pas prête à l'affronter.

Ce jour-là, il lui dit :

— Tu vas presque mieux, Antoinette, et nous voudrions trouver un moyen de t'aider à quitter ce lieu. Penses-y et nous en reparlerons dans quelques jours.

Mais, à l'insu du médecin comme du patient, le temps était compté. Des événements indépendants de leur contrôle se liguèrent pour obliger Antoinette à opter pour une vie derrière les hauts murs de brique de l'hôpital ou pour une nouvelle confrontation avec le monde extérieur.

Sa routine connut un premier signe de changement une semaine plus tard, quand la sœur en chef la fit quérir alors qu'elle partait travailler. Quand Antoinette entra dans le bureau, la sœur referma la porte derrière elle.

— Tu ne vas pas dans le service de démence aujourd'hui, commença-t-elle. Le médecin veut te voir. Il doit discuter de quelque chose d'important avec toi.

Elle s'interrompit, puis se pencha par-dessus le bureau pour souligner la portée des paroles à venir.

— Antoinette, te rappelles-tu ce que je t'ai dit quand tu es arrivée dans ce service ?

— Oui. Vous m'avez dit qu'il y avait beaucoup d'histoires tristes ici.

— Quoi d'autre ?

Puis, sans attendre, elle répondit à sa place.

— Que j'espérais te compter au nombre de mes réussites. Je veux que tu te souviennes de ça quand tu iras voir le docteur.

Quelques minutes plus tard, Antoinette était assise dans le cabinet du psychiatre, atterrée. La nouvelle lui avait fait l'effet d'une bombe.

— Tes parents te font interner mardi, lui dit-il calmement. Soit dans quatre jours.

Il lui expliqua qu'il avait discuté de la situation avec la sœur en chef avant de la prévenir. Sa carrière pourrait être en jeu s'il venait aux oreilles des autorités de l'hôpital qu'un patient avait été informé d'une décision prise par des administrateurs et les parents d'un mineur, mais il pensait qu'Antoinette en valait la peine.

— Tu dois comprendre ce que pourrait être ton avenir si tu autorisais une chose pareille. Pour le moment, tu as des gens de ton côté qui t'ont protégée, dans une certaine mesure, de la réalité d'une vie dans un service de longs séjours. La sœur a essayé de t'aider par tous les moyens. Mais si on t'envoyait dans un autre service ou si on te donnait un autre psychiatre, un de la vieille école, cette protection disparaîtrait. En tant que patiente internée, tu risquerais de subir des électrochocs et d'avoir des médicaments comme le paraldéhyde. C'est comme ça qu'on tient les patients ici. Il est toujours mentionné dans ton dossier que tu as attaqué un patient sans avoir été provoquée. Même si tu ne leur fournis jamais une excuse pour t'administrer des électrochocs ou te donner des sédatifs, si tu passes encore quelques mois ici, tu auras tellement pris l'habitude de vivre en institution que tu seras incapable de reprendre une vie normale.

Il lui sourit et lui dit ce que personne à l'hôpital n'avait jamais exprimé avant.

— Il n'y a rien de mal chez toi. Tu es juste une personne normale qui a réagi à une situation anormale. Tu as été mise deux fois à l'hôpital pour une dépression, mais tu étais simplement très malheureuse. Tu as été la victime d'événements sur lesquels tu n'avais aucune prise. Tu t'es sentie rejetée bien sûr. Tu *étais* rejetée, par ta famille, ton école, tes camarades d'école, même par les gens qui t'ont employée. Tes sentiments sont parfaitement naturels après ce que tu as traversé. La colère que tu as ressentie montrait que tu étais en voie de guérison. Tu peux être en colère contre les gens qui t'ont traitée ainsi. Ton manque de confiance en toi, causé par ton enfance, va s'améliorer. C'est déjà le cas. Tu te dois du respect pour les choses que tu as accomplies, pour être allée à l'école et avoir payé tes propres frais de scolarité pour tes cours de secrétariat.

« Quant à ta paranoïa, continua-t-il, ce n'est pas un terme que j'utiliserais sur ce qui n'allait pas chez toi. Tu m'as dit te méfier des gens ; je pense que c'est tout à fait compréhensible. Tu avais l'impression que les gens parlaient de toi, et si c'est un symptôme classique de paranoïa, dans ton cas, c'était vrai. Ils parlaient.

Il se pencha et ajouta gravement :

— Tu n'as pas encore dix-huit ans. Tu as toute ta vie devant toi. Ne la perd pas en restant ici, Antoinette. Une des raisons pour lesquelles tu es tombée malade est que tu pensais ne rien maîtriser de ta vie. Eh bien, tu peux le faire maintenant. Tu dois décider de prendre ton avenir en main et je sais que tu en es capable.

Puis il informa Antoinette de ses droits, que jusqu'à présent elle n'avait pas compris.

— Ne sais-tu pas que tu es toujours ici volontairement ? Cela signifie que tu as le droit de signer ta sortie. Tes parents ont été informés de ton transfert depuis le pavillon psychiatrique, mais ce n'est que maintenant qu'ils ont trouvé le temps d'accepter de venir à l'hôpital signer les formulaires de consentement. Tu es encore libre de t'en aller. Demain, je serai le médecin responsable de garde et cela signifie que si tu décides de signer ta sortie, c'est à moi que tu t'adresseras.

Antoinette passa par un déluge d'émotions différentes pendant qu'il parlait. Elle ressentit un choc en apprenant que ses parents étaient au courant de son transfert, de l'horreur à voir qu'ils étaient prêts à signer le formulaire pour la faire interner. Puis de la confusion et de la perplexité devant la décision qu'elle devait prendre.

— J'aurais aimé ne pas avoir à te bousculer ni à t'annoncer la nouvelle de cette manière. Mais le temps manque. Je veux te convaincre que ton avenir est hors des murs de cet hôpital. Je veux que tu te mettes dans un endroit tranquille et que tu réfléchisses à tout ce que je t'ai dit. Ton avenir est entre tes mains. La sœur va te préparer du thé et des sandwichs et t'installera dans le salon des visiteurs. Prends autant de temps que nécessaire et quand tu auras bien réfléchi, j'espère que tu lui diras que tu veux partir. Si tu le fais demain matin, elle te présentera à moi ainsi qu'au deuxième médecin qui doit être présent. Tu dois nous informer que tu exerces ton droit en tant que patient volontairement interné à signer ta sortie.

« Antoinette, je sais que tu prendras la bonne décision. Quand tu seras partie, ne te sous-estimes plus jamais. Tu as survécu à ton enfance, et tu as survécu à ta vie ici. Cela seul est une expérience que la plupart des gens n'auraient pas pu affronter.

Sur un autre sourire encourageant, il envoya chercher la sœur, qui accompagna Antoinette de son cabinet au salon des visiteurs, une pièce rarement utilisée, aux chaises confortables, où on ne la dérangerait pas.

La sœur lui apporta du thé et des biscuits, sourit puis serra légèrement l'épaule d'Antoinette en répétant les paroles du médecin.

— Je sais que tu prendras la bonne décision, ma chérie, celle que nous souhaitons tous pour toi.

Puis elle partit, laissant Antoinette seule pour avoir le temps de digérer tout ce que le psychiatre lui avait dit.

Elle comprenait très clairement que la décision qu'elle allait prendre dans les heures à venir, quelle qu'elle soit, déciderait du cours de sa vie.

36

Antoinette savait que solitude et désespoir l'avaient menée deux fois à l'hôpital. Au fil du temps passé dans ces services, elle s'était sentie à la fois protégée et en sécurité et, ce faisant, le sac de nœuds qui embrouillait son esprit avait peu à peu commencé à se démêler.

Elle ne s'était pas aventurée en dehors des enceintes de l'hôpital, sauf lors de cette visite désastreuse chez le dentiste. Elle n'avait reçu aucun visiteur depuis son transfert et avait perdu contact avec les rares personnes avec lesquelles elle avait noué de timides amitiés. Sa mère n'était pas venue la voir une seule fois.

Plus son monde se rétrécissait pour épouser les murs de l'hôpital, plus elle se sentait en sécurité. Ici, elle s'était créée un semblant de vie, où elle n'était jamais seule. Elle avait des habitudes, des amitiés avec les infirmières et une compagnie permanente. Pour la première fois depuis ses quatorze ans, elle se sentait acceptée par les gens informés de son passé, ce qu'elle ne croyait pas pouvoir trouver un jour dans le monde extérieur.

Elle pensa à la conversation qu'elle venait d'avoir avec le médecin. Un je-ne-sais-quoi la travaillait et elle voulait mettre le doigt dessus pour l'étudier.

Elle se repassa ses paroles et, quand elle en saisit la signification, elle fut comme frappée par la foudre par ce que le médecin avait essayé de lui dire.

Il avait dit qu'elle était là volontairement.

Un patient volontaire dans un pavillon psychiatrique n'aurait jamais été transféré dans l'établissement principal sans l'autorisation de son représentant légal. Le docteur avait clairement indiqué que ses parents avaient été informés de son transfert. Ils devaient avoir dit à l'hôpital qu'ils étaient prêts à l'interner alors.

À peine l'eut-elle compris que d'autres questions affluèrent, suivies de leurs réponses.

Qui ouvrait tout le courrier dans la maison de ses parents ? Pas son père, pratiquement analphabète. Non, c'était sa mère.

Et qui répondait au téléphone ? Sa mère. Son père avait horreur de cet appareil et en ignorait toujours la sonnerie importune.

Donc à qui l'hôpital aurait-il parlé le jour où le pavillon psychiatrique avait décidé qu'elle était trop malade pour y rester ? À sa mère.

Tu dois l'accepter, et maintenant ! se morigéna-t-elle. Ton père n'était pas seul à vouloir se débarrasser de toi.

Telle était la vérité, comprit Antoinette, qu'elle avait fuie toute sa vie : l'amour de sa mère pour elle ne valait rien. Cela faisait onze ans qu'elle n'avait pas reçu de témoignage d'affection de la part de son père, parce qu'elle avait depuis longtemps accepté que c'était un homme malhonnête et perverti. Ce faisant, elle avait cessé de questionner le pourquoi ou de lui trouver des excuses. Les mois passés à l'hôpital lui avaient montré qu'il existait des gens dont le comportement ne pouvait s'expliquer de manière rationnelle ; ils étaient ainsi faits.

Mais elle avait espéré contre toute attente que sa mère l'aimait en dépit de la façon qu'elle avait de la traiter, et elle avait volontairement fermé les yeux sur la vérité de la situation et la dure réalité du comportement de sa mère. Ce n'était plus possible à présent. Il était temps d'affronter la faiblesse et la vacuité de l'amour de sa mère pour elle. Et elle devait comprendre que c'était cela qui l'avait presque détruite une deuxième fois.

Dans sa tendre enfance, toute la vie d'Antoinette tournait autour de sa mère. C'était elle qui la prenait dans ses bras quand elle tombait et lui séchait les yeux quand elle pleurait. Le soir, c'était elle qui la baignait, rinçait l'eau savonneuse de son minois puis la portait, emmitouflée dans une serviette pelucheuse, jusqu'à la chambre où elle la séchait et la saupoudrait de poudre de talc.

Ruth la bordait dans son lit et lui lisait une histoire avant de mettre la lampe en veilleuse et de lui souhaiter bonne nuit d'un baiser. Elle se rappelait sa mère assise dans un fauteuil, une lampe sur une petite table à côté d'elle, dont la lueur illuminait sa tête baissée alors qu'elle apportait les touches finales à la dernière robe qu'elle confectionnait pour sa fille.

Le parfum familier de sa mère, de la poudre mêlée d'une senteur persistante de jasmin, la réconfortait, tout comme la chaleur de son corps quand elle la berçait. C'étaient ses bras qui tenaient la jeune Antoinette contre elle, son cœur qui battait contre la petite poitrine de sa fille et sa voix qui parlait à la petite fille de fées et de magie quand elle lui lisait des histoires à voix haute.

Et c'était la main de Ruth qui avait tenu fermement sa menotte quand elles traversaient une route – « pour ta sécurité », lui avait-elle dit.

C'était là la mère qu'elle avait toujours aimée. Cette mère-là n'existait plus, mais elle avait toujours refusé de l'accepter. En vérité, elle avait cessé de l'être quand Antoinette avait eu six ans.

Ce fut alors que la froideur remplaça la chaleur, que les baisers du coucher disparurent et que les bras protecteurs arrêtèrent de la bercer. Ruth mit un terme à tout à compter du jour où Antoinette lui raconta ce que son père lui faisait subir.

Avant aujourd'hui, quand le souvenir de ce jour-là menaçait de pénétrer son esprit, elle l'avait repoussé. Maintenant, elle voulait l'explorer.

Elle appela l'image de la fillette de six ans qui rassemblait son courage pour dire à sa mère que son père l'avait touchée et embrassée. La petite fille croyait qu'il suffirait de le rapporter pour que cela s'arrête.

Elle se souvenait des expressions qui avaient flotté sur le visage de Ruth ce jour-là : l'amour s'était évanoui et avait été remplacé par la colère et la peur. Mais, Antoinette le comprenait seulement maintenant, son visage n'avait reflété ni surprise ni choc.

Cette fois, elle ne repoussa pas ses souvenirs. Elle savait qu'elle devait les affronter parce qu'elle voulait étudier le rôle qu'avait joué sa mère dans sa vie.

Qui était sa mère ? Elle se rappela la mère attentionnée de sa tendre enfance, celle qu'elle avait adorée. Puis elle se remémora la Ruth froide et distante des années d'abus jusqu'à la fin du procès. Elle avait craint cette mère.

Puis il y avait l'amie des parties de rire et des causeries des deux années qu'elles avaient passées ensemble dans le pavillon de gardien. Enfin, il y avait la mère qui avait trahi sa confiance, celle qui avait repris son époux, jeté sa fille à la rue et l'avait fait interner.

Un souvenir émergea. Lors de son précédent séjour à l'hôpital plusieurs mois auparavant, elle était arrivée dans un état de dépression et de désolation tel qu'elle était incapable de parler. Mais elle avait connu une brève période de cohérence. Elle avait téléphoné à sa mère, la suppliant de venir.

Ruth avait reproché à sa fille son égoïsme et, à l'autre bout du fil, Antoinette avait entendu le refrain si souvent seriné au cours des ans. Elle était une source permanente d'ennuis, et ces ennuis pourraient un jour amener Ruth dans le lieu même où était sa fille.

— C'est moi qui devrais être là-bas, pas toi, avait-elle conclu avant de raccrocher.

Quel genre de mère peut dire cela ? Quelle mère ne vient pas voir sa fille à l'hôpital, ne serait-ce qu'une fois ? se demanda Antoinette. Et quel type de fille continue à se mentir en pensant que sa mère cache son amour pour elle ? Continue à croire en une personne qui a cessé d'exister des années auparavant.

Antoinette en était venue à comprendre que les souvenirs sont traîtres et, assise dans le salon, elle affronta une autre vérité douloureuse. Sa mémoire avait inventé une mère aimante et un amour parfait qui n'avaient jamais existé, et Antoinette n'avait jamais cessé de croire à ces faux souvenirs. Quand il était devenu trop difficile d'entretenir plus longtemps cette illusion, elle s'était rendue responsable de ce qu'elle avait pris pour un retrait soudain de l'affection maternelle. Elle devait être faible, et méchante, et incapable. En elle devait forcément résider la clé de la perte de l'amour de sa mère.

Elle avait si souvent ouvert la boîte enfermée dans sa tête et sorti ces souvenirs de sa mère la protégeant, la chérissant et jouant avec elle. Elle avait totalement oblitéré les fois où Ruth n'avait rien fait de tout cela.

Elle comprit maintenant que sa mère avait toujours réussi à présenter les choses à sa manière pour la convaincre que sa version de la réalité était la bonne.

Ruth avait transformé innocence en culpabilité, et victime en pécheresse, et elle avait obligé Antoinette à accepter cet état de fait. Elle l'avait rendue complice de sa réécriture de la vérité.

Assise dans le salon silencieux des visiteurs, Antoinette essaya de mettre un semblant d'ordre dans tout ce qu'elle avait appris sur sa mère au cours des ans.

Si elle pouvait comprendre pourquoi Ruth était devenue aussi amère et insatisfaite, peut-être cela pourrait-il l'aider à accepter ses actions.

Qu'y avait-il derrière le masque et dans l'esprit d'une femme aux multiples visages ?

C'était la question à laquelle elle voulait répondre avant de parler à la sœur ou au psychiatre et elle savait que, quelque part dans ses souvenirs enfouis, se trouvaient les indices qui pourraient l'amener à comprendre.

37

Pendant les longues soirées passées au pavillon, Ruth avait souvent évoqué sa jeunesse.

L'aînée de deux enfants, elle avait été baptisée Winifred Ruth Rowden – un « nom affreux » disait-elle souvent, avec l'air peiné d'une qui sait avoir été mal traitée.

Elle se rappelait son enfance comme une période malheureuse. Sa mère Isabelle était une belle femme menue qu'Antoinette avait adorée comme grand-mère, mais que Ruth trouvait difficile.

Même quand elle était petite fille, elle sentait la discorde qui régnait entre elles.

— Elle était toujours si fière de sa silhouette, critiquait d'ordinaire Ruth.

Son père était un bel homme brun qu'elle avait clairement idolâtré, et il semblait à Antoinette que sa mère supportait mal le mariage heureux de ses parents.

— Il était sous sa coupe, bien sûr, crachait-elle à leur propos.

Puis, d'un rire dédaigneux, elle ajoutait :

— Elle avait réussi à le convaincre qu'elle était un être fragile dont il fallait s'occuper, mais tu connais, chérie, la volonté d'acier de ta grand-mère. Bien sûr, ton oncle était la prunelle de ses yeux. Alors que j'étais la préférée de mon père. Pour lui, j'étais belle.

Antoinette avait une fois dit à sa mère qu'elle aimerait bien un petit frère, et Ruth lui avait répondu n'avoir jamais voulu du sien. Elle avait visiblement décidé, enfant, que les jeunes frères ne servaient à rien et elle n'avait pas changé d'avis à l'âge adulte. Elle n'avait jamais pardonné à son petit frère de lui avoir volé l'attention de ses parents et, plus tard, elle ne parvint jamais à digérer son beau mariage et son bonheur. Normal qu'elle ait décidé de ne pas infliger le même sort à sa propre fille.

Au début du vingtième siècle, un photographe professionnel avait pris un portrait de famille guindé des grands-parents d'Antoinette, de sa mère et de son oncle. On y voyait un beau garçon de sept ans environ et une fillette d'une dizaine d'années assis aux pieds de deux élégants adultes. La jeune Ruth semblait une enfant morose et renfrognée, encline à l'embonpoint. Pourtant, Ruth se remémorait sa tendre enfance comme d'un temps heureux, avant la Première Guerre mondiale.

Son père adoré était maître tailleur chez Golders Green, et c'était un véritable plaisir pour Ruth que de l'accompagner à l'atelier. Là, elle regardait les hommes qu'il employait assis jambes croisées sur le sol, cousant minutieusement les coupons de tissu qu'ils assemblaient en habits. La petite fille se sentait comme un être spécial quand elle était là-bas – elle était la fille chérie du patron, la chouchou de tous les hommes présents. Ils lui donnaient du tissu, lui montraient comment coudre, et c'est là qu'elle apprit à confectionner des robes.

Elle préférait de loin être le centre d'attention parmi les tailleurs qu'être à la maison, avec une mère qu'elle n'aimait pas et un frère à qui elle en voulait.

Puis, quand Ruth eut vingt ans, son père mourut soudain. Elle fut accablée de douleur. Son père n'avait qu'une cinquantaine d'années et sa mort fut totalement inattendue.

— Un caillot de sang avait atteint son cerveau, disait tristement Ruth à sa fille chaque fois qu'elle parlait de la personne la plus importante dans sa vie. Il travaillait trop dur. Il essayait toujours de lui faire plaisir, à *elle*, lâchait-elle, amère.

Antoinette savait qu'elle parlait de sa mère, Isabelle, et que, d'une certaine manière, elle la rendait responsable du décès de son père.

La maisonnée fut totalement perdue sans son maître. Le frère de Ruth, plus jeune de trois ans et gratifié d'un physique avenant, d'une bonne nature et de l'amour de sa mère, était à présent l'homme de la maison. Ruth, qui vivait encore chez elle comme cela se faisait à l'époque, se sentit mise à l'écart.

— Mon frère adorait notre mère, tout comme n'importe quel homme, disait-elle avec un ressentiment mal dissimulé. Eh bien, il a épousé une femme qui lui ressemblait.

Par la suite, quand sa mère évoquait l'épouse de son frère, Antoinette sentait son aversion pour elle sans la comprendre.

Elle se souvenait juste d'une femme très jolie qui leur avait toujours fait bon accueil quand Ruth et elle venaient pour une de leurs rares visites à l'appartement londonien de son oncle.

La Seconde Guerre mondiale avait débuté, apportant dans son sillage amourettes et mariages éclairs. Dans les dix-huit mois qui suivirent la déclaration de guerre, le frère de Ruth s'était marié et avait eu un enfant.

Alors que Ruth, plus âgée de trois ans, restait une vieille fille – « un autre nom affreux », sifflait-elle. Elle s'inquiétait de n'être toujours pas mariée et était jalouse que son frère ait réalisé ce qu'elle désirait : convoler en justes noces. Être encore célibataire à presque trente ans n'était pas un sort envié à une époque où les femmes étaient jugées à l'aune du statut de leur époux.

Mais la guerre remplit la vie de Ruth d'excitation, d'aventure et d'opportunités, et elle dira souvent par la suite que les expériences qu'elle avait vécues alors furent parmi les plus heureuses de sa vie. Elle apporta sa contribution à l'effort de guerre en travaillant dans une ferme. Ce fut là, hors de l'ombre de sa mère et de son frère, que Ruth s'épanouit et se fit des amies.

Elle était cependant consciente de son âge, et de l'absence de fiancé dans sa vie pour échanger de menus bavardages. Afin d'éviter d'être prise en pitié, elle s'en inventa un et dit à ses amies qu'il avait été tué à la guerre. Quand elle raconta l'histoire à Antoinette dix ans plus tard, elle en était venue à le croire elle-même.

Ce fut la mère de Ruth, Isabelle, qui dévoila à Antoinette que c'était une pure fantaisie. Le « fiancé » était un soldat marié qui avait un jour partagé scones et thé avec Ruth dans un petit café.

— Je m'inquiète pour elle, parfois, Antoinette, s'était confiée sa grand-mère. Elle invente des choses et se met à y croire.

Pendant la guerre, Ruth rencontra son futur mari dans le Kent. Elle s'était rendue avec ses collègues dans un bal du coin. Ce soir-là, elle portait une robe seyante avec un court boléro dessiné et cousu de ses mains.

Ses amies le trouvèrent magnifique et furent plus impressionnées encore en apprenant qu'elle l'avait confectionné elle-même.

Lors de cette soirée chaude et bruyante de fin juin, l'attention des femmes fut attirée par un groupe de jeunes militaires en uniformes kaki parfaitement repassés, qui leur semblaient bien plus beaux que les hommes qu'elles avaient l'habitude de côtoyer. Elles s'assirent non loin et jetèrent des regards en coin aux jeunes soldats. L'un d'eux en particulier retint leur curiosité : des yeux étincelants, le sourire facile et des boucles auburn foncé aussi brillantes que ses bottes impeccablement cirées. Et puis surtout, en le voyant faire valser sa cavalière tout autour de la salle, elles n'avaient jamais connu aussi bon danseur.

Il s'appelait Joe Maguire et elles auraient tout donné pour être tenues dans ses bras, les pieds touchant à peine le sol. Il apparut soudain aux côtés de Ruth.

— On danse ? furent les premières paroles qu'elle l'entendit prononcer.

Bien sûr ! pensa-t-elle, presque paralysée par le fait qu'il l'avait approchée *elle*, et pas l'une des plus jeunes, mais elle conserva son calme apparent, lui fit un petit sourire et le suivit sur la piste de danse.

Ce soir-là, il entra dans sa vie. Après cette danse magique, il les revendiqua toutes. Elle tomba folle amoureuse du jeune et beau militaire. Elle nota les regards jaloux des autres femmes et s'en délecta.

Ruth ne vit pas les cinq années de différence, n'entendit pas la rudesse de son accent irlandais ni ne remarqua son manque d'éducation ; elle était hypnotisée par son physique agréable et tomba sous son charme. Ce soir-là, la vieille fille de vingt-neuf ans trouva son héros.

Et Joe Maguire, homme avide de respect et de reconnaissance, vit une femme assurée à l'accent bourgeois, le genre de femme qu'il n'aurait jamais espéré pouvoir rencontrer un jour.

Quelques semaines plus tard, le treize août, ils se marièrent. Pour des raisons différentes, aucun des deux ne parvenait à croire à sa chance. Elle lui savait gré de l'avoir sauvé du déshonneur du célibat à trente ans, et il pensait avoir trouvé la femme qui lui vaudrait l'admiration tant désirée dans sa ville natale.

Sans la guerre, ces deux personnes mal assorties ne se seraient jamais rencontrées.

Mais Ruth estima avoir exaucé la première partie de son rêve : un beau mari. Treize mois plus tard, leur fille naissait.

Tout en se demandant ce qu'elle savait de sa mère, Antoinette se rendit compte qu'il manquait encore des pièces au puzzle.

Elle les chercha plus profondément dans son esprit. Elle finit par extirper deux souvenirs et, avec eux, l'énigme que représentait sa mère trouva son explication.

Elle se vit dans un salon de thé. Habillée de sa plus belle robe, que sa mère avait terminée cette même semaine, elle était gaiement assise sur un coussin placé sur une chaise. Sa grand-mère, discrètement maquillée, portait un tailleur léger et un chapeau cloche assorti d'où s'échappaient des mèches de cheveux bouclés d'un roux doré.

Elle offrait une gâterie à Antoinette et à sa mère.

Ruth, ongles et lèvres écarlates, offrait un contraste saisissant avec Isabelle. Ses cheveux permanentés étaient nus et de gros anneaux pendaient à ses oreilles. Ce jour-là, elle était vêtue d'une robe imprimée à col carré de sa propre confection. Tout à leur papotage, les deux femmes semblaient heureuses.

Puis, une femme âgée, qui avait l'air de connaître sa grand-mère, s'approcha de leur table et fut accueillie par un sourire chaleureux d'Isabelle. Après quelques civilités, l'étrangère s'exclama :

— Belle, je ne sais comment vous faites, mais à chaque fois que je vous vois, vous paraissez plus jeune encore, et en grandissant, cette jolie petite fille va vous ressembler comme deux gouttes d'eau. On pourrait presque penser que c'est la vôtre et non celle de Ruth !

Après un petit rire, elle s'en fut.

Antoinette sentit se dissiper la chaleur qui les avait enveloppées, comme si un souffle glacial était entré dans le salon de thé. L'espace de quelques secondes, un silence gêné pesa dans l'air jusqu'à ce que Ruth le rompe d'un commentaire léger donné d'une voix cassante. Même à cinq ans, Antoinette sut sans le comprendre pourquoi sa mère était contrariée du compliment.

Le deuxième souvenir remontait à l'époque de ses trois ans. Elle faisait ce que toute petite fille s'amuse à faire, mettre les vêtements de maman, jouer avec son maquillage et faire semblant d'être une adulte. Elle s'était tartinée du rose sur les joues et peint la bouche d'un rouge vif comme elle avait vu sa mère le faire si souvent. Puis elle avait remonté sa robe beaucoup trop longue et était allée en quête de sa mère. Elle voulait lui montrer comme elle était belle. Mais quand elle courut vers elle, bras tendus pour être câlinée, elle fut surprise. Au lieu du sourire de plaisir qu'elle attendait, Ruth lui jeta un regard glacial.

— Sous ce maquillage, tu es comme ta grand-mère. On pourrait croire que ce sont ses yeux qui me regardent. Ça, tu seras plus jolie que ta mère.

En y repensant et en se remémorant ce qu'elle avait entendu et le ton de sa mère, Antoinette sut que sa mère n'avait pas aimé ce qu'elle avait vu. Elle n'avait jamais rejoué à se déguiser.

Maintenant, ces incidents formaient un tout dans la tête d'Antoinette. Elle comprenait bien que sa mère avait toute sa vie durant souffert de son insécurité et de sa jalousie. Ruth était jalouse de sa propre mère, jalouse de l'amour que son père éprouvait pour son épouse, de la dévotion de son frère pour sa mère et de la beauté fragile d'Isabelle. Cette jalousie avait enflé et inclus quiconque détournait l'attention qu'elle estimait lui être due.

Et quand sa fille ne fut plus un bébé malléable mais une petite personne, sa jalousie l'avait englobée.

Par ailleurs, il y avait ce besoin que Ruth avait de protéger les apparences et sa peur de ce que les autres pensaient d'elle. Sa vie et ses relations furent ainsi sacrifiées pour préserver une illusion qu'elle voulait montrer aux autres et croire elle-même. Elle avait créé un tissu de mensonges, une fausse existence dans laquelle son bel époux était un homme dont elle était fière, et non une brute ignorante qui avait abusé de leur enfant.

En repensant à sa vie, Antoinette accepta que l'amour maternel de Ruth avait été totalement éclipsé par son besoin de protéger son rêve.

Joe exerçait une puissante emprise sur sa femme. Il avait depuis longtemps affûté sa capacité à lire les personnes de son entourage, à découvrir leur vulnérabilité, puis à contrôler ses victimes.

Sa femme, dont l'esprit était à jamais resté fixé sur le bel Irlandais qu'elle avait épousé contre le gré de sa famille, était totalement à sa merci. Il avait aussi voulu contrôler Antoinette, et il avait entrepris de la détruire quand elle fut une adolescente dotée d'une pensée propre.

Face à l'échec, il n'avait plus voulu d'elle. Joe ne pouvait supporter autour de lui quiconque ne l'admirait pas. Il n'avait aucune envie de regarder dans les yeux de sa fille et d'y lire le mépris. Il lui suffisait d'entendre prononcer le nom de sa fille pour se mettre en colère.

Ruth avait dû choisir. Et, à chaque fois, c'était lui qu'elle avait choisi. Elle avait assisté à sa cruauté et l'avait autorisée. Elle l'avait choisi alors même qu'elle savait qu'il avait mis leur fille enceinte, et elle avait organisé l'avortement d'Antoinette. Cette opération s'était extrêmement mal passée et quand Antoinette s'était réveillée en pleine nuit, saignant à mort, Ruth avait accepté de risquer la vie de sa fille en l'envoyant, seule dans l'ambulance, dans un hôpital situé à vingt kilomètres de l'établissement le plus proche. Elle avait refusé de l'accompagner pendant ce trajet qui, elle ne pouvait l'ignorer, aurait pu être le dernier. Antoinette se souvint du choc sur le visage des ambulanciers qui avaient soulevé le brancard et du regard froid de sa mère tandis que les portes se refermaient sans qu'elle monte à bord de l'ambulance aux lumières bleues clignotantes qui entamait sa course contre la montre.

Ruth devait avoir été prévenue que, après cela, Antoinette ne pourrait plus avoir d'enfant. Elle n'en avait jamais parlé.

Et puis il y avait eu la dépression qui avait mené Antoinette ici. Quelle en était l'origine ? Qu'est-ce qui l'avait finalement poussée à s'effondrer ?

Très tôt, elle avait élaboré des stratégies pour faire face aux épreuves qu'elle traversait. À dix ans, elle s'était inventé une pièce dans laquelle elle se réfugiait quand la réalité de son existence devenait trop dure à supporter. Dans son monde imaginaire, et seulement là, elle pouvait simuler la vie qu'elle pensait être celle de tout enfant normal. Là, elle était joliment habillée, toujours entourée de petites filles qui bavardaient et se disputaient son attention, voulaient être sa meilleure amie.

Là, elle était appréciée de tous, écoutée, et la pièce résonnait de rires. Le soleil brillait toujours quand elle s'y réfugiait, ses rayons filtrant à travers les fenêtres invisibles la baignaient d'une lumière chaude et dorée.

Ses parents venaient la voir, le visage souriant alors qu'ils la tenaient dans leurs bras, lui montraient qu'elle comptait pour eux. C'était toujours le père gentil qui arrivait avec sa mère, l'homme qu'il était quand elle avait cinq ans ; du méchant, il n'y avait nulle trace. Dans cette pièce, sa mère était heureuse et aucune ride de mécontentement ne marquait son visage. Judy restait un chiot facétieux, pendant que, dans le coin, se trouvaient ses boîtes à souvenirs. Celle qui contenait les mauvais était hermétiquement fermée, son contenu ne pouvant s'échapper, pendant que la plus petite, qui renfermait les bons souvenirs, était ouverte.

Mais alors, quand Antoinette grandit, la pièce se transforma en un lieu sombre, vide d'amis, où seule venait sa mère. Mais ce n'était pas la mère de ses rêves d'enfant, la mère qui l'aimait et la berçait.

Cette mère la regardait avec froideur, ses yeux vert foncé l'accusant et la blâmant. Dans les angles de la pièce, les boîtes avaient été renversées. Le couvercle de la plus grosse avec les mauvais souvenirs s'était ouvert, vomissant son contenu sans ordre, créant un esprit maléfique qui envahissait ses rêves et lui chuchotait qu'elle ne pouvait s'en prendre qu'à elle-même, et non à ceux qui la rejetaient. Chaque nuit, cet esprit la tourmentait jusqu'à ce que sa tête ne soit plus que chaos.

Puis, elle était tombée malade et sa mère l'avait renvoyée, la nature cataclysmique de la trahison de Ruth devenant évidente. Ce fut alors qu'elle perdit son combat pour vivre une adolescence normale. Notre esprit contient un espace totalement vide. Il ne renferme aucun souvenir et aucune pensée. Antoinette voulait trouver ce lieu parce qu'une fois là, plus rien ne pourrait l'atteindre. Elle voulait se recroqueviller dans le cocon de ses draps et ne jamais affronter à nouveau la réalité.

Son esprit alors se ferma sous l'assaut et elle échoua à l'hôpital.

Une fois encore, Antoinette pensa avec tristesse aux faits qu'elle avait rassemblés. Premièrement, en tant que patiente volontaire elle n'aurait jamais pu être transférée sans l'autorisation de sa mère.

Deuxièmement, Ruth n'avait jamais fait le moindre effort pour venir voir sa fille et se rendre compte par elle-même de ses éventuels progrès. Et troisièmement, Ruth avait toujours su quel genre d'homme était son mari.

Elle se leva de son siège et appuya sur la sonnette du mur. Elle était prête à présent.

Quelques minutes plus tard, la sœur entra et s'assit en face de sa patiente.

— As-tu enfin décidé ce que tu allais faire demain ?

Au lieu de répondre à sa question, Antoinette la regarda dans les yeux et lui dit :

— Savez-vous comment le dictionnaire définit l'inceste ? J'ai cherché une fois.

— Non. Dis-moi.

— L'union sexuelle entre des personnes si étroitement liées que leur mariage est illégal ou contraire à l'usage. Leurs relations sexuelles sont illégales. Les personnes qui le commettent sont considérées comme impures. Mais ce n'est pas ça.

— Dis-moi ce que c'est.

— C'est un viol, des milliers de viols.

C'était la première fois qu'Antoinette exprimait ces pensées à quelqu'un. Elle regarda les barreaux aux fenêtres, et se rendit compte qu'un an après la libération de son père, elle était encore enfermée dans la prison de ses souvenirs. Elle poursuivit d'une voix plus résignée que triste.

— Ma mère a repris l'homme qui m'avait violée des milliers de fois. C'est ce qu'on obtient quand on multiplie trois fois par semaine par sept ans. Sa peine de prison a représenté moins d'un jour pour chaque fois qu'il m'a violée. Mille fois – et c'est à moi qu'elle a dit de partir.

La sœur resta silencieuse, comme si elle savait combien cela avait dû coûter à une jeune fille de dix-sept ans d'accepter la réalité de sa vie.

Antoinette vacilla un instant, puis elle vit en imagination les rangées de lits à barreaux avec les dames âgées aux cheveux blancs. Elle entendit les pleurs et les gémissements des femmes qui se réveillaient après leurs séances d'électrochocs et vit leurs yeux vitreux et perdus pendant qu'elles regardaient autour d'elles avec impuissance, les vestiges de leur mémoire s'éloignant à chacun de ces traitements.

Puis elle pensa à sa mère et au gâchis qu'elle avait fait de sa vie à force de promesses non tenues et de rêves non réalisés. Et elle avait presque détruit sa fille dans le même temps.

Antoinette savait que si elle restait entre les murs de cet hôpital, elle pourrait alors, comme sa mère, échapper aux douloureuses réalités de sa vie. Mais ce faisant, elle s'interdirait tout avenir.

Elle se rappela soudain le jour où elle était tombée du cheval de sa cousine Hazel. Hazel avait dit : « Tu dois remonter sur le cheval. Sinon, tu ne le feras jamais, tu auras toujours peur. » Elle avait pris son courage à deux mains et obéi à sa cousine. Il était temps de faire pareil.

— Je vais signer ma sortie, dit-elle simplement.

Le lendemain, elle écrivit avec panache son nom sur les formulaires de sortie : Toni Maguire.

Ce fut Toni qui quitta l'hôpital. Antoinette, l'adolescente apeurée, n'existait plus.

38

Le soir avant de quitter l'hôpital, je décidai que les jeux auxquels ma mère jouait étaient terminés. Je ne participerai plus à sa manipulation psychologique.

Je lui téléphonai.

— Je vais mieux, dis-je brièvement. Je suis totalement guérie. L'hôpital m'a annoncé que j'allais assez bien pour partir. Et je viens te rendre visite.

Je connaissais ma mère ; elle ne s'opposerait pas à l'avis des médecins et du monde médical. Et je ne me trompai pas.

Elle fut si interloquée par mon insoumission qu'elle n'offrit aucune résistance.

En tournant dans leur rue ce jour-là, je vis que, pendant mon séjour à l'hôpital, ma mère avait enfin réalisé son rêve de grande maison.

Quelques mois avant ma sortie, ils avaient déménagé et le médecin m'avait donné leur nouvelle adresse. La maison était un bâtiment blanc à deux étages en retrait de la route, dans une banlieue chic de Belfast.

Ils avaient dû bien vendre le pavillon de gardien. Je restai quelques secondes à regarder l'extérieur de ce qui aurait pu être la maison d'une famille heureuse.

Mais je connaissais la vérité. Mes parents vieilliraient ensemble, avec leur terrible secret.

Ma mère ouvrit la porte en grand. Un seul coup d'œil suffit à me faire comprendre que tout avait changé. Où était la mère de mes souvenirs, celle qui m'intimidait d'un regard avant de me montrer l'instant d'après une affection sans bornes ? Cette femme paraissait plus petite, somme toute diminuée, et je m'aperçus pour la première fois que je la dépassai de plusieurs centimètres. Son corps traduisait une attitude de défaite, les épaules voûtées et les yeux fuyant les miens comme pour cacher leurs émotions.

Se rappelait-elle les fois où elle avait trahi ma confiance ? Ou avait-elle même récrit cette partie de notre histoire familiale ?

Elle se poussa pour me laisser entrer, puis nous prépara du thé. Une fois versé, elle me demanda quels étaient mes projets.

— Je veux aller en Angleterre, répondis-je, et je me sentis triste, même si je m'y attendais, devant le soulagement qui apparut sur son visage.

— Quand penses-tu partir, ma chérie ?

— Le plus tôt possible. Une agence ici peut me trouver du travail dans un hôtel. Je veux être réceptionniste. Comme ça, j'aurai un logement et un bon salaire.

Je ne demandai pas à ma mère si je pouvais rester avec elle et emportai simplement ma valise dans une chambre, et elle ne protesta pas. Je restai là pendant trois jours avant de partir pour l'Angleterre.

J'arrivai à éviter presque totalement mon père. Il s'acharnait à rester hors de mon chemin et ne mit guère les pieds à la maison tant que j'y fus. Il ne me dit pas au revoir quand je partis.

J'embrassai ma mère au moment des adieux, promis de lui écrire puis sautai dans le taxi qui m'emmena aux quais.

Je ne dis jamais à mes parents que je savais qu'ils allaient me faire interner. La confrontation n'aurait mené à rien et j'avais déjà des projets. J'avais érigé une barrière contre l'ancien amour que je ressentais pour ma mère dès que l'adolescente que j'étais avait disparu.

Alors que j'étais sur le pont et que je regardai remonter la passerelle et Belfast disparaître à l'horizon, je savais que je ne reviendrais jamais – pas pour y vivre en tout cas. Et quant aux promesses d'écrire… eh bien, c'était une promesse que je n'avais pas du tout l'intention de tenir.

Quand les ultimes lumières de la ville se furent effacées, j'allai au bar, commandai un verre de vin et portai un toast à ma santé.

À une nouvelle vie.

39

Je tirai mon esprit hors du passé et essayai de chasser les souvenirs d'Antoinette, et de l'enfant qu'elle avait été plus de trente ans auparavant. Je me versai un verre bien tassé, allumai une cigarette et pensai plutôt à celle que j'étais devenue.

Si Antoinette était entrée à l'hôpital, ce fut Toni qui avait finalement affronté ses parents avant de quitter l'Irlande. Sans un mot, elle leur avait montré qu'elle en avait fini avec son passé, alors qu'ils n'en seraient jamais capables.

Deux ans plus tard, ma mère retrouva ma trace et me contacta. Il suffit d'un appel larmoyant pour que nous reprenions le jeu de la famille heureuse.

Par la suite, je découvris que pendant mon séjour à l'hôpital, on avait demandé à maintes reprises à Ruth de venir me voir.

On lui avait dit que sans elle, il y avait peu de chances que sa fille guérisse – c'était plus grave qu'une dépression nerveuse et on ne savait pas si je serais jamais capable d'affronter à nouveau le monde extérieur. Les médecins avaient clairement expliqué le problème à Ruth :

— Votre fille n'arrive pas à accepter que vous saviez ce qui lui arrivait pendant toutes ces années, lui avaient-ils dit.

Ruth n'avait pas très bien réagi. Cela remettait en cause tous les mensonges qu'elle s'était fabriqués. Mais elle continua longtemps à refuser d'envisager ne serait-ce qu'un instant qu'elle pourrait être à blâmer.

— Docteur, comment osez-vous m'accuser ? Je ne savais pas. J'ai assez souffert. Je n'ai jamais reçu le moindre témoignage de compassion, à la différence d'Antoinette. C'est moi qui devrais être là, pas elle. Si elle a tant besoin que ça d'un de ses parents, j'enverrai son père. C'est à lui de s'occuper d'elle.

Ce fut la dernière fois que l'hôpital contacta ma mère. Mais même sachant cela, je ne pus me résoudre à la rejeter complètement.

Au cours des trente années suivantes, je fus active. Je montai mes propres affaires, traversai le Kenya en car et gagnai un procès contre un partenaire commercial trop avide. Je devins une femme bien dans sa peau, qui avait appris à compter sur l'amitié d'autrui et à s'aimer, et qui avait appris à être heureuse. Mais je n'eus jamais le courage de rompre tout contact avec mes parents.

Oh, au fil des ans ma mère en vint à m'aimer. J'étais Toni, la fille qui réussissait, qui venait en Irlande en vacances les bras chargés de cadeaux, la sortait et ne parlait jamais de son passé. Je laissai ma mère me redonner sa place dans le rêve qu'elle avait inventé : un beau mari, sa propre maison et une fille.

Une fois adulte, je savais qu'il était bien trop tard pour remettre en cause la vie rêvée de ma mère. Autant la tuer.

Mais elle ne put quitter la vie d'ici-bas sans affronter à nouveau la vérité. Pendant ses derniers jours à l'hospice, quand je vins m'asseoir avec elle et lui tins la main jusqu'à la fin, ma mère eut peur. Pas de mourir, mais de se trouver face au Dieu auquel elle croyait.

Pensait-elle que ses péchés lui interdiraient tout pardon ? Peut-être. Quelle qu'en soit la raison, elle lutta contre la mort tout en la désirant.

Par son médecin, son infirmière et le prêtre, j'en appris assez de la vie de ma mère à l'hospice avant mon arrivée pour me faire une idée de son tourment aussi clairement que si j'avais été présente. Je pouvais parfaitement me l'imaginer :

Une vieille femme s'agite dans son sommeil, couchée dans un lit du service. La douleur pénètre sa conscience, la réveille. Elle essaie de garder les yeux fermés, tant la frayeur l'étreint dans son étau.

Une image flotte derrière ses paupières closes : une petite chambre éclairée de la lueur jaune d'une unique ampoule nue et la lumière bleue clignotante de l'ambulance. Une adolescente apeurée est couchée, la moitié inférieure de son pyjama imbibée de sang, et le regard implorant qu'on l'aide.

Elle s'oblige à chasser cette image, mais une autre la remplace ; une qu'elle voudrait faire disparaître mais, elle a beau essayer, elle n'y arrive pas. Cette fois-ci, c'est un psychiatre qui l'accuse d'essayer d'envoyer une enfant à la mort.

Mais ce n'est pas vrai, proteste-t-elle. Elle a envoyé sa fille dans un meilleur hôpital, tout le monde sait que c'est là qu'Antoinette doit aller...

Paniquée, elle appuie sur la sonnette près de son lit, et attend allongée, haletante, l'arrivée de l'infirmière.

— Ruth, entend-elle la douce voix lui demander, que se passe-t-il ?

De son noble accent anglais, ma mère répond :

— Je dois voir le prêtre, je dois lui parler cette nuit.

— Cela ne peut pas attendre le matin ? Il vient de partir et le pauvre homme est déjà resté ici douze heures, et il est venu vous voir hier soir, vous ne vous rappelez pas ?

La vieille femme reste sourde à cet appel.

— Non, ma chère, je serai peut-être morte demain matin.

Ici la voix s'adoucit et ses doigts, toujours étonnamment forts, agrippent la main de l'infirmière. Les yeux vert foncé se ferment un instant, cachant la détermination d'acier tapie dans leurs profondeurs.

— J'ai besoin de lui maintenant.

— Très bien Ruth, si c'est important pour vous, je vais l'appeler.

Sur ces mots, l'infirmière s'en va sans bruit sur ses chaussures à semelles de crêpe.

La vieille femme se laisse retomber sur ses oreillers en poussant un soupir de satisfaction et un demi-sourire sur les lèvres. Même ici, elle comptait bien se faire obéir.

Les minutes passent, puis elle entend les pas plus pesants du prêtre. Il tire une chaise et elle sent sa main toucher la sienne.

— Ruth, l'entend-elle lui dire. Dites-moi ce que je peux faire pour vous.

Elle pousse un grognement tandis qu'une nouvelle vague de douleur la saisit et le regarde avec un air qui le met soudain mal à l'aise.

— Ma fille. Je veux qu'elle vienne.

— Mais Ruth, je ne savais pas que vous aviez une fille ! s'exclame-t-il, surpris.

— Oh, oui, mais nous ne la voyons pas très souvent, elle vit à Londres. Mais elle téléphone toutes les semaines pour voir comment je vais et je lui demande toujours de parler à son père. Elle se débrouille bien dans la vie. Elle viendra si son père le lui demande. Je lui parlerai demain.

Le prêtre se demande brièvement à nouveau pourquoi on l'a appelé au milieu de la nuit, mais il décide de la laisser parler, espérant qu'elle s'ouvrira à lui cette fois-ci.

Elle lui serre plus fortement la main.

— Je fais des rêves atroces, finit-elle par admettre.

Il plonge son regard dans le sien, et y lit la peur et sait que son origine va au-delà de la maladie.

— Ruth, qu'est-ce qui vous perturbe ? Y a-t-il quelque chose que vous aimeriez me dire ? Quelque chose que je devrais savoir ?

La vieille femme hésite, et finit par murmurer :

— Non, j'irai mieux quand ma fille sera là.

Et sur ce elle se tourne et tombe dans un sommeil agité. Le prêtre s'en va, sentant qu'il quitte une âme troublée qu'il n'a pas réussi à aider pour la deuxième fois en vingt-quatre heures.

À la requête de ma mère, mon père m'appela.

Ce fut cet appel qui m'amena à ses côtés. Qu'elle ait besoin de moi me suffit pour entreprendre ce trajet.

Je passai de longues journées et nuits à ses côtés tandis qu'elle glissait lentement vers la mort. Quand je fus là-bas, je sentis le fantôme de mon enfance.

L'Antoinette que j'avais été me revenait et m'amenait à regarder les choses telles qu'elles avaient réellement été. Elle défit fil après fil le tissu des mensonges que je m'étais racontés.

— Ma mère m'aimait, avais-je protesté.

— Elle l'aimait plus, répliquait-elle. Elle a commis la trahison ultime. Elle t'a poussée à ne plus l'aimer.

Mais je ne pouvais lui obéir. Je ne voulais toujours pas affronter la perfidie de ma mère. Je ressentis à nouveau l'onde d'amour mêlée de pitié qui constituait le cocktail d'émotions que ma mère avait fait naître en moi pendant tant d'années. Elle était restée loyale envers l'homme qui avait abusé de leur fille et rien ne pouvait justifier le rôle qu'elle avait joué, mais je lui avais toujours trouvé des excuses dans le passé.

Je devais maintenant, finalement, accepter la réalité de ce qu'étaient mes parents. Si l'un était l'auteur du délit, l'autre était coupable de passivité, d'avoir regardé sans rien faire pour mettre fin à des années d'abus.

Là, assise aux côtés de ma mère dans ma veille, j'acceptai l'énormité de ses actes et fus submergée par une terrible tristesse. Je pleurai la femme que j'avais toujours cru qu'elle aurait pu être; je pleurai la relation heureuse, aimante que nous aurions pu avoir et, pendant ses derniers jours, je pleurai le fait qu'il était trop tard pour nous deux à présent. Et j'acceptai que, malgré mes nombreuses tentatives au fil des ans, je n'avais jamais cessé de l'aimer. Même quand j'en étais venu à accepter qu'une femme qui ne fait rien pour protéger son enfant contre un crime atroce est aussi coupable que l'auteur du délit, je ne pus changer mes sentiments. L'amour, comme je le découvris, est une habitude difficile à perdre.

Ma mère était morte et aujourd'hui j'enterrais mon père. Je repensai à Antoinette, l'enfant que j'avais été, à son amour pour les animaux et les livres, à tout ce dont elle était capable. Elle avait survécu à son séjour à l'hôpital. Elle s'était fait des amis et était sortie plus forte et plus indépendante qu'avant. Il aurait été si facile qu'il en soit autrement. Mais ce n'avait pas été le cas.

Je pensai à ce qu'elle avait accompli et, pour la première fois, je ressentis un sentiment autre que la tristesse que son nom avait toujours évoqué.

Je sentis de la fierté. De la fierté face à ce qu'elle avait accompli.

Ne la laisse pas tomber, m'intimai-je. Ne la laisse pas lutter et permettre que sa survie ait été vaine. Tant que tu n'autoriseras pas la rencontre et la réunion des deux moitiés de toi que tu sépares, tu ne seras jamais un être à part entière. Tes parents sont morts à présent. Laisse-les partir.

Je regardai dans le miroir, m'attendant presque à y voir le reflet d'Antoinette adolescente, mais je ne retrouvai guère de trace de l'enfant que j'avais été. Je vis une femme d'une quarantaine d'années dont les cheveux aux mèches blondes encadraient un visage soigneusement maquillé ; une femme qui se souciait de son apparence.

Puis le visage s'adoucit et sourit et, ce faisant, je vis une femme qui avait finalement laissé ses démons derrière elle.

Il ne me restait plus qu'une chose à faire à Larne pour en finir avec le passé. Demain, je devrai faire face aux parents que je n'avais pas vus depuis trente ans et fréquenter les habitants de la ville qui avaient aimé et admiré mon père.

Après, je serai enfin libre.

40

Le soleil brillait le jour de l'enterrement de mon
père.

Le téléphone de mon amie n'avait cessé de sonner,
avec les appels de locaux témoignant d'une commi-
sération sincère et de mes amis d'Angleterre aux
commentaires radicalement différents.

L'une d'elles s'était arrangée pour venir ici m'offrir
son soutien et j'étais soulagée d'avoir auprès de moi
une personne capable de comprendre ce que je ressentais.

Mon oncle, que je n'avais pas vu depuis mes quatorze ans, devait faire une brève apparition avec ses
fils.

Je les avais appelés le lendemain de la mort de Joe
et j'avais parlé avec mon oncle pour la première fois
en plus de trente ans.

Il était évident que c'était l'enterrement d'une personne populaire – « Ce bon vieux Joe », un homme
présentant toujours bien et doté d'un charme qu'il
avait conservé jusqu'à ses quatre-vingts ans ; un homme

que la ville viendrait voir en masse ; un homme qu'ils voulaient honorer en lui rendant leurs derniers hommages.

La photographie de Joe avait été publiée dans les journaux locaux à côté d'un article vantant sa victoire lors d'un énième tournoi de golf amateur et son talent légendaire avec une queue de billard. Le tempérament imprévisible de mon père, qu'il révélait par moments lorsqu'il perdait une partie de billard, ratait un coup au golf ou était victime d'un mépris imaginaire, serait omis. C'était Joe Maguire, au sourire contagieux et au charme éloquent, dont ils se souviendraient.

Comment son jeune frère se souvenait-il de lui, me demandais-je. Quelles histoires avait-il raconté à ses fils – les neveux de mon père et mes cousins.

Je choisis mes vêtements avec soin, non par égard pour lui, mais comme une armure destinée à me protéger. J'enfilai un tailleur noir, optai pour des chaussures et un sac assortis, appliquai soigneusement mon maquillage et lavai et séchai mes cheveux méchés de blond à présent. Me reconnaîtraient-ils ? Après tout, il ne restait pas grand-chose d'Antoinette, l'enfant que j'étais.

Elle ne me hantait plus ; je ne voyais plus son visage, je ne sentais plus ses peurs ni ne partageais ses cauchemars. Trois ans s'étaient écoulés depuis que j'avais plongé dans le miroir et vu ses yeux me regarder.

Mais je savais que tout au fond de mon esprit, dans ce coin que nous tenons caché même de nous, elle était encore là et n'était jamais partie. Ce jour-là, je sentais sa présence à mes côtés. Je sentais son désir de ne pas être oubliée et je compris sa colère face à son incapacité à haïr l'homme qui l'avait détruite.

Il était un temps, des années auparavant, où la famille de mon père avait été également celle d'Antoinette, mais cette dernière avait été bannie de leurs cœurs quand ils avaient choisi de soutenir son père. Envers eux, je ne ressentais rien.

La peine de leur absence avait guéri et les cicatrices laissées par leur rejet étaient bien cachées. Aujourd'hui, pour la première fois depuis que j'étais enfant, j'allais devoir les affronter.

La glace me montra le reflet de Toni, la femme d'affaires florissante. Sur son visage, un air résolu indiquait qu'ils ne verraient qu'elle.

Le prêtre qui devait officier avait enterré ma mère et m'avait écouté quand mes souvenirs avaient menacé de m'engloutir trois ans plus tôt, au moment du décès de ma mère. Il n'avait pas voulu se charger de cet office, prétextant que mon père n'était plus dans sa paroisse, mais je l'avais prié de le faire. Je savais qu'il se rappelait ces jours où il était resté avec ma mère à l'hospice au cours des dernières semaines de sa vie. J'étais assise à côté d'elle quand le cancer contre lequel elle luttait depuis presque deux ans avait finalement gagné.

C'était là que les visites quotidiennes de mon père avaient presque démoli la barrière de protection que j'avais érigée contre Antoinette, le fantôme de mon enfance. Le prêtre ne connaissait que trop bien mon état d'affolement quand j'étais venu à lui, pensant que je régressais à nouveau. À travers moi, il savait quel homme mon père avait été, le mal qu'il avait fait, les vies qu'il avait détruites et son absence de remords.

J'avais besoin de sa présence, lui avais-je dit. Sa force et sa gentillesse m'apporteraient un soutien qui m'était nécessaire pour jouer le rôle de la fille respectueuse une ultime fois. Il savait, sans que je n'aie eu à le lui dire, qu'avec ces funérailles, je voulais enterrer mon passé.

Et nous nous rappelions tous deux le triste enterrement de ma mère quand mon père avait refusé d'inviter quiconque à la maison après le service et avait interdit de proposer tout rafraîchissement ailleurs.

Ce jour-là, les amis de la défunte qui s'étaient présentés étaient rentrés chez eux après le service funèbre sans même qu'une tasse de thé ne leur soit offerte. Mon père était allé au pub. Jamais adieu aussi morne n'avait été rendu dans cette Irlande si hospitalière.

Ma mère isolée n'était pas de celles à qui la Légion britannique propose d'organiser une réception. C'était comme si les années passées en Irlande n'avaient jamais existé.

Ce « bon vieux Joe » se tira d'un acte aussi déloyal sans une égratignure à sa réputation. N'était-il pas le pauvre veuf qui s'était occupé de sa femme pendant toutes ces années de maladie ? Et ne l'avait-il pas fait sans l'aide d'une fille qui, pourtant, n'était pas dans le besoin ?

Une fille qui quittait rarement l'Angleterre et n'était venue que lorsque sa mère recevait tous les soins nécessaires à l'hospice ?

La ville était décidée à ce que ses funérailles soient différentes. À mon arrivée, certains habitants étaient déjà rassemblés devant le funérarium.

Par respect pour la femme qu'ils pensaient être la première parente du défunt, ils s'écartèrent et me laissèrent entrer. Ils me donneraient, je le savais, plusieurs minutes avant de me suivre, le temps d'un dernier au revoir et de reprendre contenance.

Je montai les marches menant au salon funéraire comme trois ans plus tôt et entrai dans la petite salle aux rangées de sièges pourvues de livres de prières.

Je regardai mon père allongé dans son cercueil ouvert et ne ressentis rien d'autre qu'une morne tristesse à la fin de cette époque de ma vie.

Il semblait dormir ; son épaisse chevelure était coiffée vers l'arrière, dégageant un visage coloré, et ses dents, fausses à présent, apparaissaient à travers des lèvres creusées en un fin sourire. Une fois encore, son visage était beau, car le préparateur avait fait montre de son talent. Je fus envahie de frissons glacés, comme s'il était encore là, rêvant à des moments heureux sans aucune pensée malsaine pour le troubler. J'eus l'impression que son esprit s'attardait, me méprisant une dernière fois.

La veille, j'avais donné les clés de la maison de mon père à l'un de ses amis en lui demandant de lui choisir des vêtements appropriés pour l'enterrer. Je ne pouvais me résoudre à aller dans sa chambre, à ouvrir ses placards et à toucher ses affaires.

Pas avant de savoir qu'il était définitivement parti.

Son ami avait bien choisi. Mon père portait un costume gris en worsted avec un mouchoir fraîchement lavé dans la poche de poitrine, tandis qu'une cravate de l'armée était fermement nouée sous le col de sa chemise crème parfaitement repassée. Ses médailles, gagnées pendant la guerre, étaient fièrement exposées, comme rappel qu'il avait été l'un des milliers de braves Irlandais du Nord qui s'étaient portés volontaires pour se battre pour leur pays.

Dans la mort, ce « bon vieux Joe » était un homme digne, prêt à recevoir ses visiteurs une dernière fois et moi, sa fille, je me tenais là où je le devais, à ses côtés.

Les parents de mon père arrivèrent, menés par mon oncle. Pour la première fois depuis mes quatorze ans, nous étions dans la même pièce. Bien que mon oncle soit plus petit et plus menu que mon père, il y avait une ressemblance troublante avec lui qui me déconcerta. Les mêmes cheveux blancs abondants étaient coiffés vers l'arrière, libérant un visage illisible, dans le style de son frère et de leur père avant eux. Il regarda dans le cercueil et, quelle que soit son émotion face au frère qu'il avait autrefois admiré et aimé, il ne la montra pas.

Alors qu'il se tournait pour s'en aller, je me plaçai devant lui.

— Bonjour, mon oncle. Merci d'être venu.

Puis je tendis la main pour recevoir la sienne.

Ses yeux refusèrent de rencontrer les miens tandis que nos doigts se touchèrent mollement en un simulacre de poignée de mains. Fuyant toujours mon regard, il murmura :

— Bonjour.

Sans commentaire ni condoléances, il continua sa marche vers le côté opposé du salon funéraire. Son fils et ses neveux suivirent et je compris que rien n'avait changé.

Avais-je espéré une réconciliation familiale ? Peut-être inconsciemment. J'appliquai un sourire neutre sur mon visage et accueillis la personne suivante qui attendait de s'approcher du cercueil. Une par une elles avancèrent, se penchèrent et regardèrent le visage de mon père avant d'aller s'asseoir. La pièce bruissait de murmures et parfois, un mouchoir essuyait une larme.

L'entrepreneur des pompes funèbres, un homme bien bâti qui avait fait preuve de gentillesse quand il s'était occupé de l'enterrement de ma mère, sentit que quelque chose clochait et vint informer les parents de mon père que des rafraîchissements étaient prévus après les funérailles et qu'il espérait les y voir. Poliment mais fermement, ils s'excusèrent. Ils n'étaient venus que pour une raison et une seule – voir Joe, leur frère, oncle et cousin, porté en terre. Sa fille devait rester l'étrangère.

Séparée d'eux non seulement par l'allée, mais par un gouffre que les ans n'avaient pas comblé, je ressentis brièvement la perte de ce qui aurait pu être.

Me tenant seule, je tournai la tête vers le cercueil de mon père. Son visage semblait me regarder et, dans mon imagination, son sourire se moquait encore de moi. J'entendis les mots qu'il avait si souvent prononcés.

« Les gens ne t'aimeront pas Antoinette, si tu leur dis. Tout le monde te blâmera. »

Et là, à quelques pas de moi, se tenait la famille qui le faisait.

Mon amie, voyant que je ne serai pas rejointe par ma famille, vint se poster à mes côtés, me sourit gentiment en signe d'amour et de soutien, et mon courage revint. Je chassai cette voix du passé, calmai les regrets que je m'étais interdit d'éprouver en trente ans, et me mis à accueillir les nombreuses autres personnes venues en voisins présenter leurs respects à mon père et m'offrir, à moi sa fille, leur soutien.

Mon attention fut attirée par une femme seule, comme si elle voulait ne pas être dérangée dans ses pensées. Soixante-dix ans, les cheveux gris coupés courts sur la nuque, habillée d'un élégant tailleur noir mettant sa mince silhouette en valeur, elle se démarquait dans ce petit salon funéraire.

Elle se tenait bien droit ; l'âge ne lui avait pas plié l'échine. Le fin réseau de rides de son visage montrerait, si n'étaient les circonstances, de l'humour et du tempérament, mais aujourd'hui, seule la tristesse perçait alors que son regard s'attardait sur le cercueil.

Son chagrin me toucha mais quand je croisai son regard, je vis l'appréhension se mêler à sa peine. Je lui fis un sourire que je voulais rassurant, et rassemblai mon courage pour aller vers elle. Je lui touchai brièvement la main car je savais que la parole l'avait momentanément désertée.

Me croyant également bouleversée, elle s'assit sans bruit et prit un livre de prières.

Les paroles viendraient plus tard, me dis-je, et je restai debout jusqu'à ce que le prêtre entre. Un silence

347

tomba sur la salle quand il prit place, se tourna vers l'assistance et entama le service.

Quand il fut terminé, le cercueil fut scellé et je sus que j'avais regardé le visage de mon père pour la dernière fois. La voix qui m'avait tourmentée pendant des décennies s'était enfin tue et je pouvais maintenant me rendre au cimetière assister à la mise en terre de son cercueil.

Pour toutes les personnes présentes, cette journée était celle de son enterrement, mais pour moi, c'était celle de mes adieux à l'Irlande.

C'était la dernière fois que je me rendrais au cimetière et c'était le jour où je souriais une dernière fois aux amis de mon père, qui avaient aimé son personnage public mais n'avaient jamais connu l'homme.

C'était une tombe sur laquelle je ne me rendrais jamais et dont je ne m'occuperais pas ; elle serait envahie par les herbes et mes parents couchés pour l'éternité seraient finalement oubliés.

Mon père avait laissé des instructions que ma mère avait signées avant son décès pour qu'il partage sa tombe. Le premier cercueil avait été retiré, recouvert d'herbe synthétique pour le cacher au regard des personnes endeuillées, et attendait près de la tombe. Pendant la courte cérémonie du cimetière, je bravai les conventions et me tins à côté du cercueil. Les parents de mon père aux têtes baissées prirent leur place en face.

J'étais seule à savoir que les fleurs que j'avais posées là, les dernières que j'y mettrais, étaient destinées à ma mère. Car je pleurai encore la femme qu'il avait corrompue, je regrettai la femme qu'elle aurait pu être et la relation que nous n'avions jamais eue.

Ce jour-là, son cercueil serait descendu en premier et, à ma grande satisfaction, celui de ma mère suivrait. Elle aurait enfin le dessus pour l'éternité, pensai-je ironiquement.

La brève cérémonie s'acheva et le cercueil fut prêt à être recouvert de terre. Mon oncle en avait déjà répandu une poignée sur la boîte en bois. Le lendemain matin, les femmes viendraient admirer les fleurs recouvrant la tombe, témoignage de la popularité du défunt.

Je ne serai pas de leur nombre.

Je regardai ma famille s'en aller et savais que je ne la reverrai plus jamais. Je remontai dans la limousine noire qui menait le cortège jusqu'au Club de la Légion britannique.

La ville de Larne avait fait honneur à mon père. Dans la mort, il jouissait de l'admiration et du respect des gens du cru. Le Club de la Légion britannique avait sollicité avec tact mon autorisation pour prendre en charge toute l'organisation des rafraîchissements qui suivaient l'enterrement. Je l'avais aisément donnée et, avec la générosité toute irlandaise, les membres du Club avaient préparé un véritable festin.

Les tables à tréteaux en bois érigées gémissaient presque sous le poids. Les femmes de Larne devaient s'être mises au travail à l'aube, car tous les plats exposés devant moi étaient, je le voyais, faits maison.

Il y avait d'un côté des monceaux de sandwichs, petites saucisses, parts de tourte au porc à la pâte feuilletée, portions de poulet grillé et jattes de salade du jardin et, de l'autre, un assortiment de gâteaux maison allant des génoises légères aux riches gâteaux aux fruits si appréciés dans mon enfance.

Des vermicelles de toutes les couleurs égayaient abondamment la crème anglaise épaisse qui garnissait des diplomates au cherry, tandis que des pots de crème les jouxtaient pour une dose de cholestérol supplémentaire. Et, bien entendu, il y avait les incontournables nombreuses théières de thé fort que la foule de bénévoles versait dans des tasses en céramique blanche.

Les parents de mon père se faisaient remarquer par leur absence. Ils n'avaient donné aucune excuse aux habitants de Larne avant de partir et je savais que leur départ avait suscité la curiosité, mais je n'offris nulle explication.

Savoir qui était réellement mon père empêchait certainement sa famille de fréquenter des gens qui le voyaient sous une lumière si différente. Peut-être leur volonté de se distancer de moi, ultime rappel vivant, était-elle leur préoccupation essentielle. Quoi qu'il en soit, je ressentis l'élancement des douleurs passées aux cicatrices depuis longtemps guéries, et un éclair momentané de ce vieux sentiment d'isolement. Le chassant, j'allai me mêler à ses amis.

Les hommes qui avaient sauté la case thé pour aller directement au bar racontaient des histoires sur ce « bon vieux Joe » et les souvenirs qu'ils en avaient.

Alors que l'après-midi avançait, leurs voix gagnaient en ampleur, leurs jambes s'écartaient et leurs démarches se faisaient plus instables. Les visages devenaient plus rouges et les récits de plus en plus bruyants. La vie que mon père avait vécue pendant les dernières années de son mariage fut progressivement racontée.

Ce jour-là, j'appris que non seulement il était un excellent joueur de golf amateur et un brillant joueur de billard, mais que pendant de longues années avant la mort de ma mère, il était devenu un danseur de salon aux nombreuses victoires. À la fin de sa vie, c'était lui qui guidait les femmes sur la piste de danse des bals mensuels du Club de la Légion britannique.

Je me rappelle ma mère me racontant le soir de leur rencontre ; comment elle était littéralement tombée amoureuse de lui dans un bal local. Ma mère avait été ensorcelée et l'était restée pendant cinquante ans.

Ma mère timide, qui ne s'était jamais sentie attrayante, n'était pas la seule femme qui s'était entichée de mon père pendant leurs longues années de mariage. Si je l'avais deviné, je n'avais pas réalisé jusqu'à lors qu'il avait flirté si près de la maison. Dans le brouhaha des conversations, les hurlements de rires et les histoires abracadabrantes, le nom de ma mère était absent. À peine trois ans après sa mort, elle n'était même plus une ombre dans leur mémoire.

La Légion britannique avait toujours été son domaine ; Ruth n'aimait pas l'alcool et s'y rendait rarement. Ce jour-là, on ne parlait que de Joe et nulle mention ne fut faite de celle qui fut son épouse durant plus d'un demi-siècle.

Je fus présentée à sa partenaire de danse et je sus maintenant qui était la femme âgée que j'avais vue au service funèbre.

Je mis de côté le ressentiment que j'éprouvai au nom de ma mère devant son exclusion, et souris poliment.

Elle prit mon bras, larmoyante.

— Oh, Antoinette, cela ne vous gêne pas si je vous appelle ainsi ? Votre père parlait si souvent de vous que j'ai l'impression de vous connaître.

Cela me gênait terriblement, mais je maintins le sourire sur mon visage et répondis :

— On m'appelle Toni à présent.

Je ne pouvais pas lui dire que seul mon père m'appelait ainsi et qu'Antoinette était le nom d'une petite fille effrayée, pas le mien.

— Joe va tellement me manquer. Je suis désolée, ma chère, sa perte doit vous peser à vous aussi.

Elle serra mon bras en un geste de sympathie.

Je lui donnai la montre de mon père, que l'hôpital m'avait remise. En voyant son plaisir devant ce souvenir, je compris qu'il était important pour elle.

Elle me sourit, désirant manifestement poursuivre notre conversation, peut-être parce que j'étais le dernier lien avec l'homme qui avait tant compté dans sa vie.

— Je suis grand-mère à présent – ma fille a deux petits. Ils viennent me voir presque chaque week-end.

Je vis son visage refléter la joie que lui procuraient les visites fréquentes de ces deux enfants et sentis un frisson glacé me parcourir.

Comme mon père avait bien su cacher sa véritable nature.

Elle me redit combien il manquerait, croyant que j'avais besoin d'entendre ces mots pour me réconforter. Elle ne devait pas savoir que je pleurai la perte de ces liens invisibles qui m'avaient reliée à mes parents.

Des liens indécelables à l'œil nu mais si puissants qu'ils auraient pu être d'acier – et qui étaient enfin rompus.

La journée approcha de son terme et je pus enfin quitter ce sourire figé si longtemps sur mon visage que j'en avais les muscles douloureux.

Je savais que j'en avais presque terminé avec mes fantômes, et j'allai parler au prêtre une dernière fois. Non seulement il m'avait apporté le soutien dont j'avais tant besoin quand ma mère se mourait, mais il m'avait facilité la tâche dans ces difficiles funérailles.

— Vous rappelez-vous quand nous avons parlé il y a trois ans à l'hospice avant le décès de ma mère ?

— Oui, Toni, je m'en souviens très bien.

Il me regarda, pensif.

— Comment vous sentez-vous à présent ?

— Vidée, répondis-je, mais soulagée que tout soit fini.

Il ne me demanda pas ce que je voulais dire. Il ajouta seulement :

— Reviendrez-vous ? Il y a des gens qui vous aiment ici.

— Non. J'en ai terminé avec ce lieu.

Et je sus qu'il comprenait que je voulais une rupture totale avec mon passé. Me revint alors à l'esprit ce que j'avais pensé lorsque j'étais à l'hôpital : si les personnes habitant là où mes parents avaient vécu pouvaient m'oublier, alors je pouvais oublier mes années d'Irlande.

Plus tard ce soir-là, je cherchai cette paix que m'apporterait la mort de mon père, comme je le croyais. Mais j'eus beau essayer de me sentir heureuse d'être enfin libérée, je ne la trouvai pas.

J'essayai de me dire que je ne recevrais plus d'appels m'informant qu'un de mes parents était malade. Je n'aurais plus à faire croire aux habitants de Larne que j'avais vécu une enfance normale et que j'étais une fille respectueuse en visite chez ses parents vieillissants. Je n'aurais plus à écouter des commentaires sur ma ressemblance avec le parent dont ils parlaient.

Je ressentis plutôt un vide, un sentiment troublant d'une chose laissée en suspens. Je pris les clés de voiture dans l'espoir qu'une virée me détendrait.

Comme si la voiture avait sa propre idée, elle m'emmena à la ferme qui avait été l'ultime foyer qu'avaient partagé mes parents. Ma mère avait toujours aimé le jardinage. Quand elle avait eu soixante-dix ans, ils avaient emménagé dans leur dernière maison.

C'était une vieille ferme où aucune plante, hormis les mauvaises herbes, ne poussait. Elle avait passé les années précédant sa mort à créer un jardin à la gloire de la beauté. Dans mes souvenirs, ma mère vieillissante était toujours à travailler au jardin, une expression sereine sur le visage. La création de tant de beauté lui avait apporté la paix qu'elle n'avait pas trouvée dans son mariage.

Après sa mort, quand j'essayais de m'imaginer ma mère, je la voyais toujours dans ce jardin.

Je ressentis un besoin que j'avais réprimé depuis que j'étais à Larne. Je voulais me promener une dernière fois dans le jardin de ma mère. Je voulais frapper à la porte de son dernier domicile et demander aux personnes qui y habitaient la permission de le faire.

Au cimetière, je n'avais pas ressenti la présence de ma mère, mais ce serait certainement le cas ici. Je ne cherchai aucune raison pour expliquer que j'avais besoin d'elle. Je voulais juste me la remémorer une fois encore, telle qu'elle était lors de ma dernière visite ici, l'année précédant sa mort.

Elle était alors fragile mais son visage rayonnait de bonheur quand elle me montra les plantes qu'elle avait si tendrement soignées.

J'allai vers la maison, mais n'y trouvai qu'un chantier récent. Le panneau du promoteur était dressé et je m'aperçus que bientôt le jardin magique serait remplacé par des courts de tennis.

— Laisse, Toni, me murmura la voix de mon passé. Ils sont partis maintenant. *Elle* est partie.

Puis je pensai à la peine d'emprisonnement de mon père, décrétée non pas par la justice, mais par ma mère. Au cours des trente années suivantes, ma mère avait eu sa revanche. Elle avait tenu son époux dans une cage avec des barreaux faits de culpabilité, le punissant sans remords pour tout ce qu'il lui avait fait subir et la souffrance qu'elle avait endurée.

Chaque fois qu'un programme sur les abus passait à la télévision, ma mère insistait pour qu'ils le regardent, sachant qu'il était mort de honte. Ces années-là, elle inversa les rôles et il finit par lui obéir. Parce que c'était elle qui contrôlait tout – la maison, les comptes et lui.

Ainsi, pendant trente ans, il avait vécu avec la culpabilité. Parce qu'il crut jusqu'à sa mort qu'elle n'avait jamais su.

Et je ne le libérai jamais de sa prison mentale. Il ne sut jamais, qu'à six ans, je lui avais dit.

Non, je ne le lui révélai jamais. Parce que cela l'aurait affranchi.

Après avoir quitté l'Irlande adolescente, j'avais trouvé que le travail de bureau n'était pas très rémunérateur. Je travaillai comme serveuse, rejoignis une équipe vendant des encyclopédies au porte-à-porte et finis par monter ma propre affaire.

Je suivis une thérapie pendant plusieurs années et appris que quand je me livrai à des personnes en qui j'avais confiance, cela n'entamait en rien les amitiés réelles, qui perduraient.

Au fil des ans, les gens m'ont posé la même question encore et encore : as-tu pardonné à tes parents ? Je ne leur ai pas pardonné mais je ne les ai pas condamnés non plus.

Détestais-tu tes parents ? J'ai tiré de nombreux enseignements de mon séjour à l'hôpital et du gâchis que ma mère avait fait de sa vie, et l'un d'eux est que la haine touche la personne qui la ressent. Comme un acide corrosif, elle brûle à l'intérieur, détruit les vies. Mais son destinataire n'en ressent jamais les effets.

...aissai pas le mal qu'était mon père ou la fai-
Je qu'était ma mère gagner en permettant à cette
...on de pénétrer dans ma vie.

la dernière question. As-tu trouvé le bonheur ?

...ui, j'ai trouvé le bonheur.

REMERCIEMENTS

Des remerciements tout particuliers à mon agent, Barbara Levy et à Marian Sweet pour sa compréhension et son humour.

Un grand merci aussi à Carole Tonkinson, à Kirsty Crawford ainsi qu'à toute l'équipe de HarperCollins pour son travail sur mes deux livres.

Le Livre de Poche s'engage pour l'environnement en réduisant l'empreinte carbone de ses livres. Celle de cet exemplaire est de :
350 g éq. CO_2
Rendez-vous sur www.livredepoche-durable.fr

PAPIER À BASE DE FIBRES CERTIFIÉES

Composition réalisée par DATAGRAFIX

Achevé d'imprimer en mai 2014 en France par
CPI BRODARD ET TAUPIN
La Flèche (Sarthe)
N° d'impression : 3005466
Dépôt légal 1re publication : mars 2014
Édition 03 – mai 2014
LIBRAIRIE GÉNÉRALE FRANÇAISE
31, rue de Fleurus – 75278 Paris Cedex 06

31/7809/2